FANTASY

Im Goldmann Verlag liegen bereits folgende Bände
der DRACHENLANZE-Saga vor:

Die Chronik der DRACHENLANZE
1. Drachenzwielicht (24510)
2. Drachenjäger (24511)
3. Drachenwinter (24512)
4. Drachenzauber (24513)
5. Drachenkrieg (24516)
6. Drachendämmerung (24517)

Die Legenden der DRACHENLANZE
1. Die Brüder (24527)
2. Die Stadt der Göttin (24528)
3. Der Krieg der Brüder (24530)
4. Die Königin der Finsternis (24531)
5. Der Hammer der Götter (24533)
6. Caramons Rückkehr (24534)

Die Geschichte der DRACHENLANZE
1. Die Zitadelle des Magus (24538)
2. Der Magische Turm (24539)
3. Die Jagd des Toede (24540)
4. Der Zauber des Palin (24541)
5. Der edle Ritter (24542)
6. Raistlins Tochter (24543)

Das Heldenlied der DRACHENLANZE
1. Das Ehrenwort (24587)
2. Verrat unter Rittern (24589)
3. Das Schwert des Königs (24591)
4. Heldenblut (24593)
5. Unter dunklen Sternen (24594)
6. Die Stunde des Skorpions (24595)

Der Bund der DRACHENLANZE
1. Ungleiche Freunde (24602)
2. Die Erben der Stimme (24603)
3. Die Stunde der Diebe (24604)
4. Finstere Pläne (24605)
5. Das Mädchen mit dem Schwert (24606)
6. Verspätete Rache (24607)
7. Schattenreiter (24673)
8. Das Siegel des Verräters (24674)
9. Stahl und Stein (24675)

Weitere Bände in Vorbereitung.

RICHARD A. KNAAK

Das Heldenlied der Drachenlanze 1

DAS EHRENWORT

Aus dem Amerikanischen
von Imke Brodersen

DRAGONLANCE™

GOLDMANN VERLAG

Das Buch erschien im Original unter dem Titel »Dragonlance Heroes,
Volume One: The Legend of Huma / Chapter 1–16«
bei TSR, Inc., Lake Geneva, WI, USA

Umwelthinweis:
Alle bedruckten Materialien dieses Taschenbuches
sind chlorfrei und umweltschonend.
Das Papier enthält Recycling-Anteile.

Der Goldmann Verlag
ist ein Unternehmen der Verlagsgruppe Bertelsmann

Published in the Federal Republic of Germany
by Wilhelm Goldmann Verlag GmbH, München
Deutschsprachige Rechte beim Wilhelm Goldmann Verlag, München
Umschlaggestaltung: Design Team München
Umschlagillustration: Jeff Easley
Innenillustrationen: Jeff Butler, Valerie Valusek, Larry Elmore, George Barr
Satz: IBV Satz- und Datentechnik GmbH, Berlin
Druck: Elsnerdruck, Berlin
Verlagsnummer: 24587
Redaktion: Andreas Helweg / SN
Herstellung: Peter Papenbrok
Made in Germany
ISBN 3-442-24587-7

3 5 7 9 10 8 6 4

1 BERG DER WANDLUNGEN ; GEFÄNGNIS VON WYRMVATER
2 RUINEN
3 SOLAMNISCHER AUSSENPOSTEN VON BUORON
4 ZITADELLE VON GALAN DRAKOS
SOLAMNIA
HYLO
PALANTHAS
4
BURG VINGAARD
ZITADELLE DES MAGUS
SOLANTHUS
THELGAARD
KYRE
SANKRIST
ERGOD
KARGOD
2
3
1
QUALINESTI
THORBARDIN
KHAROLIS

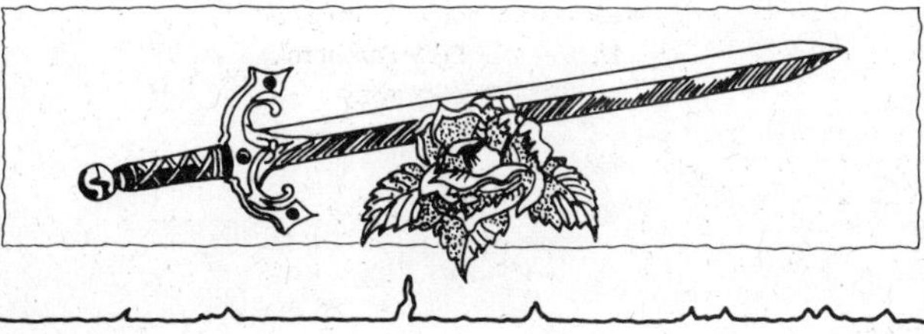

Dieses Buch ist meiner Familie gewidmet,
die all die Jahre zu mir gehalten hat.
Darüber hinaus widme ich es der Abteilung für Chemie
an der University of Illinois in Champaign-Urbana.
Zum Schluß hatten sie mich überzeugt,
daß ich für eine andere Karriere gemacht war.

Prolog

Es kommt höchst selten vor, daß ich, Astinus, Meisterhistoriker von Krynn, eine persönliche Anmerkung zu meinen Chroniken verfasse. Ich habe dies erst ein einziges Mal getan, vor nicht allzulanger Zeit, nachdem der Zauberer Raistlin um ein Haar zu einer allmächtigen Gottheit aufgestiegen wäre, mächtiger noch als Paladin und Takhisis. Er scheiterte, sonst würde ich diese Zeilen wohl nicht schreiben, doch es war ein Scheitern, das eine Anmerkung verdient hatte.

Beim Kommentieren dieses Vorfalls bemerkte ich in meinen

älteren Bänden einen argen Fehler. Der Handschrift nach habe ich einen gewissen Paulus Warius in Verdacht, der vor etwa drei Jahrhunderten mein Assistent war und der für seine Tolpatschigkeit bekannt war. Er muß versehentlich einen Teil von drei oder vier älteren Bänden zerstört und dann die beschädigten Seiten durch etwas ersetzt haben, was er für korrekte Abschriften hielt.

Das waren sie aber keinesfalls.

Der Fehler betrifft die Übergangsperiode zwischen dem Zeitalter des Lichts und dem Zeitalter der Allmacht, wie sie heute genannt werden. Ergod zum Beispiel war ein viel älteres Reich, als in der verfälschten Geschichte geschrieben steht. Vinas Solamnus führte Ergods Armeen bereits 2692 P.C. an, nicht erst vierzehn Jahrhunderte später.

Der Zweite Drachenkrieg, von Warius fälschlicherweise als Zweiter und *Dritter* Krieg notiert, weil er über fünfundvierzig Jahre dauerte, endete 2645 P.C.

Dabei habe ich zum ersten Mal von den schwerwiegenden Fehlern erfahren, als ich die Seiten über diese letzten paar Jahre aufschlug, um auf Huma zu verweisen, den Ritter von Solamnia, einen normalen Sterblichen, der sich Takhisis, der Göttin des Bösen, der Drachenkönigin, entgegenstellte und sie besiegte.

Nach dem Ende des Zweiten Drachenkriegs hatte ich geplant, ein Buch über Humas Taten niederzuschreiben, doch – wie es so oft kommt – ich hatte zuviel zu tun.

Ich habe mehr Zeit darauf verwendet, als ich mir ursprünglich zugestanden hatte. Vielleicht kommt das daher, weil auch ich nach diesem Kampf eine gewisse Erleichterung verspürte, denn ich war schon nahe daran gewesen, den letzten Band der Geschichte dieser Welt zu beenden. Das wäre schade gewesen, denn meine Sammlung bestand zu jener Zeit aus nur wenigen hunderttausend Bänden. Schon aus diesem Grund kann ich mich so gut an Huma erinnern.

Im vorliegenden Band ist seine Geschichte glücklicherweise vollständig, und so werde ich sie für ihn sprechen lassen.

Astinus von Palanthas
360 A.C.

Kapitel 1

Auf dem Weg nach Nordwesten, nach Kyre, zog die Truppe durch ein Dorf namens Seridan. Diesen Ort hatten mehrfach Pest, Hungersnot und Wahnsinn heimgesucht. Jetzt standen dort, wo die Häuser aus Tonziegeln den Überfällen dreister Goblins und räuberischer, dunkler Drachen zum Opfer gefallen waren, armselige Hütten und grob zusammengezimmerte Verhaue. Aus irgendeinem Grund war das Dorf jedoch nie ganz zerstört worden. Es verkam nur einfach immer mehr – ähnlich wie die Menschen, die ihr Leben an diesem Ort fristeten.

Das Auftauchen eines Rittertrupps konnte die Gemeinde kaum zuversichtlicher stimmen. Die Bewohner schienen im Gegenteil eher unmutig auf den Stolz zu reagieren, mit dem die Reiter über den schlammigen Weg zogen, der die einzige Straße des Dorfes darstellte. Die kriegsgeplagten Ansässigen grollten vor allem, weil die Ritter von Solamnia ihrer Meinung nach ein luxuriöses Leben führten, das in ihren Augen viel besser sein mußte als jenes, welches ein jeder von ihnen täglich zu bewältigen hatte.

An der Spitze des Zuges ritt Fürst Oswal von Baxtrey in seiner prächtigen Rüstung mit Kettenhemd. Das feinziselierte Rosenmuster auf seinem Brustharnisch wies ihn als Mitglied des solamnischen Ordens aus, der diese Blume als Symbol gewählt hatte. Der lila Umhang, der hinter ihm herunterfloß, war mit einer Brosche befestigt, die einen Eisvogel mit ausgebreiteten Flügeln und einer Krone über dem Kopf symbolisierte. In seinen Krallen hielt dieser Vogel ein mit einer Rose verziertes Schwert.

Die meisten Ritter waren ähnlich gekleidet wie Fürst Oswal, auch wenn ihre Rüstungen nicht so prachtvoll glänzten und ihre Umhänge im Vergleich zu dem ihres Befehlshabers weniger elegant wirkten. Fürst Oswals Umhang war ein Zeichen seines Ranges als Oberster Kommandant, Meister des Ordens der Rose und Stellvertreter des Großmeisters, der die gesamte Ritterschaft befehligte.

Beim Reiten warf der Oberste Kommandant einen kurzen Blick auf den Reiter neben sich. Sie schienen aus der gleichen Gußform zu stammen. Beide zeigten habichtartige Züge und lange Schnurrbärte, die bei den Rittern so beliebt waren. Oswals Gesichtszüge waren jedoch durch das Alter und das tiefere Verständnis für die Welt, in der er lebte, milder, während der andere, der über zwanzig Jahre jünger war, noch an dem Glauben festhielt, daß es seine Hand war, die die Welt verändern würde. Tatsächlich waren sie miteinander verwandt. Bennett war der Neffe von Oswal und der Sohn von Trake, dem Großmeister. Die Arroganz, die deutlich aus Bennetts Gesicht sprach, verriet, daß er sich bereits als Nachfolger seines Vaters betrachtete.

Fürst Oswal hoffte, daß Bennett bis dahin Mäßigung lernen würde. Der junge Ritter war der Ansicht, daß die Ritter dem Willen Paladins folgten und daß sie daher siegreich sein mußten, weil ihre Sache gerecht war. Fürst Oswal hatte erfahren, daß es nicht immer so war.

Alle jungen Ritter des Zuges trugen den gleichen sorgfältig eingeübten emotionslosen Gesichtsausdruck. Schon bald würden sie die grausame Wirklichkeit dieser Welt kennenlernen. Fürst Oswal wußte, daß die jüngeren Ritter – und viele ältere – sich noch immer als Helden sahen. Helden einer längst verlorenen Welt.

Besonders einer, dachte Fürst Oswal und ließ seine laute Stimme erklingen.

»Rennard! Nach vorn!«

Huma sah den großen, ausgemergelten Ritter nach vorne reiten. Wenn Fürst Oswal Rennard sprechen wollte, dann war etwas im argen. Dieses Etwas konnte auch Huma betreffen, denn Rennard schien ihn genau zu beobachten, obwohl Huma seine Feuertaufe bereits hinter sich hatte. Vielleicht glaubte Rennard – wie Huma selbst – noch immer, daß hier jemand war, der nie in ihre Reihen hätte aufgenommen werden dürfen.

Huma kam aus dem Gleichgewicht, als sein Streitroß im Schlamm ausrutschte. Das plötzlich herunterfallende Visier seines Helms erschreckte ihn. Er schob es wieder hoch, und der kalte Wind pfiff erneut in sein gutaussehendes, wenn auch wettergegerbtes Gesicht. Obwohl sein Schnurrbart nicht so eindrucksvoll war wie der von Bennett oder der des Obersten Kommandanten, lag eine gewisse Würde in dem leichten Grau, das Humas Bart und Haare vorzeitig durchzog. Sein Gesichtsausdruck war überraschend sanft, so sanft, daß die anderen gelegentlich über seine Jugend herzogen, allerdings nicht, wenn er in der Nähe war.

Huma konnte seinen Blick nicht von den zerrissenen Kleidern der Frauen und Kinder von Seridan lösen. Selbst seine eigene, abgewetzte Rüstung, die viel einfacher war als die von Fürst Oswal, erschien wie aus Gold im Vergleich zu dem, was die Menschen trugen. Die Lumpen hingen so lose an ihnen herunter, daß Huma sich fragte, wie oft und was sie zu essen bekamen. Der rebellische Teil seines Wesens wollte seinen Packsack vom Sattel lösen und ihn den Dörflern zuwerfen. Sollten sie doch seine Rationen haben. Es würde wahrscheinlich die beste Mahlzeit sein, die sie seit Wochen gegessen hatten.

»Du da, aufschließen!« murrte der Ritter hinter ihm, und Huma merkte, wie nah er tatsächlich daran gewesen war, seinen Proviant wegzugeben. Er wußte, daß es den Regeln der Ritterschaft zuwider lief, aber er verspürte dennoch den starken Wunsch danach. Ein weiteres Zeichen seiner Unzulänglichkeit, dachte er mit einem Seufzer und fragte sich, warum seinem Gesuch, in die Ritterschaft aufgenommen zu werden, überhaupt stattgegeben worden war.

Seine Gedankengänge wurden von Rennard unterbrochen. Wie Huma trug auch der ältere Ritter einen Schild, dessen Gravuren ihn als Mitglied des Ordens der Krone auswiesen. Rennard jedoch hatte viele Jahre praktischer Erfahrung und war deshalb verdientermaßen Hauptmann. Sein Visier verdeckte alles bis auf die stechenden, eisblauen Augen und ließ das Gesicht darunter nur erahnen. Selbst im Orden der Krone hatte Rennard wenige Freunde.

Rennard erwiderte Humas Blick und musterte dann die ganze Abteilung. »Gaynor. Huma. Trilane…« Er bellte insgesamt acht Namen. »Ausscheren zur Patrouille.«

Die Worte verrieten keinerlei Gefühl. Rennard war ein erstklassiger Stratege. Im Kampf konnte man sich keinen besseren Anführer wünschen. Nichtsdestotrotz ließ seine Gegenwart Huma immer frösteln.

»Fürst Oswal wünscht eine Durchsuchung der abgestorbenen Wälder im Süden. Möglicherweise Goblins, vielleicht Oger. Wir müssen vor Sonnenuntergang wieder bei der Truppe sein.« Rennard blickte kurz zum ewig bewölkten Himmel hoch. Ständig sah es nach Regen aus, doch nie ging er nieder. »Vor Einbruch der Dunkelheit. Wir wollen die Nacht nicht in den Wäldern verbringen. Nicht, wenn die Westgrenze so nah ist. Verstanden?« Als die Ritter nickten, wendete er sein Pferd, ein großes, fahles Tier, und gab das Zeichen, ihm zu folgen.

Innerhalb von Minuten waren sie weit von Seridan entfernt. Die Pferde konnten jetzt leichter laufen, da der Untergrund hart war. Das war wenig überraschend – das Feuer, das einen Großteil des Waldes vernichtet hatte, auf den sie zu hielten, hatte die umliegenden Felder ausgedörrt. Hier würde noch jahrelang keine Nahrung wachsen.

Manchmal schien alles so sinnlos, dachte Huma. Wo war Paladin? Huma wunderte sich, warum der Gott zuließ, was hier geschah, und er betrachtete die aschgrauen Baumstümpfe, an denen die Patrouille vorbeiritt. Es konnte nicht schlimmer aussehen, wenn sich Krynn in den Klauen von Takhisis befand.

Er preßte den Mund fest zusammen. Daß er es wagte, sich nach derartigen Gedanken noch Ritter zu nennen!

Als sie die erste Gruppe knorriger, verkrüppelter Bäume erreichten, klappten die Ritter ihr Visier herunter. Von weitem hätte man sie für Dämonen halten können, denn die Hörner oder Flügel, mit denen die Ritterhelme verziert waren, traten nun deutlich hervor. Je reicher geschmückt, desto höher der Rang, ausgenommen bei Rennard. Bei ihm lief nur ein Kamm von der Stirn an den ganzen Rücken hinunter.

Die Wälder waren ein weiteres, mitleiderregendes Opfer in dem scheinbar endlosen Krieg, der den Kontinent Ansalon heimgesucht hatte. Huma fragte sich, wie dieses Land ausgesehen hatte, bevor die Kreaturen der Drachenkönigin es verwüstet hatten. Die toten Bäume verliehen dem Wald ein bösartiges Aussehen. Die Patrouille war ungewöhnlich auf der Hut. Die Augen flogen hin und her, während jeder Ritter hinter den geschwärzten Stämmen einen Gegner suchte.

Huma umklammerte das Heft seines Schwerts. Einen kurzen Augenblick lang schien er eine Bewegung wahrzunehmen. Ein Wolf? In diesem leblosen Land? Doch er bemerkte keine weitere Bewegung. Die Nerven. Es gab kein Leben in diesen Wäldern. Es gab nichts als Leid.

Rennard hob die Hand zum Anhalten. Selbst er schien nicht sprechen zu wollen, als ob bei jedem Ton ein unerwünschter Gegner losbrechen könnte.

»Aufmarschieren. Ihr vier zu meiner Rechten«, sagte er und zeigte auf Huma und drei andere. »Die anderen zu meiner Linken.« Er zog sein Schwert.

Die anderen folgten seinem Beispiel und nahmen ihre Position ein. Zwischen Huma und dem Anführer der Patrouille war nur ein Mann. Rennard gab das Signal zum Vorrücken. Die Ritter schlugen eine langsame, aber gleichmäßige Gangart ein.

Der Wald erstreckte sich über einen Hügel, einen der wenigen in dieser Gegend. Wenn irgendwo in der Nähe Goblins oder Oger lauerten, dann mußten sie dahinter sein. Rennard zeigte auf den Ritter links von Huma und schickte ihn vor. Der Rest der Patrouille blieb zurück und wartete. Der Späher saß ab und stieg den Hang hoch. Die anderen sahen besorgt zu, als er über die Hügelkuppe schaute und, so leise und rasch er konnte, zu den Rittern und den Pferden zurückhuschte. Huma, der die Zügel seines Pferdes gehalten hatte, gab sie ihm zurück.

»Nun?« fragte Rennard leise.

»Goblins. Die gräßlichen Biester sind beim Essen. Vermutlich eine Räuberbande. Müssen mindestens zwanzig sein, aber höchstens ein paar Dutzend, glaube ich.«

Rennard nickte zufrieden. »Nichts, womit wir nicht fertig werden.« Huma dankte Paladin, daß das Visier sein eigenes, besorgtes Gesicht verdeckte. Rennard zeigte auf den Kundschafter, Huma und die beiden Ritter rechts von Huma. »Reitet rechts herum. Wir nehmen die linke Seite. Wenn ihr eine Eule hört, reitet ihr los. Huma, du übernimmst das Kommando für eure Gruppe.«

Einige der übrigen Ritter rutschten unruhig hin und her, doch keiner wagte einen Einwand. Huma warf einen Blick auf die Visiere seiner drei Kameraden und konnte mühelos ihre Gedanken lesen. Fast hätte er gebeten, ihn durch jemand anderen zu ersetzen, doch Rennard führte seine Gruppe bereits fort.

Also beschloß Huma, den Mund zu halten, und wendete sein Pferd. Unabhängig von ihren privaten Gefühlen waren die drei schließlich Ritter von Solamnia. Sie hatten einen Befehl erhalten, und sie würden gehorchen. Zu seiner Erleichterung folgten sie ihm ohne Murren.

Der Ritt war nicht weit, ging jedoch langsam und vorsichtig vonstatten. Die Goblins waren in jeder Hinsicht ihres Lebens nachlässig, einschließlich der militärischen Belange, doch sie konnten einen ehrgeizigen Anführer haben, der daran gedacht hatte, Wachen aufzustellen. An sich waren Goblins für die Pläne des Kriegsherrn der Drachenkönigin von geringem strategischen Wert – außer als Räuber. Dieses Wissen und das Wissen, daß die meisten Goblins wenig zum Kämpfen ausgebildet waren, konnte Huma allerdings nicht beruhigen.

Huma sah keine Wachen. Er wagte es, vom Pferd zu steigen, um das Goblinlager von einer kleinen Anhöhe aus zu beobachten. Daß die Kreaturen häßlich waren, war untertrieben. Ihre Haut hatte eine kränklich grüne Tönung, aus ihrem Mund ragten überall Zähne heraus, und ihre Augen erinnerten den Ritter an Froschaugen. Goblins waren untersetzt und mißgestaltet, aber sie waren auch sehr stark. Viele trugen Äxte, ein paar sogar primitive Bogen. Ihre Rüstungen schienen aus dem zusammengestückelt zu sein, was sie auf dem Schlachtfeld ergattert hatten.

Während Huma sie noch beobachtete, kam ein Goblin zum offensichtlichen Anführer der Gruppe gerannt, der doppelt so groß und häßlich war wie jeder seiner Untergebenen. Der kleinere Goblin flüsterte dem Anführer etwas zu, woraufhin dieser aufmerkte und Kommandos bellte.

Huma wußte, was geschehen war. Vielleicht war der Hinzugekommene ein Wachtposten gewesen, oder er hatte sich aus einem anderen Grund vom Lager entfernt. Wie auch immer, die Goblins hatten offenbar erkannt, daß Rennard sich mit seinen Leuten näherte, und jetzt bereiteten sie sich auf den Kampf vor. Innerhalb von Sekunden hatten die normalerweise unorganisierten Goblins eine Angriffsstellung aufgebaut, die – zusammen mit dem Überraschungselement – bedeutete, daß Rennard und seine Gefährten fast sicher besiegt werden würden. Es war zu spät, um jemanden mit einer Warnung loszuschicken.

»Fertigmachen!« flüsterte Huma, als er wieder auf sein Pferd stieg. Mit dem Schwert in der Hand drehte er sich zu den anderen um. »Wir greifen sofort an!«

»Jetzt?« fragte einer der anderen. Die drei sahen einander an, dann wieder Huma.

Huma hatte keine Zeit für Erklärungen. Schwert und Schild kampfbereit, gab er seinem Pferd die Sporen. Es jagte los, und mit hoch erhobener Klinge brüllte Huma den Schlachtruf.

»Paladin!«

Er wußte nicht, was ihn mehr erschreckte, sein eigener Mut oder die Goblins. Wie ein Mann drehten sie sich um, bereit, sich dieser unerwarteten Bedrohung zu stellen. Das Pferd stürmte mitten in das Lager, wobei das Schwert des Ritters bereits auf den nächststehenden Goblin niedersauste. Der erhob noch sein rostiges Breitschwert zur Verteidigung, doch Humas Schlag zerschmetterte die Waffe und dann den Besitzer selbst.

Humas einziges Ziel war, so viele Feinde wie möglich zu erledigen, um Rennard und seinen Männern einen Vorteil zu verschaffen. Ein weiterer Goblin fiel seinem Schwert zum Opfer, und dann stürmte der Rest mit gespannten Bogen und erhobenen Äxten auf den einzelnen Angreifer ein. Die Goblins würden sich nicht damit zufriedengeben, ihn gefangenzunehmen; das war ihm klar.

Dann hörte Huma die Schreie hinter sich und wußte, daß die drei anderen sich seiner Attacke angeschlossen hatten. Jetzt kämpfte er mit größerer Begeisterung, denn er wußte, daß seine Chancen stiegen. Ein paar Goblins flohen vor den vier Berittenen. Die anderen versuchten, sich unter den eiligen Kommandos ihres Anführers neu zu formieren.

Weitere Schlachtrufe gellten durch die Luft. Beim Aufblikken sah Huma, wie Rennard und die anderen den Goblins in den Rücken fielen. Diejenigen der feindlichen Truppe, die versucht hatten zu fliehen, fielen den mächtigen Hufen der Streitrösser zum Opfer. Ohne Erbarmen schlug Rennard zwei nieder, die sich ihm entgegenstellen wollten, dann trieb er sein Pferd vorwärts. Seine Bewegungen zeugten von besessenem Eifer.

Einer der Ritter aus Humas Gruppe wurde von seinem Roß

gezerrt und mit einer schweren Axt erschlagen, bevor Huma eingreifen konnte. Sekunden später ritt Huma den Goblin um, der über seiner Beute stand. Das häßliche Wesen hatte gerade noch Zeit aufzuschauen, ehe die Vorderhufe des Schlachtrosses es am Kopf trafen und ihm den Schädel spalteten.

Da die Goblins wußten, daß sie verloren waren, kämpften sie mit ungewöhnlicher Entschlossenheit. Nur drei Reiter versperrten ihnen den Weg in die Freiheit. Einen wilden Hieb konnte Huma gerade noch abfangen. Ein Pfeil zischte an seinem Kopf vorbei.

Plötzlich schallte ein furchterregendes Heulen durch die Luft.

Etwas sprang Humas Hengst an. Der Ritter erhaschte einen kurzen Blick auf das wolfsähnliche Wesen. Doch die Ähnlichkeit zu einem Wolf endete schon mit der Leichenblässe, die wirkte, als hätte man ihm das Fell abgezogen. Die gelben, geifernden Fangzähne waren fingerlang und nadelspitz. Humas Streitroß wieherte in Panik und drehte trotz aller angestrengten Schenkeldrücke des Ritters ab. Wie vom Teufel besessen jagte das Tier vom Kampfplatz, ohne den wütenden Reiter zu beachten, der sich an ihm festklammerte. Irgendwo dicht hinter ihnen heulte wieder dieses Wesen. Huma konnte nichts tun, als nach den Zügeln zu greifen und zu versuchen, sich bei dem wilden Ritt im Sattel zu halten. Die Kampfgeräusche verhallten, als das Pferd in seinem Schrecken tiefer und tiefer in den verkohlten Wald galoppierte.

Was konnte ein erfahrenes Schlachtroß so entsetzen? Sicherlich kein irdisches Ungeheuer.

Dann verschwand selbst dieser Gedanke aus Humas Kopf, als sein Pferd durch ein dichtes, rußiges Gehölz brach und die Erde plötzlich weit, weit unter ihnen war.

Kapitel 2

Es war dunkel, als Huma wieder zu Bewußtsein kam. Der abnehmende Lunitari erzeugte mit seinem schwachen Licht einen leicht rötlichen Schein. Wie Blut, dachte Huma, verdrängte diesen Gedanken jedoch schnell wieder. Wenn Lunitari abnahm, welcher der anderen Monde nahm dann zu? Solinari war nirgends zu sehen. Wenn tatsächlich Nuitari zunehmend war, würde Huma es jedenfalls nie erfahren. Niemand konnte den schwarzen Mond sehen – niemand außer den Schwarzen Roben, den Zauberern, die dem dunklen Gott der

Magie huldigten. Für normale Menschen und vielleicht sogar für diejenigen, die den Pfaden der weißen und roten Magie folgten, war der schwarze Mond unsichtbar.

Als er seine Sinne wieder beisammen hatte, nahm er seine Umgebung genauer in Augenschein. Das Pferd lag unter ihm. Bei dem Sturz hatte es sich den Hals gebrochen. Nur die dicke Polsterung von Humas Rüstung und die Masse des Pferdes hatten den Ritter vor dem Tod bewahrt.

Er versuchte aufzustehen und wurde beinahe wieder ohnmächtig. Trotz des abgefangenen Aufpralls hatte er eine Gehirnerschütterung davongetragen. Während er darauf wartete, daß er wieder einen klaren Kopf bekam, sah Huma sich weiter um.

Zu einer Zeit, in der mehr Regen gefallen war, könnte der Ort ein Fluß gewesen sein. Seine Tiefe – mindestens viermal Humas Körpergröße – reichte völlig aus, um einen durchgegangenen Hengst umzubringen, selbst wenn er ein mächtiges Schlachtroß war.

Die andere Seite des Flusses war eine Strecke entfernt. Den kümmerlichen Gewächsen nach, die man kaum Pflanzen nennen konnte, mußte der Fluß vor vielen Jahren ausgetrocknet sein, vielleicht in den Anfangstagen des Krieges, als die Drachenherrin auf einen schnellen, entscheidenden Sieg über die Anhänger Paladins aus war.

Huma wagte einen weiteren Versuch aufzustehen. Er stellte fest, daß das Pochen in seinem Kopf nur noch unangenehm war, solange er nicht plötzlich den Hals drehte oder zu rasch nach unten sah.

»Oh, Götter.« Der Ausruf entfuhr ihm unwillkürlich, denn erst jetzt erkannte Huma, daß er allein auf feindlichem Territorium stand. Die anderen mußten ihn für tot halten. Für tot – oder für einen Feigling, der davongerannt war.

Nebel kam auf und streckte seine kalten Finger in den Hohlweg. Huma konnte auf das Ende der Nacht warten und seinen Marsch beim ersten Tageslicht antreten – und dabei vielleicht in eine weitere Goblinpatrouille laufen – oder bei Nacht losgehen und beten, daß alles, was da draußen lauern mochte, in der nebligen Dunkelheit ebenso blind sein würde wie er. Keine dieser Aussichten sagte ihm zu, doch er mußte sich entscheiden.

Er merkte, daß der Schmerz im Kopf weiter nachgelassen hatte, so daß er jetzt den Boden nach seinem Schwert absuchen konnte. Es lag unbeschädigt in seiner Nähe. Sein Packsack war das nächste Problem. Ein Teil davon lag unter seinem Pferd begraben, und trotz Humas Stärke machte es ihm die Lage des Tieres praktisch unmöglich, es anzuheben oder wegzurollen. Er mußte sich mit wenigen Rationen, einem Zunderkästchen und Flintstein und ein paar persönlichen Sachen zufriedengeben, die er aus dem freiliegenden Teil des Sacks herauszerren konnte.

Der Gedanke, bei Nacht zu laufen, gefiel Huma gar nicht, doch die Vorstellung, allein und für alle Welt sichtbar im Tageslicht unterwegs zu sein, sagte ihm noch weniger zu. Er sammelte seine Sachen zusammen und kletterte mit gezücktem Schwert den Hang des Flußbetts hoch. Oben würde der Nebel dünner sein, und die Höhe war strategisch immer von Vorteil. Zumindest hoffte Huma das.

Der Nebel wurde nicht schlimmer, doch er nahm auch nicht ab. Huma konnte zwar die meisten Sterne erkennen, doch am Boden sah er nur gut zehn Ellen weit, und er mußte sich sehr anstrengen, um in dem schwachen Licht des roten Mondes Einzelheiten auszumachen. Das Schwert lag kampfbereit in Humas linker Hand. Er hatte keinen Schild; den mußte er bei der panischen Flucht verloren haben.

Als er daran dachte, fiel ihm auch die dämonische Fratze ein, die er gesehen hatte. Wenn dieses Wesen irgendwo da draußen war... Sein Griff um das Heft wurde fester.

Er war eine Stunde unterwegs, als er barsche, spöttische Stimmen vernahm. Goblins! Huma duckte sich hinter einen morschen Baumstumpf. Gerade mal zehn Schritte trennten ihn von ihnen. Nur der Nebel hatte ihn gerettet. Mindestens drei, möglicherweise auch vier Goblins schienen sich über jemandes Schicksal lustig zu machen. Ein Gefangener wahrscheinlich. Ein Teil in Huma drängte danach, in Sicherheit davonzuhuschen, doch der andere bestand darauf, jede ihm mögliche Hilfe zu leisten. Vorsichtig schlich er näher und lauschte.

Die heisere, krächzende Stimme tat seinem schmerzenden Kopf weh. »Ich glaub', für den da wird uns der Kriegsherr persönlich belohnen.«

Eine tiefere Stimme schloß sich der ersten an: »Vielleicht schenkt er uns den Ochsen. Ich tät' ihm gern selbst die Haut abziehen. Er hat Bibber umgebracht.«

»Du hast Bibber nie gemocht!«

»Er hatte Schulden bei mir! Das Geld krieg' ich jetzt nie!«

Eine dritte Stimme schaltete sich ein. »Wie werden die Oger ihn wohl fertigmachen?«

Huma spitzte die Ohren und hörte, wie ein Messer an einem Stein gewetzt wurde. »So richtig langsam. Die haben fiese Methoden für so'n Zeug.«

Huma hörte Ketten rasseln und versuchte, den Ort auszumachen. Irgendwo weit rechts, befand er.

»Er is wach.«

»Nu gibt's Spaß.«

Wieder Kettengerassel, und eine dröhnende Stimme, welche die Entfernung ohne Schwierigkeiten überwand, gab zur Antwort: »Gebt mir eine Waffe und laßt mich kämpfen.«

»Ha!« Die Goblins brachen in meckerndes Gelächter aus. »Das könnte dir so passen, was, Hornochse? Wir sind doch nich blöd.«

»Tut es lieber, bevor jemand kommt.« Plötzlich klang die Stimme gepreßt wie unter großer Anstrengung. Die Stimmen der Goblins – vier nach Humas Schätzung – schwiegen, bis aus dem Pressen ein Luftschnappen wurde. Die Ketten rasselten.

»Ich dacht' schon, er würd's schaffen!«

»Zwei Kupferstücke, daß er's schafft!«

»Was? Du Blödmann! Du willst bei so was wetten?«

»Bibber hätt' mitgemacht.«

Huma war so auf die Goblins konzentriert, daß er fast den leichten Schritt hinter sich überhört hätte. Als er ihn wahrnahm, war er sich zuerst sicher, daß man ihn bemerkt hatte. Doch der andere lief weiter, und Huma erkannte, daß der Goblinposten im Nebel kaum etwas sehen konnte. Dennoch würden nur ein paar Schritte mehr den Goblin so nahe bringen, daß nicht einmal dichter Nebel den Ritter retten würde.

Seinen ganzen Mut zusammennehmend, schlug Huma leise einen Bogen, um hinter die Wache zu gelangen. Er ging im gleichen Rhythmus wie der Goblin, doch seine eigenen Schritte waren eineinhalbmal so lang. Jeder Schritt brachte ihn daher näher heran. Nur noch ein paar...

Ein wütendes Brüllen erscholl aus dem Lager. Ritter und Goblin drehten sich unwillkürlich um. Dann starrten sie einander an, während die Situation ihnen langsam bewußt wurde. Huma reagierte als erster, indem er im verzweifelten Versuch, den Goblin zum Schweigen zu bringen, lossprang. Er erwischte den Goblin mit Schwert und Körper zugleich. Die Kreatur stürzte zu Boden – doch vorher stieß sie noch einen erstickten Schrei aus.

»Schweineschlächter?«

Huma verfluchte sein Pech und kroch von dem Körper weg. Die Goblins hatten aufgehört, den Gefangenen zu quälen – der offenkundig den Brüller losgelassen hatte – und tasteten sich jetzt in die Richtung vor, aus der ihr Gefährte gerufen hatte.

»Schweineschlächter!«

»Der ist bestimmt wieder über einen Stein gestolpert.«

»Ja, und was is' dann mit ihm passiert – hat er sich den Kopf aufgeschlagen? Schweineschlächter!«

»Ich find', ich sollte hierbleiben. Nur für alle Fälle.«

»Spötter is' hinten. Du kommst mit uns mit, oder ich geb' dir was von dem, was der Ochse kriegt.«

»Schon gut!«

Die Goblins machten mehr als genug Krach, um Humas Bewegungen zu übertönen, und der Nebel verbarg ihn, auch wenn eine der Kreaturen erstaunlicherweise daran gedacht hatte, eine Fackel mitzunehmen. Sie würden jedoch schon bald den Körper ihres toten Kameraden finden, und dann war es aus mit Humas Vorteil.

Sein Vorrücken brachte ihn nahe ans Lager. Er meinte, eine große Gestalt auf dem Boden liegen zu sehen, die so etwas wie einen gehörnten Helm auf dem Kopf hatte, doch im Nebel waren die Proportionen des Menschen – oder vielleicht Elfen oder Zwergs – verzerrt. Das Lagerfeuer war schon niedergebrannt. Eine schattenhafte, zerlumpte Gestalt kam näher, und Huma war klar, daß es sich um den Goblin Spötter handeln mußte, der als Wache bei dem Gefangenen zurückgelassen worden war.

Trotz der schlechten Beleuchtung durch das Feuer machte sich Huma keine Illusionen über seine Chancen, diesen Goblin zu überraschen. Das Gelände vor ihm bot keine Deckung, und der nervöse Goblin drehte sich in alle Richtungen. Huma erkannte, daß er eine üble Zweihändeaxt in den Pfoten hielt.

Humas freie Hand ertastete ein paar kleine Steine, und in seinem von der Gehirnerschütterung gemarterten Kopf keimte eine Idee. Er nahm eine Handvoll Steine und wagte es, auf die Knie zu gehen. Mit einem Stoßgebet zu Paladin warf er sie auf die andere Seite des Lagers.

Zu Humas großer Erleichterung reagierte die Wache wie erhofft. Als der Goblin nachsehen wollte, klaubte Huma eine weitere Handvoll Steine zusammen, stand auf und schlich sich hinter den Gefangenen. Auf halbem Wege warf er die Steine und gab dieses Mal acht, daß sie noch weiter flogen. Mit klopfendem Herzen legte er die restliche Distanz zurück.

Wer der Gefangene auch war: Er war riesig. Und er stank. Der Helm schien eher eine Art Kopfschmuck zu sein, obwohl Huma nicht genau genug hinsah, um sicher zu sein.

»Bleib ganz still«, flüsterte Huma.

Er fühlte, wie der Körper sich anspannte, doch es kam keine Antwort. Aus seiner Position konnte Huma erkennen, daß zwar die Arme zusammengekettet, die Füße jedoch nur mit einem Seil gefesselt waren. Er griff in seinen Gürtel und holte gerade seinen Dolch heraus, als die anderen Goblins einen Schrei ausstießen. Sie hatten ihren Kameraden entdeckt.

»Schneide deine Fesseln durch und lauf! Ich werde alles tun, um dir einen Vorsprung zu verschaffen!« Noch während er das sagte, wunderte sich Huma über seine eigene Waghalsigkeit – oder Dummheit, was schwer zu unterscheiden war. Er wußte nur, daß er als Ritter die Pflicht hatte, sein Leben für andere einzusetzen.

In dem Moment kam Spötter zurückgerannt, um den Grund für das Geschrei zu erfahren, und Huma richtete sich auf. Zuerst verwechselte der Goblin Huma mit einem seiner Gefährten, doch er erfaßte fast augenblicklich seine Lage und hackte mit einem wilden Axtschwung auf den jungen Ritter ein. Huma wich mit Leichtigkeit aus und traf den Goblin am Arm. Spötter wurde sich seiner Lage bewußt und rief um Hilfe.

Die Attacken des Goblins bewiesen wenig Kampfgeschick, sondern waren ein schierer Verzweiflungsakt. Huma konnte den Axthieben leicht ausweichen, doch er wußte, daß jedes Zögern ihn teuer zu stehen kommen würde. Er hörte bereits die anderen Goblins zum Lager zurückstürmen.

Dann stieß der Goblin, der anscheinend der Anführer war, einen Schrei der Überraschung aus. Er brüllte: »Der Ochse is' frei!«

Es war wirklich etwas frei, und Huma fragte sich, wen oder was er da eigentlich befreit hatte. Mit einem wilden primitiven Schrei rannte die schattenhafte Gestalt an Huma vorbei. Der entgeisterte Goblin ließ brabbelnd die Axt sinken und fiel gleich darauf selbst zu Boden.

Unbewaffnet und mit zusammengeketteten Händen konnte der andere sicher nicht gegen drei Gegner bestehen. Doch als Huma ihm zu Hilfe eilen wollte, war sein erster Eindruck, daß eine riesige, bullige Gestalt die Goblins überrannte, als wären sie kleine Kinder. Einer war ihm zu nahe gekommen und quiekte jetzt hilflos in der Luft über dem Kopf des vormaligen Gefangenen. Die anderen beiden wichen furchtsam zurück. Huma blieb stehen, denn er war sich plötzlich nicht mehr sicher, ob es klug wäre, näher zu kommen.

Der Befreite schleuderte den unglückseligen Goblin auf den nächsten seiner beiden Kameraden, welcher dem lebenden Geschoß kreischend auszuweichen versuchte und fliehen wollte. Die beiden Goblins stießen mit knochenbrechendem Krachen zusammen. Sie fielen in einem Haufen übereinander und rührten sich nicht mehr.

Dem letzten Überlebenden blieb keine Zeit zu reagieren. Die große, muskulöse Gestalt griff mit beiden Armen nach vorn und wickelte ihre Metallkette um den Hals des entsetzten Goblins. Mit einem einzigen Zug, der von der Stärke dieser fleischigen Arme zeugte, riß die Kette den Kopf des Goblins zurück. Die leblose Hülle fiel wie ein Sack Eicheln zu Boden.

Huma blieb etwa zwanzig Fuß vor dem Gefangenen stehen, den er befreit hatte. Was es auch war, es war mindestens einen Fuß größer als Huma – der selber kein kleiner Mann war – und fast zweimal so breit. Seine Arme erschienen so dick wie Humas Beine, und seine Beine wirkten, als könnten sie ihren Besitzer ohne merkliche Anstrengung über einen Lauf von zwanzig Meilen tragen.

Der andere betrachtete zufrieden das Werk seiner Rache, richtete sich auf und musterte den Ritter.

Wieder klang die Stimme tief und volltönend. »Meinen Dank, Ritter von Solamnia. Ich schulde dir mein Leben, eine Schuld, die ich nie zurückzahlen kann. Doch ich werde mich darum bemühen, sie auszugleichen, und wenn ich den Rest meines Lebens dazu brauche.«

Huma blieb wachsam, doch das ungute Gefühl in seinem Magen beruhigte sich ein wenig. »Du schuldest mir nichts. Jeder andere hätte dasselbe getan.«

Die große Gestalt lachte dröhnend. »Wirklich?« Er drehte sich zu dem Ritter hin, und selbst in dem schwachen Licht war deutlich zu erkennen, daß er weder einen Menschen noch einen Elf befreit hatte. Die Hörner waren ein Teil des Wesens, ebenso wie das dicke, dunkle Fell, das den Kopf und einen Großteil des Rückens bedeckte. Wie die Goblins es zu frech ausgedrückt hatten, war der andere nichts anderes als ein Stier mit dem Körper eines Menschen.

Ein Minotaurus.

Der Minotaurus machte ein paar langsame Schritte auf Huma zu, wie um zu beweisen, daß er ihm nichts tun würde. Auch wenn der gedrillte Teil von Humo losschrie, daß er vor einem Feind stand – und noch dazu vor einem der grausamsten –, war seine angeborene Neugier von dem Wesen fasziniert. Nur wenige bekamen je einen Minotaurus zu Gesicht. Die Heimat der Stiermenschen lag an der fernen Ostküste Ansalons. Doch Humas Neugier hielt ihn nicht davon ab, sein Schwert in eine bessere Verteidigungsstellung zu heben.

Der Kopf des Wesens wirkte übergroß, selbst für einen so massigen Körper wie den des Minotaurus. Der Kopf und der halbe Rücken waren dick mit dunklem Fell bewachsen, der Rest von dünnem Flaum bedeckt. Die Augen des Minotaurus ähnelten sehr denen eines echten Stiers – bis auf die Intelligenz, die sich darin widerspiegelte. Die Schnauze war kurz und breit, und die Zähne, die das Grinsen der Kreatur freigab, schienen besser dafür geeignet, Fleisch zu zerreißen als grünes Gras. Huma erinnerte sich an ein paar Geschichten über diese Rasse und wich unwillkürlich einen Schritt zurück.

Der Minotaurus hielt seine langen, breiten Hände hoch und zeigte die Ketten, die sie fesselten. Seine Finger waren dicker und gröber als die eines Menschen und endeten mit scharfen Nägeln, nein, Klauen. Im Vergleich dazu waren Humas eigene Hände wie die eines einjährigen Kindes.

»Im Gegensatz zu den Goblins, die immer sechsmal so viele sein müssen wie ihre Gegner, bevor sie auch nur von einem Angriff träumen, finde ich, daß du im Vorteil bist. Ich bin sicher, daß du diese schönen Waffen zu benutzen weißt.«

»Allerdings«, brachte Huma schließlich heraus. »Was hast du hier gemacht? Warum warst du ein Gefangener von diesen Goblins? Ich habe gehört, die Minotauren wären Verbündete der Oger.«

Das rote Mondlicht verlieh den Augen des ehemaligen Gefangenen einen erschreckenden Glanz. »*Soldatensklaven* wäre ein besserer Ausdruck, Ritter von Solamnia. Wir sind für unsere Vettern nichts weiter als Sklaven. Sie halten unser Land und unsere Familien als Geiseln, auch wenn sie das Wort *beschützen* verwenden. Darum tun wir, wozu sie nicht fähig sind. Eines Tages aber werden es die Minotauren sein, die herrschen. Bis dahin können wir warten.«

»Was nicht erklärt, wieso du hier gefangen warst.« Huma versuchte, ein möglichst zuversichtliches Gesicht aufzusetzen. Es würde den Minotaurus nicht viel Mühe kosten, dem jungen Ritter den Hals zu brechen. Er hatte bereits eine Kostprobe seiner Kraft gesehen.

Der Tiermensch ließ seine gebundenen Arme sinken und schnaubte. »Ich habe meinen Ogerhauptmann getötet, Mensch. Mit bloßen Händen habe ich ihn umgebracht. Ein guter Schlag. Ich hab' ihm mit einem Hieb den Schädel gespalten.«

Die Vorstellung, einen Vorgesetzten zu schlagen oder sogar umzubringen, entsetzte den Ritter. Er hob sein Visier und wagte sich näher an den Minotaurus heran.

»Du hast ihn umgebracht?«

»Magst du Oger? Dank meines Eingreifens wird seine Axt kein Leben mehr nehmen – und darin war er gut, das muß ich ihm lassen. Seine Axt hatte viele auf dem Gewissen, Menschen, selbst die Schwachen und Hilflosen. Ich traf ihn über den Körpern eines alten Mannes und zweier Kinder, vielleicht seinen Enkeln, an. Ich tat, was ich für richtig hielt. Es ist nicht ehrenhaft, die Alten, die Schwachen oder die Kinder abzuschlachten – zumindest nicht unter meinesgleichen. Nicht, daß sie meinen Verrat hinnehmen würden. Ich hatte geglaubt, bei den Rittern von Solamnia wäre es ebenso. Ich sehe, daß ich das vielleicht falsch verstanden habe.« Der Minotaurus hielt erneut seine angeketteten Handgelenke hoch, woraufhin Huma rasch mehrere Schritte zurückwich. »Töte mich oder befreie mich von diesen

Ketten. Ich habe keine Lust, darüber zu diskutieren. Die Goblins haben das bißchen Essen, das sie mir gegeben haben, mit Betäubungsmittel versetzt. Diese Anstrengung hat mich fast umgebracht.«

Tatsächlich taumelte der Minotaurus. Huma fällte eine Entscheidung, warf sie um, fällte eine andere und blieb schließlich bei der ersten. Selbst jetzt handelte er noch nicht. Konnte er den Worten der seltsamen Gestalt vor ihm wirklich glauben? Die Minotauren waren angeblich eine ehrenhafte Rasse, doch sie dienten den Göttern des Bösen. So wurde es immer gelehrt.

Humas Schwertarm zitterte, sowohl wegen seiner Gedanken als auch wegen der langen unbequemen Haltung, die er einnahm. Der Tiermensch wartete geduldig, bereit zu sterben oder befreit zu werden. Das ließ Humas Entscheidung schließlich zu seinen Gunsten ausfallen. Langsam und vorsichtig steckte er sein Schwert in die Scheide.

»Wer von denen hatte die Schlüssel?«

Der Minotaurus fiel auf die Knie. Sein Atem ging in gewaltigen Zügen, wie bei einem Stier, der zum Angriff übergeht. »Der, den ich geworfen habe. Wenn einer sie hat, dann er. Ich habe die Schlüssel nie gesehen. Sie brauchten sie nicht. Warum – warum sollten sie mich auch freilassen wollen?«

Während der erschöpfte Tiermensch sich ausruhte, ging Huma zu dem Goblin und untersuchte die vielen Beutel, die am Gürtel des Wesens hingen. Jeder enthielt eine Menge Zeug, vieles davon abscheuliche Kriegstrophäen – wie man die Goblins kannte, wohl eher von den Toten erbeutet –, einiges unidentifizierbar. In einem der Beutel fand er die Schlüssel.

Der Minotaurus hatte die Augen geschlossen, und plötzlich befürchtete Huma, daß einer der Goblins ihm doch eine tödliche Wunde zugefügt hatte. Als die Schlüssel vor seinem Gesicht klimperten, öffnete die bullige Gestalt jedoch die Augen.

»Meinen Dank«, sagte er, nachdem Huma seine Handgelenke befreit hatte. »Bei zwanzig Generationen meiner Ahnen, ich werde nicht ruhen, bis die Waagschale ausgeglichen ist. Das schwöre ich dir.«

»Das ist nicht nötig. Es – es war meine Pflicht.«

Irgendwie brachte der Minotaurus einen sehr menschlichen Ausdruck der Skepsis zustande. »Egal, ich werde meinen Schwur halten, wie ich es für richtig halte. Es soll nicht heißen, Kaz würde seine Ahnen nicht ehren.«

Huma stand auf. »Kannst du laufen?«

»Warte noch einen Moment.« Kaz sah sich rasch um. »Außerdem habe ich keine Lust, heute nacht im Freien zu sein. Ich würde so etwas wie eine Schutzhütte vorziehen.«

»Schutz wovor?« Huma konnte sich nicht vorstellen, was einen so mächtigen Kämpfer beunruhigen konnte, wenn es sich nicht gerade um einen Drachen oder ein Wesen ähnlicher Größenordnung handelte.

Kaz kam langsam hoch. »Der Hauptmann war ein besonderer Liebling des Kriegsherrn. Ich fürchte, er hat vielleicht ein paar von den Haustierchen des Abtrünnigen losgelassen.«

»Das verstehe ich nicht.«

Der Minotaurus widmete sich der Suche nach einer anständigen Waffe. Er entdeckte die Axt, die Humas erster Gegner hatte fallen lassen, hob sie hoch und probierte sie aus. »Gut. Wahrscheinlich zwergisch.« Huma antwortete er: »Hoffen wir, daß wir sie nicht brauchen. Ich glaube nicht, daß dann einer von uns überleben würde.«

In den Händen des Goblins hatte die Axt groß gewirkt. Kaz jedoch schwang sie mit der Leichtigkeit von jemandem, der an wesentlich größere Waffen gewöhnt war. Die Axt war für beide Hände gedacht; der Minotaurus konnte sie allein mit einer Pranke führen.

»In welche Richtung wolltest du?«

»Nach Norden.«

»Nach Kyre?«

Huma zögerte. Er wußte, daß viele Ritter, selbst Bennett, ein solches Wesen nie von seinen Fesseln befreit hätten. Sie hätten es vor gezücktem Schwert durch die Wildnis marschieren lassen. Höchstwahrscheinlich würden sie dem Minotaurus nie ihr eigentliches Ziel verraten. Wenn der angebliche Gefangene in Wirklichkeit ein Spion war, konnte ein solcher Fehler für mehrere Menschen als nur für Huma tödliche Folgen haben. Doch Kaz machte einen ehrenhaften Eindruck.

Huma zögerte einen Augenblick, bis er endlich nickte. »Ja, Kyre. Ich hoffe, dort meine Gefährten wiederzutreffen.«

Der Minotaurus schwang die Axt über die Schulter und machte sie an etwas fest, das Huma als Harnisch erkannte, der genau für solche Zwecke entworfen war. Das war das eine der beiden Kleidungsstücke, die Kaz trug. Das andere war eine Art Rock oder großes Lendentuch.

»Ich fürchte, daß Kyre jetzt keine gute Wahl ist, aber ich will es dir nicht ausreden.«

»Wieso nicht gut?«

Kaz setzte wieder dieses scheinbar menschliche Lächeln auf, ein Lächeln, das Vorfreude enthielt. »Kyre ist jetzt die Front. Meine Vettern, die Oger, müssen inzwischen dort sein.« Er lachte, wodurch er sich wieder wie ein schnaubender Stier anhörte. »Es wird eine großartige Schlacht. Ich wünschte, ich wäre dort.«

Angesichts der offensichtlichen Freude am Töten, die sein neuer Begleiter zeigte, zog Huma eine Grimasse. Einige der Geschichten über die merkwürdigen Minotauren waren augenscheinlich nur allzu wahr.

Huma riß sich zusammen und wischte das trocknende Blut

von seiner Waffe. Er warf einen kurzen Blick auf den eben gefundenen Gefährten, der einen Teil des Abscheus aus Humas Gesicht ablesen konnte.

»Komm mit mir oder kehr zu den Deinen zurück, Kaz«, sagte Huma. »Wie du willst. Die Ritterschaft könnte zu argwöhnisch sein, um einen Deserteur wie dich aufzunehmen.«

Kaz zögerte nicht. »Ich kenne deine Gedanken, Ritter von Solamnia. Ich verstehe die vielen Unterschiede zwischen uns nur zu gut. Dennoch stehe ich in deiner Schuld und würde lieber deinen Kameraden gegenübertreten, als zu meinen eigenen Reihen zurückkehren, wo mich vor der Hinrichtung eine lange Folter erwartet. Ich habe keine Lust, mich der begrenzten Gnade der Oger auszuliefern.«

Weitab heulte etwas in der Nacht. Es hörte sich an wie ein Wolf, befand Huma, war aber kein Wolf. Es klang zu kalt, zu – böse.

»Wir sollten lieber aufbrechen«, beschloß Kaz schnell. »Das ist kein Platz für die Nacht. Der Leichengeruch wird auf jeden Fall Besucher anlocken, und ich, Ritter, würde lieber weitergehen.«

Humas Augen starrten immer noch in die Richtung des Geheuls zurück. Er nickte nachdrücklich, plötzlich glücklich über die Gesellschaft des Minotaurus.

»Einverstanden.« Zum Zeichen der Freundschaft streckt er die rechte Hand aus. »Mein Name, Freund Kaz, ist Huma.«

»Huma.« Die Hand, die Huma drückte, brach ihm zwar nicht die Knochen, war jedoch nahe daran. »Ein starker Name. Ein Kriegername.«

Huma drehte sich schnell um und nahm seine Taschen hoch. Wie falsch der Minotaurus lag! Ein Krieger, also wirklich! In seiner Rüstung fühlte Huma jedes Glied seines Körpers zittern. Er versuchte, sich Bennett an seiner Stelle vorzustellen, wie er sich als geborener Befehlshaber wie ein richtiger Ritter verhielt. Schon der Gedanke daran frustrierte Huma; er wußte, daß Bennett nie in eine solche Situation geraten wäre.

Sie verließen das Lager, das erlöschende Feuer und den verstreuten Abfall, und schlugen die Richtung ein, die Huma gewählt hatte. Aus unterschiedlichen Gründen schwiegen beide. Hinter ihnen – zum Glück nicht näher als zuvor – stieg wieder Geheul zum Himmel empor.

Kapitel 3

Die zwei Wanderer kamen nicht weit, bis sie rasten mußten. Huma machte sein Kopf zu schaffen, und Kaz war noch nicht ganz über die Wirkung des Mittelchens hinweg, das ihm die Goblins ins Essen gemischt hatten.

»Ich war zu dumm! Sie haben mich schlafend wie ein Neugeborenes erwischt und gleich gut verschnürt! Ich bin ja vieles, aber nicht verrückt genug, um aufzuspringen, wenn mich zwei Piken am Boden festnageln. Nicht einmal Goblins können auf die Entfernung daneben treffen.« Der letzte Satz brachte Kaz zum Lachen, während Huma die Feststellung nicht sehr komisch fand.

Sie kamen schließlich überein, an einem kleinen Hang haltzumachen, der einen gewissen Schutz bot. Es war ungünstigerweise eine sehr ähnliche Position wie die der ersten Goblinpatrouille. Dennoch war es besser als völlig offenes Terrain. Huma betete nur, daß ihm die Augen nicht zufielen, bevor er den Minotaurus für dessen Wache wecken konnte.

Sie unterhielten sich noch eine Weile, vielleicht weil keinem beim Gedanken an Schlaf wohl war. Huma erzählte von der Ritterschaft, ihren Grundüberzeugungen und ihrer Organisation. Kaz fand die Ritter von Solamnia interessant. Viele Aspekte sprachen den Mann aus dem Osten an, besonders der große Stellenwert der Ehre.

Kaz berichtete weniger detailliert von seinem eigenen Volk. Sie waren große Seefahrer, das stimmte, doch ihr Leben stand jetzt unter der Herrschaft der Oger. Sie hatten noch immer ihre Ehrenturniere, auf denen man im Rang aufstieg, wenn man seinen Gegner besiegt, doch die Oger machten sich wenig daraus und führten neue Gesetze ein, die ihnen besser paßten. Deswegen hatte sich in Kaz bereits vor dem tödlichen Zusammenstoß mit seinem Hauptmann ein gewaltiger Haß auf seine sogenannten Herren angestaut. Alles war besser, als dieser Rasse zu dienen, fand er.

Daß Huma Kaz sein Leben anvertraute, störte den Solamnier ein wenig. Er hatte bereits gesehen, wie wild der Minotaurus werden konnte. Huma hätte einem Gegner niemals mit solcher Akkuratheit – und Begeisterung – den Hals brechen können wie Kaz. Dennoch glaubte er, daß er dem Minotaurus vertrauen konnte, was dessen Wort anging. Die Debatte in Humas Kopf tobte weiter, bis ihn die Müdigkeit übermannte.

Die Nacht verlief ohne Zwischenfälle, ebenso die ersten

Stunden des Tages. Sie aßen das bißchen Proviant, das Huma geblieben war. Ein kurzer Blick in die Taschen der Goblins hatte dem Ritter jeglichen Appetit auf alles Eßbare verdorben, das sie dabei haben mochten, und außerdem konnte das Goblinessen mit weiteren Mittelchen versetzt sein.

Es war ein kühler Tag. Ein kalter Wind kam auf, und Huma war dankbar für die gute, feste Polsterung unter seiner Rüstung. Kaz hingegen schien die Witterung nichts auszumachen. Er entstammte einer Rasse von Entdeckern, Seefahrern und Kriegern, und in seiner Heimat konnte es in den dunklen Monaten ausgesprochen kalt werden. Der barbrüstige Fußsoldat trug nicht einmal Stiefel. Wäre Huma so weit barfuß gelaufen, so wären seine Füße vernarbt, kaputt und blutig gewesen.

Gegen Mittag bemerkte Huma Reiter in der Ferne. Sie kamen nicht auf Huma und Kaz zu, und bald war die Gruppe nicht mehr zu sehen. Doch Huma hielt sie für Ritter aus Solamnia, und das bedeutete eine reelle Chance, daß seine Truppe – oder zumindest ein Teil davon – in der Nähe wartete.

Kaz jedoch war nicht so zuversichtlich, was die Identität der Reiter anging. Hier, so nahe der Front, konnte es jeder sein.

»Einverstanden, es waren wahrscheinlich Menschen – oder vielleicht Elfen –, aber sie können zu denen gehören, die Takhisis dienen. Du hast nie die Schwarze Garde gesehen, die Elitetruppe des Kriegsherrn. Und ebensowenig die Abtrünnigen.«

Der Minotaurus hatte dieses seltsame Wort schon zuvor benutzt. »Wer sind die Abtrünnigen?« fragte Huma.

»Verkommene Hexer. Verrückte Zauberer. Sind alle auf die eine oder andere Art den Orden der Magier entschlüpft. Nicht alle sind böse. Es heißt allerdings, daß einer mit gewaltiger Macht einen Pakt mit der Dunklen Königin persönlich geschlossen hat, und daß sie jetzt so auf den Sieg versessen ist, daß sie ihre eigenen Schwarzen Roben verstoßen hat.«

Magie. Huma wußte mehr darüber als die meisten seiner Gefährten. Er war damit aufgewachsen. Sein bester – und einziger – Freund hatte sich der Hexerei verschrieben. Von Anfang an hatte Magus Huma gesagt, daß er eines Tages ein großer, mächtiger Zauberer sein würde, auch als Huma sich der Ritterschaft zuwandte, die seiner Mutter zufolge sein Geburtsrecht war.

Der Gedanke an Magus ließ Huma an seine Jugend denken, eine Zeit, die ihm zwar in mancher Hinsicht wertvoll war, die ihn jedoch auch verbittert gemacht und verunsichert hatte. Er hatte Magus seit Jahren nicht mehr gesehen, seit dem Tag, an dem sein Freund seine Lehrzeit beendet und den Turm für die Prüfung betreten hatte, die über seine Zukunft entscheiden sollte. Genau an jenem Tag hatte Huma seine eigene Entscheidung gefällt und war losgezogen, um die Ritter von Solamnia aufzusuchen und um einen Platz in ihrer Mitte zu bitten.

Huma schüttelte die Gedanken daran ab.

Sie wanderten weiter. Kaz suchte gelegentlich den Horizont ab, doch das Gelände schien ihm fremd zu sein. Einmal fragte er: »Sind alle Länder der Menschen so wie dieses?«

»Hast du noch keins gesehen?«

»Nur die schlimmsten Gegenden. Wo sonst sollten die Oger uns hinstellen als auf die schlimmsten Posten? In gewisser Weise sind wir für sie entbehrlicher als die Goblins. Sie trauen keiner anderen Rasse über den Weg, aber sie wissen, daß sie die Goblins kontrollieren können.«

Huma nickte verständnisvoll. »Es gibt noch Länder, die vom Krieg verschont geblieben sind, aber es werden jedes Jahr weniger. Wo ich zu Hause war, ist jetzt Ödland wie hier.« Eine Welle bitterer Erinnerungen kam in ihm hoch. Er zwang sich dazu, nach vorne zu blicken. Die Vergangenheit lag hinter ihm.

Der Kopf des Minotaurus fuhr herum. »Wir bekommen Gesellschaft.«

Der Ritter zuckte zusammen. Mehr als drei Dutzend Gestalten, lauter Menschen, hielten auf sie zu. Flüchtlinge aus einem Dorf, stellte er fest. Herumirrende Überlebende augenscheinlich, mit zwei maroden Wagen, die von halbtoten Ochsen gezogen und von Männern geführt wurden, die kaum besser aussahen als ihre Tiere. Es waren auch Frauen dabei und sogar ein paar Kinder. Als sie näher kamen, merkte er plötzlich, daß die meisten seinen Begleiter anstarrten. Was in diesen Blicken zu lesen war, gefiel ihm ganz und gar nicht.

»Wir müssen uns vorsehen, Kaz.«

»Vor diesem erbärmlichen Haufen? Keine Sorge. Mit denen werde ich allein fertig.« Kaz wollte nach der Axt greifen, die an seinem Rücken hing, doch Huma hielt seinen Arm fest.

»Nein!« warnte er. »Das ist Mord!«

Der normalerweise kurz entschlossene Krieger zögerte. Der Verstand eines Minotaurus arbeitete ganz anders als der eines Menschen. Kaz sah eine Bedrohung; es waren mehr als genug Gegner da, die ihn überrennen konnten, wenn er nicht rechtzeitig handelte. In seiner Welt gab es keine Kompromisse. Man triumphierte oder starb. Huma saß zwischen den Stühlen: Er wollte nicht gegen Kaz kämpfen, doch er konnte dem Minotaurus kaum erlauben, sich auf die Flüchtlinge zu stürzen.

Obwohl Kaz die Hand senkte, war der Schaden bereits angerichtet. Die Dorfbewohner sahen nur ein Monster, das sie bedroht hatte. Sie hatten bereits mitansehen müssen, wie ihre Häuser zerstört und ihre Freunde und Nachbarn getötet wurden. Der Zorn über ihre Hilflosigkeit war größer und größer geworden. Jetzt stand ein einzelner Minotaurus vor ihnen, der alles Böse, all ihr Leiden, verkörperte.

Viele Männer und Frauen drängten vor, ein zerlumpter Mob. Sie waren blaß und verängstigt. Alles, was sie wollten, war die Chance, einmal zurückzuschlagen, bevor sie starben.

Huma war von ihrem Anblick entsetzt. Die Gruppe bewegte sich wie ein Haufen Untoter. Bäuerliche Geräte, Messer, Seile, selbst verschiedene Haushaltsgegenstände wurden als Waffen umklammert. Kaz blieb, wo er war, warf Huma jedoch einen kurzen Blick zu.

»Wenn sie noch näher kommen, schlage ich zu, egal was du sagst. Ich werde nicht dastehen und mich von ihnen umbringen lassen.« Die Augen des Minotaurus glitzerten blutunterlaufen. Er würde bald handeln. Huma sprang mit hoch erhobenem Schwert vor die Menge. »Halt! Er wird euch nichts tun!«

Es war ein lächerlicher Versuch, und das Resultat entsprach seinen Befürchtungen. Die mordlustige Menge kam zum Stehen, jedoch nur, um zu beratschlagen, was mit dem jungen Ritter geschehen sollte, der sich ihnen in den Weg gestellt hatte.

»Geh zur Seite!« schrie ein angegrauter älterer Mann. Sein eines Auge war mit einem Tuch verbunden, und der rote Fleck darauf zeugte von einer noch frischen Wunde. Seine Haut war rissig, und das spärliche Haar klebte an seinem Kopf. »Wir wollen nur ihn! Er muß dafür bezahlen, was er getan hat.«

»Er hat euch nichts getan!«

Eine Frau, die etwas älter war als Huma und einmal hübsch gewesen sein mußte, spuckte ihn an. »Er gehört zu ihnen! Was macht es schon, ob er es war, der meine Kinder getötet hat? Wenn er es hier nicht war, dann war er es woanders.«

Es war nutzlos gewesen, ihnen die Sache erklären zu wollen. Sie hätten Huma nicht zugehört, und selbst wenn, würde das nicht das Grauen aufwiegen, das sie erlebt hatten. Kaz war ihr Sündenbock.

Voller Verzweiflung zückte Huma sein Schwert. Es gab Gemurmel, und ein paar weniger beherzte Leute traten zurück, doch der offensichtliche Verrat eines Ritters von Solamnia gegen seine eigene Rasse war mehr, als die anderen ertragen konnten. Der Mob kam wieder näher, doch dieses Mal war eindeutig auch Huma das Ziel.

Hinter sich hörte er, wie sein massiger Gefährte die Axt herauszog. »Keine Angst, Huma. Wir werden sie zermalmen.«

Jetzt lag noch mehr Vorfreude in den Worten als beim ersten Mal.

Nicht einmal der Anblick eines wütenden Minotaurus mit einer riesigen Streitaxt in der einen, gigantischen Hand reichte aus, um die Dorfbewohner zurückweichen zu lassen. Dürre, knochige Arme, an denen Kleiderfetzen herunterhingen, erhoben sich. Einige Hände waren leer, andere wollten mit dem zuschlagen, was ihnen zufällig in die Finger gekommen war. Huma trat einige Schritte zurück.

Wollte er wirklich diese Menschen töten, um jemanden zu beschützen, der bis vor wenigen Tagen sein Feind gewesen war? Kein Ritter würde so handeln. Huma wußte das sehr wohl. Aber er konnte ihnen Kaz nicht einfach überlassen.

»Kaz, lauf weg!«

»Sie werden dich umbringen, Huma. Weil du mir geholfen hast. Lieber hierbleiben und kämpfen.«

Das war das letzte, was Huma wollte, doch er schien keine Wahl zu haben. Entweder trat er beiseite und verriet den Minotaurus, oder er blieb stehen und verriet diejenigen, die er zu beschützen gelobt hatte. Sein Schwert zitterte.

Ein starker Wind kam hinter ihnen her.

Der Mob erstarrte, und alle Augen gingen nach oben. Hinter sich hörte Huma, wie Kaz herumfuhr und fluchte.

»Ein Drache!«

Eine Staubwolke wirbelte auf, die Huma die Sicht nahm, als er sich umdrehte. Er konnte große Schwingen schlagen hören, als der Drache zur Landung ansetzte. In seiner Phantasie sah er einen der tödlichen, schwarzen Drachen oder vielleicht einen riesigen roten, der gekommen war, um sie alle zu vernichten. Sein Schwert würde weniger als nutzlos sein.

Noch bevor der Staub sich gelegt hatte, griff Kaz an. Ob Drache der Finsternis oder des Lichts war ihm ziemlich egal. Sein Schicksal war in jedem Fall besiegelt. Er hoffte nur, etwas Schaden anzurichten, bevor das Ungetüm ihn zerquetschte. Der Minotaurus brüllte einen Schlachtruf, als er losrannte und die Axt über seinem Kopf schwang. Huma erhaschte den ersten Blick auf den Drachen, als Kaz zuschlug.

Der Ritter riß die Hand hoch und schrie, obwohl er wußte, daß es bereits viel zu spät war. »NEIN!«

Die Kraft eines Minotaurus war wahrhaft beeindruckend. Es hieß, daß eine Axt in der Hand eines Minotaurus Felsen spalten konnte. Hätte Kaz zugeschlagen, so hätte er durchaus siegen können. Statt dessen gefror er abrupt mitten im Schlag, und sein gewaltiger Schwung schmiß ihn kopfüber auf den Boden unter das große Drachenmaul.

Der Drache warf nur einen kurzen Blick auf den gestürzten Berserker und sah dann auf, um den Menschen zu mustern. Huma starrte zurück. Als Ritter war er an das Kommen und Gehen der Drachen des Lichts gewöhnt. Sie dienten als Wächter und Boten, doch er hatte noch keinen aus solcher Nähe gesehen.

Das Tier war groß und schlank. Der ganze Körper war silbern, die beiden Augen strahlten wie Sonnenlicht. Instinktiv wußte er, daß der Drache ein Weibchen war, auch wenn er große Mühe haben würde, das zu erklären. Die Kiefer waren länger als sein Arm, und die Zähne so lang, daß der Drache Humas Kopf leicht mit einmaligem Zuschnappen abbeißen konnte. Die Schnauze war lang und spitz zulaufend.

Im Gegensatz zur Erscheinung des Giganten klang die Drachenstimme tief, aber melodisch. »Ein Ritter von Solamnia?

Was machst du hier draußen? Du bist weit von deinen Kameraden entfernt. Suchst du dieses Ungeziefer hier? Sei beruhigt, der Minotaurus kann sich nicht bewegen. Nicht solange meine Willenskraft ihn festhält.«

Huma senkte seine Waffe. Die Dörfler hatten sich irgendwo hinter ihm versteckt, obwohl sie kaum in Gefahr waren.

»Geht es dir gut?« Die Frage erschien angebracht. Der silberne Drache war wirklich besorgt.

»Bitte«, stieß Huma aus. »Tu ihm nichts! Es ist nicht so, wie du denkst.«

Die schimmernden Augen des Drachen schienen ihn zu taxieren. Das Ungeheuer war neugierig. »Warum willst du dieser Kreatur das Leben schenken? Gibt es dir Informationen, die du brauchst? Ich kann sie leicht aus ihm herausholen.«

Der Drache wartete mit der Geduld eines Wesens, das die Zeit in Jahrhunderten mißt, nicht in Minuten.

»Er ist mein Gefährte. Er hat sich vom Bösen der Finsteren Königin abgewendet.«

Hätte jemand Huma erzählt, daß ein Drachengesicht menschliche Überraschung ausdrücken konnte, dann hätte er darüber gespottet. Genau das war jedoch jetzt der Fall. Er blieb still, während der Drache diese ungewöhnliche Mitteilung verdaute.

»Der Minotaurus wollte mich angreifen. Er war offensichtlich darauf aus, mich schwer zu verletzen. Wie kann ich dann deine Behauptungen überprüfen?«

Huma straffte sich. »Du mußt mit meinem Wort vorliebnehmen. Ich habe keinen Beweis.«

Er lächelte regelrecht darüber. Bei einem Drachen war selbst ein Lächeln furchterregend. Fürst Owal hatte einst gesagt, daß ein Drachenlächeln wie das eines Fuchses sei, der sich darauf freut, das Huhn zu verspeisen.

»Ich bitte um Verzeihung, Ritter von Solamnia. Ich wollte nicht sagen, daß ich deinen Worten nicht traue. Du mußt zugeben, daß es nicht alle Tage vorkommt, daß ein Minotaurus Seite an Seite mit einem der Deinen kämpft.«

»Ist schon gut.«

»Was ist mit denen da?«

Huma drehte sich nicht um. Er erinnerte sich noch gut an seine Unentschlossenheit und was ums Haar daraus geworden wäre. »Ihre Angst und Wut ist verständlich. Sie haben viel durchgemacht. Ich trage ihnen nichts nach.«

Sie nahm seine Antwort mit einer geschmeidigen Drehung ihres langen, schmalen Halses hin. Zu den Dorfbewohnern sagte sie: »Ihr seid vom Weg abgekommen. Geht nach Südwesten. Dort sind Kleriker der Mishakal, die sich um eure Verwundeten kümmern können und euch Essen geben werden. Sagt das auch den anderen, die ihr unterwegs trefft.«

Es gab keine Widerrede, wofür Huma ziemlich dankbar war. Der weibliche Drache schaute zu, wie die Flüchtlinge die richtige Richtung einschlugen. Dann blickte sie mit Abscheu auf Kaz hinunter.

»Wenn ich den da freilasse, ist sein Wohlergehen deine Sache. Ich hege genausowenig Sympathie für seine Rasse wie diese Unglückseligen dort.«

Huma zögerte noch. »Ich kann mich nicht dafür verbürgen, was er tut, wenn du ihn freiläßt. Er ist jähzornig.«

»Eine Eigenart der Minotauren. Wenn sie einander nicht unablässig in ihren Wettkämpfen umbringen würden, hätten sie Ansalon wohl schon viel früher überrannt.« Sie seufzte, woraufhin Huma die Augen schließen mußte, weil heiße Luft über sein Gesicht strömte. »Na schön.«

Bei diesen Worten rappelte sich der Minotaurus plötzlich wieder auf. Er machte keinen neuerlichen Angriff, sondern hielt sich lieber – mit kampfbereiter Axt – in einiger Entfernung von Drache und Ritter. Mißtrauisch beäugte er die Drachendame.

Sie erwiderte seinen Blick mit einer gewissen Verachtung. »Du hast alles gehört.«

Das war keine Frage, und der Gesichtsausdruck des großen Kriegers zeigte Huma, daß Kaz alles nur zu gut gehört hatte. Er traute jedoch immer noch keinem von beiden.

»Ich habe es gehört. Ich weiß nicht, was ich glauben soll.«

»Ich hätte dich leicht zerquetschen können, Minotaurus.« Zum Beweis hob der Silberdrache eine gewaltige Klaue. Wenn einer von ihnen die Kraft dahinter zu spüren bekommen hätte, wäre wenig zu betrauern geblieben.

Kaz schaute Huma an. »Du hast mir schon einmal das Leben gerettet, Ritter Huma. Es sieht so aus, als wenn es dir erneut gelungen ist, nur dieses Mal mit Worten.« Der Minotaurus schüttelte den Kopf. »Es wird mir nie gelingen, diese Schuld angemessen zu begleichen.«

Huma runzelte die Stirn. Schon wieder Schuld! »Ich will nichts anderes von dir als Frieden. Steckst du die Axt weg?«

Der Minotaurus richtete sich auf, warf einen letzten Blick auf das turmhohe Geschöpf vor sich und steckte zögernd die Axt an ihren Platz zurück. »Wie ich schon sagte, ich kann nicht zurück. Was soll aus mir werden?«

Der Drache schnaubte, wobei kleine Rauchwölkchen aufstiegen. »Ich habe kein Interesse an dir. Huma ist es, der entscheiden sollte.«

»Ich?«

»Du hast bisher ein ausgezeichnetes Urteilsvermögen bewiesen. Würden doch mehr von den irdischen Rassen so viel Verstand zeigen.« Es lag kein Spott in der Stimme des Drachen.

Huma war höchst erfreut über das Kompliment, das schließlich von einem so majestätischen Wesen wie dem silbernen Drachen kam. Er dachte ein Weilchen sorgfältig nach, wobei er verschiedene Ideen verwarf, die ihm während der Wanderung gekommen waren. Dann wendete er sich an den Minotaurus: »Wir müssen uns meiner Truppe anschließen. Wenn du dich wirklich vor anderen als vor mir bewähren willst, dann mußt du ihnen alles sagen, was du über die Vorgehensweise der Oger weißt, und sie dazu bringen, dir zu glauben.« Huma hielt inne. »Du weißt doch etwas, was ihnen von Nutzen sein kann, oder?«

Kaz dachte lange darüber nach und raunzte dann. »Ich weiß mehr, als ich wissen sollte. Wenn du sie überreden kannst, mich nicht gleich abzuschlachten, werde ich tun, was du sagst. Vielleicht kann mein bißchen Hilfe den Tag näherbringen, an dem mein Volk wieder frei sein wird.«

»Du mußt mir deine Axt geben.«

Der Minotaurus stieß einen Wutschrei aus. »Ich kann nicht unbewaffnet vor sie hintreten! Ich würde mein Gesicht verlieren! Das ist nicht unsere Art!«

Huma wurde zornig. »Du bist nicht bei deinen Leuten! Du bist bei meinen! Wenn du mit dieser Axt vor sie trittst, besteht keine Aussicht auf einen Kompromiß. Im besten Fall nehmen sie dich gefangen. Im schlimmsten Fall bist du tot.«

Der Drache funkelte den Minotaurus durchdringend an. »Die Einschätzung des Ritters ist überaus realistisch. Du solltest lieber auf ihn hören.«

Kaz schnaubte und grollte und rief die Namen von sechs oder sieben berühmten Vorfahren an, doch am Ende war er einverstanden, Huma zu gegebener Zeit seine Waffe auszuliefern.

Der Silberdrache breitete seine großen Flügel aus. Er war ein hinreißendes Wesen, der Inbegriff der Vereinigung von Kraft und Schönheit. Huma hatte Wandbehänge, Holzschnitzereien und Skulpturen in Burg Vingaard gesehen, in denen versucht worden war, den Glanz der Drachen festzuhalten. Sie alle verblaßten im Vergleich zu ihrem Vorbild.

»Ich war unterwegs zu meinen Vettern im nördlichen Ergod, als ich euch gesichtet habe. Es war eine Situation, die mich interessierte, darum bin ich gelandet«, erzählte die Drachendame. »Ich sollte weiterfliegen, aber es wird kein großer Umweg sein, wenn ich euch zwei zu eurem Ziel bringe.«

Der Gedanke daran, auf dem Rücken eines der legendären Drachen durch den Himmel zu brausen, war für Huma einfach überwältigend. Er wußte, daß es Ritter gab, die vom Rücken der gewaltigen Tiere aus kämpften, doch Huma hatte dieses Privileg noch nie genossen.

»Wie sollen wir uns festhalten?«

»Wenn ich langsam fliege, sollte es euch nicht schwerfallen, euch mit Armen und Beinen festzuklammern. Das haben schon viele getan, auch wenn ihr die ersten seid, die mit mir fliegen. Es wird euch viel Zeit und Mühe ersparen.« Der Drache senkte den Kopf, so daß er mit seinem auf einer Höhe war.

Huma würde fliegen! Magus hatte einst gesagt, daß dies einer seiner wichtigsten Gründe sei, sich einem Zauberorden anzuschließen – zwischen den Wolken zu schweben.

Huma erkletterte den langen, sehnigen Hals genau über den Schultern und lächelte unwillkürlich den Drachen an, der ihm den Kopf zuwandte. Er wußte, daß dieser seine Begeisterung nur zu gut verstand. Leicht rot angelaufen streckte er Kaz die Hand entgegen. Der Minotaurus starrte die dargebotene Hand und dann den Rücken des Drachen an.

Er schüttelte heftig den Kopf. »Mein Volk bringt Landratten und Seefahrer hervor. Aber wir sind keine Vögel.«

»Es ist absolut sicher.« Der Drache wirkte gekränkt. »Selbst ein Baby könnte ohne Furcht auf mir reiten.«

»Ein Baby wäre dumm genug. Ich aber nicht.«

»Keine Angst, Kaz.«

Humas Bemerkung packte den Minotaurus bei seinem Stolz. Wenn ein gewöhnlicher Mensch dieses Wagnis auf sich nahm, dann konnte er, der Minotaurus, das auch. Mit wütendem Schnauben ergriff er Humas Hand und kletterte hoch. Wortlos setzte er sich genau hinter den Ritter, wobei sich jeder Muskel in seinem Körper anspannte. Mit Händen und Beinen umklammerte er den Drachenhals.

»Seid ihr fertig?«

Huma drehte sich um zu Kaz, der geradeaus in Leere starrte. Der Ritter wandte sich zurück. »So gut es geht, glaube ich.« Sein Herz klopfte, und er kam sich eher vor wie ein kleines Kind als wie ein Ritter von Solamnia. »Werden wir hoch fliegen?«

Der Silberdrache lachte regelrecht, ein tiefes, kehliges Lachen. »Nicht so hoch, wie du es dir vielleicht wünschst, aber du wirst wohl auch nicht enttäuscht sein.«

Der Drache warf einen letzten amüsierten Blick auf den Minotaurus und begann dann mit den Flügeln zu schlagen. Huma sah fasziniert zu, wie der Boden unter ihnen zurückwich. Innerhalb von Sekunden schraubte sich der Silberdrache hoch in den Himmel. Huma klappte sein Visier herunter, um den Wind etwas von seinem Gesicht abzuhalten. Kaz klammerte sich zu Tode verängstigt fest und änderte seine Haltung auch nicht, als der silberne Gigant aufhörte zu steigen und schließlich in einen langsamen, gleichmäßigen Flug überging.

Huma klappte das Visier hoch und lehnte sich so nah wie möglich zum Kopf des Drachen hin. »Das – das ist phantastisch!«

»Vielleicht hättest du selber ein Drache werden sollen!« gab er zurück. »Wenn du die Welt nur so sehen könntest wie ich!«

Er versuchte nicht, das zu erklären, und Huma bat ihn auch nicht darum. Für kurze Zeit waren der Krieg, die Ritterschaft und all seine Probleme vergessen.

Huma setzte sich auf und sog die herrlichen Eindrücke in sich auf.

Kapitel 4

Der Krieg hatte kurz und endgültig sein sollen. Takhisis, Drachenkönigin und Königin der Finsternis, hatte all ihre Kinder ins Feld geworfen, ihre Sklaven und Krieger, ihre Zauberer und Mystiker, in einer gewaltigen, vereinten Streitmacht. Zentrum ihres Angriffs waren die Ritter von Solamnia, denn in ihnen sah sie die gefährlichste Macht, die einst die Elfen verkörpert hatten. Heute waren die Elfen nur noch ein Schatten ihrer einst so gewaltigen Macht. Takhisis würde ihnen ihre Aufmerksamkeit erst zuwenden, wenn die Ritterschaft vernichtet war.

Doch die Ritter hatten ihre eigenen Verbündeten und vor allem Disziplin und Organisation, woran es den Gefolgsleuten der Königin mangelte. Außerdem hatten die Ritter ihr Leben dem ewigen Widersacher von Takhisis, Paladin, verschrieben.

Es hieß, Paladin hätte den Ritterorden höchstpersönlich ins Leben gerufen. Es stimmte zwar, daß Vinas Solamnus, der ergodianische Befehlshaber, der sich gegen die Tyrannei seines Kaisers aufgelehnt hatte, Kodex und Maßstab eingeführt hatte, denen seine Soldaten gehorchten, doch er hatte immer behauptet, auf der fernen Insel Sankrist – einem Ort jenseits der Westküste von Ansalon – in einen Hain geraten zu sein, wo Paladin selbst ihn erwartet hatte. Mit seinen Zwillingssöhnen, den Göttern Kiri-Jolit und Habbakuk, hatte der Gott Vinas Solamnus gezeigt, wie er eine schlagkräftige Streitmacht für das Gute aufstellen konnte.

Von Habbakuk stammte der Orden der Krone, für den Loyalität als höchstes Gut galt. Alle neuen Ritter wurden Mitglied dieses Ordens, um zu lernen, wie man gemeinsam handelte, seinen Gefährten beistand und in Treue den Maßstab befolgte.

Von Kiri-Jolit, dem Gott des gerechten Kampfes, stammte der Orden des Schwerts. Wer es wünschte, konnte freiwillig in diesen Orden eintreten, wenn er sich als Mitglied der Krone bewährt hatte. Ehre war das Allerwichtigste für die Ritter des Schwerts. Keine Hand sollte sich im ungerechten Zorn erheben, kein Schwert wegen persönlicher Eifersüchteleien gezogen werden.

Von Paladin selbst stammte der Orden der Rose. Das sollte die Elite sein, die Ritter, die sich dem Gott so mit ganzem Herzen verschrieben hatten, daß nichts anderes mehr für sie zählte. Weisheit und Gerechtigkeit beherrschten ihr Leben. Aus ihren Reihen wurde normalerweise der Großmeister gewählt, der dann die gesamte Ritterschaft anführte.

Obwohl es zu Vinas Solamnus' Lebzeiten zunächst nicht so gewesen war, wurde der Orden der Rose zum königlichen Orden. Zwar floß in allen Richtungen blaues Blut, doch der Orden der Rose stand nur denen von »reinstem« Blute offen. Niemand stellte diese Regel je in Frage, obwohl sie allen Lehren von Paladin zuwider lief.

Der Krieg hatte sich in einem furchtbaren Kräftegleichgewicht eingependelt. Menschen, Drachen, Oger, Goblins – die Verluste häuften sich, die Aasfresser kamen, die Seuchen begannen.

»Ich hätte nicht gedacht...« Die Stimme des Silberdrachen brach ab. Huma war nicht klar gewesen, wie rasch sich die Verwüstung über eine neue, bisher unberührte Region ausbreiten würde. Unter ihnen lag – erschreckend nah – der Beweis.

Ganze Gruppen stolzer, alter Bäume waren entweder von Drachen oder von Magiern ausgerissen worden. Von den Feldern waren nicht viel mehr als große Flächen nackter Erde geblieben, in die viele Füße ihre Spuren gedrückt hatten. Unzählige Tote, Ritter wie Oger, lagen dort verstreut herum. Vielleicht ein paar mehr von den letzteren – oder war das bloß die Hoffnung des solamnischen Ritters?

Humas Gesicht wurde blaß. Er betrachtete die Leichen und bedeckte dann die Augen, während er um seine Fassung rang.

»Das ist eine nutzlose Schlacht«, rief Kaz ihm ins Ohr. Das Interesse für die Schlacht hatte seine Flugangst verdrängt. »Krynus stochert herum, und die Kommandanten der Ritterschaft beißen dann ein bißchen zurück. Davon hat keine Seite etwas.«

Bei seinen Worten versteifte sich Huma. Kaz konnte nicht aus seiner Haut. Ein Kampf bestand für ihn aus Kampfkunst und Position. Selbst bei persönlicher Teilnahme würde er Strategie und Taktik beurteilen. Auch dann, wenn seine eigene Axt durch die Luft schnitt.

Der Silberdrache wandte ihnen den Kopf zu. »Hier können wir eindeutig nicht landen. Kyre ist auf jeden Fall verloren, und zwar für beide Seiten. Diese Weizenfelder werden niemanden mehr ernähren.«

Huma blinzelte. »Dann gibt es Hoffnung. Die Nachschublage der Oger muß angespannt sein. Die Ritter sind da besser dran.«

»Aber sie sind nicht so stark wie die Oger«, warf der Minotaurus ein.

Sie waren so auf das Gemetzel unter ihnen konzentriert, daß keiner von ihnen die großen, dunklen Formen bemerkt hatte, die in ihre Richtung segelten. Es war Kaz, dem sie auffielen. Plötzlich packte er Huma an der Schulter. Huma schaute sich um und folgte dem Blick des Minotaurus.

»Drachen!« schrie er dem silbernen Riesen zu, der sie trug. »Mindestens sechs.«

Als sie näher kamen, konnte Huma ihre Formen und Farben allmählich genauer erkennen. Rote – von einem schwarzen Drachen angeführt? Ächzend erkannte Huma, daß es stimmte. Ein riesiger schwarzer Drache mit Reiter. Und das gleiche bei den anderen!

»Ich kann nicht gegen alle kämpfen«, sagte der silberne Drache. »Springt ab, wenn der Boden nah ist. Ich werde versuchen, sie abzulenken.«

Auf der Suche nach einem geeigneten Platz zum Landen, bevor seine tödlichen Gegenspieler ihn erreicht hatten, strich der silberne Drache über die Baumkronen.

»Ihr müßt springen, wenn ich es sage! Seid ihr soweit?«

»Es ärgert mich, vor einem Kampf auszuweichen, selbst mitten in den Wolken. Können wir denn überhaupt nicht helfen, Huma?«

Huma hielt sein Gesicht vom Minotaurus abgewandt. »Nein, wir springen lieber ab.«

»Wie du willst.«

Sie überflogen etwas, das einmal ein Gehöft gewesen war; jetzt war es weiter nichts als ein paar niedrige, bröckelnde Steinmauern, die ein grobes Rechteck bildeten. Dahinter war freies Feld.

»Ich werde langsamer! Macht euch fertig!«

Sie waren sprungbereit.

»Jetzt!«

Kaz sprang als erster. Er stürzte zu Boden, als hätte ihn ein Pfeil in die Brust getroffen. Die Krallen des Silberdrachen berührten leicht die Erde, als sie in eine weitere Runde glitt.

Huma lehnte sich zum Sprung vor – und zögerte.

»Was machst du denn?« brüllte der Silberdrache Huma an, während die sechs Drachen sich näherten.

»Du kannst nicht allein gegen sie kämpfen!«

»Sei kein Narr!«

»Zu spät!« schrie er schnell.

Jeder der Drachen trug eine große, finstere Gestalt in einer schmucklosen ebenholzschwarzen Rüstung. Ihre Gesichter waren von den Visieren ihrer Helme verdeckt. Ob es Menschen oder Oger oder andere Wesen waren, war für Huma nicht zu erkennen.

Der Reiter des gigantischen, schwarzen Drachen, eine riesige Gestalt, gegen die Huma ein Zwerg war, winkte den anderen. Die Roten blieben zurück, um den Ausgang des Kampfes abzuwarten. Der schwarze Drache kreischte schrill, als der Reiter ihn antrieb.

Die beiden Drachen näherten sich einander mit viel Gebrüll. Klauen schlugen zu, und eine Kralle grub sich in das eine Vorderbein des Silberdrachen. Der wiederum attackierte die dargebotene Brust des Schwarzen und hinterließ dort tiefe Wunden.

Der Reiter schwang eine gefährliche Zweihänderaxt, und Huma parierte den Angriff automatisch. Als die beiden Drachen aufeinander losgingen, gelang es Huma, sich weit genug hinüberzulehnen, um ihm Kontra zu geben.

Die anderen Reiter hielten sich mühsam zurück, während ihre Drachen wütend brüllten, weil sie nicht teilnehmen durften.

Dann erwischte der Silberdrache den Schwarzen am Flügel, und der andere kreischte vor Schmerz auf. Der schwarze Reiter wurde zur Seite geworfen und bot Huma ein gutes Ziel. Ohne nachzudenken, stieß der Ritter in die Öffnung unter der Schulter seines Gegners. Die Schwertspitze durchtrennte das dünne Kettenhemd widerstandslos, und der Schwung trieb sie tiefer hinein. Der Reiter fiel stöhnend zurück.

Das einhellige Geschrei der Reiter und Drachen machte den schwarzen Drachen auf die Verwundung seines Herrn aufmerksam. Verzweifelt riß er sich von dem silbernen Drachen los.

Huma machte sich für den Massenansturm bereit, der zweifellos folgen würde, doch seltsamerweise nutzte der Feind seinen Vorteil nicht aus. Die übrigen Drachen bildeten einen schützenden Kreis um den schwarzen Drachen und seinen schwerverwundeten Reiter. Anschließend drehten die sechs Ungeheuer ab, in die Richtung, aus der sie gekommen waren. Unter den verdatterten Blicken von Ritter und Silberdrache flog der Feind davon.

Huma stellte fest, daß er wieder ruhig atmete.

Der Silberdrache unter ihm hatte sich gleichfalls wieder gefaßt. Seine Wunden bluteten noch, und Huma fragte sich, wie schwer die Verletzungen wohl waren.

Wie zur Antwort drehte sich die Drachendame zu ihm um. Aus jeder Bewegung sprach offenkundige Sorge.

»Bist du verletzt?«

»Nein. Was ist mit dir? Brauchst du Hilfe?« Wie behandelt man einen Drachen? »Ich weiß nicht, ob ich dir helfen kann, aber ich kann es versuchen.«

Der Drache schüttelte seinen glitzernden Kopf. »Ich kann mich selber heilen. Ich brauche nur etwas Ruhe. Das war mehr als eine einfache Patrouille. Ich verstehe es noch nicht ganz, aber ich glaube, es war ein Vorzeichen.«

Huma nickte. »Wir müssen Kaz aufsammeln und schnell zu Fürst Oswal fliegen. Er wird von alldem erfahren wollen.«

Der Silberdrache beugte sich hinunter, sah etwas am Boden und lächelte zynisch. Sie sagte: »Anscheinend haben wir noch mehr Besucher. Welche, die kaum darüber erfreut sein werden, einen Minotaurus auf ihrem Gebiet zu finden.«

Als er dem Blick folgte, sah Huma sie. Ritter von Solamnia. Eine Patrouille seiner eigenen Farben. Der Silberdrache hatte recht. Die Ritter würden Kaz wahrscheinlich umbringen, wenn auch zweifelsohne um den Preis einiger Menschenleben.

Kaz hatte sich in den Überresten eines Bauernkarrens versteckt und die Reiter nicht bemerkt, die von hinten kamen. Jetzt stand er auf, um Huma und den silbernen Drachen zuzuwinken. Selbst wenn die Ritter den Minotaurus übersehen hätten, konnte ihnen die Landung des Drachen nicht entgehen. Ein Ritter entdeckte das Wesen mit dem Stierkopf und rief den anderen eine Warnung zu. Sofort fiel die Patrouille in wilden Galopp. Beim Donnern der Hufe fuhr der Minotaurus herum und stand einen Augenblick wie angewurzelt da. Dann war die Kriegsaxt, die Huma Kaz vorerst gelassen hatte, plötzlich hervorgeholt und wurde erwartungsvoll geschwungen. Schwerter reckten sich, Lanzen zielten.

Huma fiel nur eins ein. Er schrie dem Silberdrachen seinen Plan zu. Die anrückenden Krieger sahen erstaunt hoch, und ihre Reitordnung wurde zum Kuddelmuddel, als sie beim Anblick des hinreißenden Bewohners der Lüfte alles vergaßen. Der Silberdrache kam hinter Kaz herunter, und es gelang ihm, den Minotaurus an den Schultern zu packen. Kaz stieß einen überraschten Schrei aus und ließ seine Axt fallen, als die großen Klauen ihn an der Schulter hochhoben und vom Boden wegtrugen. Die Ritter rissen hart an ihren Zügeln im verzweifelten Versuch, ihre Rösser zu halten, während sie über das vermeintliche Ende eines räuberischen Minotaurus jubelten.

Kaz stieß einen unablässigen Strom von Flüchen aus, bei denen auch der finsterste Bandit erbleicht wäre, doch in den Klauen des silbernen Drachen war er machtlos. Als sie etwas weiter weg waren, setzte der Drache den Minotaurus sanft auf die Erde und landete daneben.

Huma sprang ab und knüpfte sich Kaz auf der Stelle vor. Ohne den Schwur des Minotaurus, ihm zu dienen, hätte dieser den Ritter jetzt wohl umgebracht. In den tiefliegenden Augen des Minotaurus glühte Feuer. Er schnaubte pausenlos vor Wut.

»Kein Kampf!« befahl Huma.

»Sie bringen mich um! Laß mich wenigstens kämpfend sterben und nicht dastehen wie ein feiger Gossenzwerg!«

Sehr ruhig und mit einem kalten Zorn, der ihn selbst überraschte, wiederholte Huma: »Ich habe gesagt, kein Kampf.«

Der Minotaurus atmete heftig aus und schien in sich zusammenzusinken. Er starrte Huma an. »Wie du willst. Ich werde dir vertrauen, weil du mir schon zweimal das Leben gerettet hast.«

Das schon wieder! Huma gab einen entnervten Seufzer von sich und drehte sich um, da die wieder geordnete Patrouille zögernd auf das seltsame Trio zuritt. Ihr Anführer, der einzige, der vom Anblick des großen Drachen offenbar unbeeindruckt blieb, ließ sie anhalten und lehnte sich dann vor, um den jungen Ritter zu betrachten.

»Offenbar ist Bennett dich also doch noch nicht los, Huma.«

Etwa verspätet dämmerte es Huma. »Rennard!«

Rennard hob sein Visier. Ein paar der anderen Ritter rutschten unruhig hin und her. Rennards Gesicht war totenblaß, und wenn er sprach, bewegten sich seine Züge kaum. Er hätte ein schöner Mann sein können, doch sein Aussehen war in seiner Jugend der Pest zum Opfer gefallen, die ihn fast dahingerafft hätte. Sein Gesicht war hager und zerfurcht, und manche seiner Gegner machten sich einen Spaß daraus zu behaupten, Rennard sei in Wirklichkeit an der Krankheit gestorben und hätte es bloß nie gemerkt. So phantasievolle Kommentare wurden allerdings nie in seiner Gegenwart geäußert.

Huma freute sich, Rennard zu sehen. Der ältere Ritter hatte Huma von Anfang an unter seine Fittiche genommen, als er damals mit seinem Gesuch um Aufnahme in die Ritterschaft nach Vingaard gekommen war. Rennard hatte ihn unterstützt, als die anderen ihn zurückweisen wollten – einen Jungen, der nur behaupten konnte, daß sein Vater ein Ritter gewesen war, und dessen Mutter keinen Beweis dafür erbracht hatte.

Inzwischen hatten die Ritter ihre Ehrfurcht vor dem Drachen überwunden und starrten jetzt auf Kaz. Es gab viel Gemurmel, vor allem darüber, was ein so seltsames Geschöpf wie der Minotaurus hier zu suchen hatte. Rennard winkte einem der Reiter. »Fessel den Minotaurus. Ich bin sicher, Fürst Oswal wird großes Interesse an ihm und dem Grund für seine Anwesenheit so weit ab von der Schlacht haben.«

Kaz wich mit erhobenen Fäusten zurück. »Versucht es doch! Der erste, der mich anfaßt, wird das nie wieder tun!«

Einer der Ritter zog sein Schwert. »Unverschämtes Vieh! Du wirst nicht lange genug leben!«

»Nein!« Huma trat zu Rennard hin. »Er ist kein Feind. Er hat mit den Ogern gebrochen. Ich habe ihn als Gefangenen von Goblins gefunden und gerettet. Er hat einen Oger getötet, um Menschenleben zu retten!«

Mehrere Männer machten abfällige Bemerkungen über die Leichtgläubigkeit des jungen Ritters, und Huma wußte, daß sein Gesicht knallrot anlief.

Kaz schnaubte. Der Fleck auf Humas Ehre war ebenso ein Fleck auf der seinen, da er diesem Menschen sein Leben verdankte. »Ist das die Ehre der Ritter von Solamnia? Behandeln sie so einen der Ihren? Vielleicht war es ein Fehler, daß ich die Ritter für genauso ehrenhaft gehalten habe wie meine eigene Rasse!«

Der Ritter, der sein Schwert gezogen hatte, begann sein Pferd anzuspornen. »Das kostet dich den Kopf, Minotaurus!«

»Nichts dergleichen, Ritter Konrad.« Der aufgebrachte Ritter versuchte, Rennards Blick zu bezwingen, doch – wie schon unzählige Male zuvor – es war der blasse Ritter, der siegreich hervorging. Niemand konnte die eisblauen Augen niederringen.

»In Wahrheit gibt es nichts, was irgend einer von euch gegen Humas Urteilsvermögen vorbringen könnte«, fuhr Rennard fort. »Und das wißt ihr. Benehmt euch wie Ritter, nicht wie armselige Ergodianer oder übermächtige Elfen.«

Die anderen Ritter sagten nichts mehr, obwohl es ihnen sichtlich mißfiel, wie Kinder gescholten zu werden. Rennard kümmerte das nicht, wie Huma wußte. Rennard kümmerte nur Rennard.

Zu Huma sagte er: »Du bürgst für den Minotaurus. Ich weiß mehr über dieses Volk als die anderen. Wenn er gelobt, in Frieden mit uns zu ziehen, ist das alle Sicherheit, die ich brauche.«

Huma sah Kaz an, welcher erst die gesamte Patrouille an

sich, dann den hageren Ritter anstarrte. Nach reiflicher Überlegung stimmte der Minotaurus zu. »Ich gelobe, daß ich in Frieden mit euch gehen werde und daß ich Humas Urteil in allen Fragen hinnehme.«

Letzteres war eine Kritik am mangelnden Vertrauen der Ritter zu einem von ihnen. Die Ritter rutschten wieder unbehaglich herum. Die Vorstellung, daß ein so starker Gefangener frei mit ihnen reiten sollte, gefiel ihnen nicht. Der Silberdrache sah mit leicht belustigter Miene zu. Rennards Gesicht zeigte keine Regung, doch Huma glaubte, daß der unverlangte Zusatz ihn amüsierte.

Der Anführer der Patrouille wies mit dem Daumen nach hinten. »Wir haben ein paar Pferde übrig, die wir eine Meile von hier aufgelesen haben. Eins davon ist stark genug für den Minotaurus, denke ich. Wenn ihr einverstanden seid, will ich euch beide an der Spitze haben. Wir haben viel zu besprechen, und du, Ritter Huma, wirst sicher interessante Dinge berichten können.«

Die anderen Ritter machten Platz, als Huma und Kaz zwischen sie traten. Es gab fünf überzählige Pferde – vier Kriegspferde und ein Zugpferd, das augenscheinlich von seinem Besitzer zurückgelassen worden war. Das Zugpferd und zwei von den anderen erwiesen sich als ungeeignet zum Reiten und kamen nur mit, weil sie etwas Fleisch auf den Knochen hatten. Das größte Pferd und damit das einzige, das die massige Gestalt des Minotaurus tragen konnte, war ein nervöses Tier, doch Kaz konnte es durchaus beherrschen. Huma bekam ein silbergraues Pferd, das er sofort mochte. Als sie oben saßen, schlossen sie sich wieder Rennard an.

Huma überblickte die Verwüstung. »Was ist hier passiert?«

Rennards Gefühlslosigkeit machte seine Worte noch erschreckender. »Was passiert normalerweise, Huma? Zauberer tragen ihre Privatfehden aus und reißen das Land auf, hinterlassen den Erdbewohnern nichts als Steine und Krater. Drachen verbrennen oder gefrieren das grüne Land oder verwüsten die noch verbliebenen fruchtbaren Regionen. Wenn dann die Armeen aufeinanderprallen, gibt es kaum noch etwas, wofür es sich zu kämpfen lohnt.«

Zauberer waren Rennards wunder Punkt. Niemand wußte, weshalb. Huma hatte ihm gegenüber nie Magus erwähnt, weil er ihn nicht verärgern und damit einen seiner wenigen Gönner vergraulen wollte.

»Haben wir verloren?«

»Patt. Der Krieg hat sich einfach nach Norden verlagert, obwohl wir ausgeschickt wurden, um uns davon zu überzeugen, daß der Rückzug nach Norden keine Finte war. Wir wollten gerade umkehren, als wir euch sahen.«

Der Silberdrache, der die ganze Zeit über geduldig geschwiegen hatte, mischte sich nun doch noch ein. »Dann habt ihr die Drachenreiter also nicht gesehen?«

Rennards Kopf fuhr hoch. Die anderen Reiter merkten auf. »Drachenreiter, sagtest du?«

»Sechs an der Zahl. Alle in Schwarz und alle auf roten Drachen. Nur der Anführer ritt einen riesigen, schwarzen Drachen. Sie schienen etwas zu suchen, bis sie uns bemerkten. Ich habe versucht, Zeit zu schinden, doch dein Ritterkumpan hat sich geweigert, mich zu verlassen. Er bestand darauf, am Kampf teilzunehmen.«

Da die meisten Gesichter hinter Visieren verborgen waren, konnte Huma die Reaktion seiner Kameraden nicht abschätzen. Einige schienen beifällig zu nicken, während einer etwas über törichte Tollkühnheit murmelte. Rennard jedoch wirkte besorgt.

»Ein riesiger Schwarzer, sagtest du?«

»Der Größte. Trotzdem jung. Der Reiter wollte uns eins zu eins bekämpfen. Wir stellten uns, und dann geschah etwas Seltsames. Huma hat ihn schwer verwundet, so daß der Schwarze gezwungen war, vom Kampf abzulassen. Anstatt Rache zu suchen, haben sich die anderen dem Schwarzen angeschlossen, um ihrem verwundeten Anführer beizustehen. Sie hätten uns erledigt, wenn sie alle auf einmal gekommen wären. Ich verstehe es immer noch nicht.«

Rennards Gesicht blieb wie üblich regungslos. Wie sehr ihn das aufwühlte, war einfach nicht zu sagen. Als er wieder sprach, war es, als wäre ihm die Geschichte von dem Angriff schon entfallen. »Ich kann dir nur danken, daß du einem der Unsrigen diesen Dienst erwiesen hast. Schließt du dich uns an? Ich kenne mich mit Drachenwunden nicht aus, aber wenn die Kräfte eines Klerikers der Mishakal helfen, dann findest du ein paar bei der Hauptarmee.«

Die Riesin breitete ihre Flügel aus – was mehr als einen Ritter und viele der Pferde irritierte – und lehnte das Angebot ab. »Meine eigenen Kräfte werden genügen. Ich brauche nur Ruhe. Ich werde mich meinen Vettern anschließen. Vielleicht sehen wir uns später noch.« Der letzte Satz war mehr an Huma als an Rennard gerichtet.

»Es war faszinierend, dich selbst für so kurze Zeit kennenzulernen, Ritter Huma«, fuhr der Drache fort. »Alles Gute. Möge Paladin über dich wachen.«

Ohne weiteren Kommentar schwang der Silberdrache sich hoch in die Luft. Huma und die anderen mußten zur Seite sehen, weil so viel Staub aufgewirbelt wurde. Als er sich schließlich gelegt hatte, war das wundersame Geschöpf bereits weit fort. Die Gruppe sah ehrfürchtig zu, wie es in den Wolken verschwand. Rennard drehte sich um und ließ seine Mannschaft antreten, einschließlich Huma und Kaz. Dann wendete er sein

Pferd. Er gab kein Kommando, denn es war keins vonnöten. Die anderen folgten einfach, wobei die beiden Neuankömmlinge gleich hinter dem Anführer der Patrouille ritten.

Erst als sie bereits eine Weile geritten waren, winkte Rennard die beiden neben sich. Während er sprach, beobachtete er wieder den vor ihm liegenden Pfad. »Diese Reiter. Hast du sie je zuvor gesehen oder von ihnen gehört, Huma?«

»Sollte ich das?«

»Vielleicht. Minotaurus –«

»Mein Name ist Kaz.«

»Also gut, Kaz. Du kennst sie doch bestimmt?«

»Das ist die Schwarze Garde. Ein Name von vielen. Sie dienen dem abtrünnigen Zauberer Galan Drakos und dem Kriegsherrn der Königin, Krynus.«

»Was ist mit dem Kriegsherrn selbst?«

Kaz zuckte mit den Schultern. »Er ist ein Riese. Ob Oger oder Mensch oder sonst was, weiß anscheinend kaum jemand. Er ist ein meisterhafter Stratege, risikofreudig, auch was ihn persönlich angeht. Am liebsten reitet er – reitet er...« Der Minotaurus brach mitten im Satz ab. Seine Augen wurden größer.

Ein dünnes, tödliches Lächeln breitete sich über Rennards Gesicht aus, ein furchterregender Anblick in dieser totengleichen Miene. Rennard wandte sich Huma zu. »Was er meiner Meinung nach erzählen wollte, war, daß Krynus' Lieblingsreittier ein gewaltiger, schwarzer Drache namens Charr ist. Beide, Mann und Tier, sind ganz wild auf riskante Abenteuer, und ein Zweikampf ist etwas, was sie so richtig genießen.«

»Und... und ich habe gegen ihn gekämpft.« Die Erkenntnis erschütterte Huma. Er hatte Krynus selbst gegenübergestanden und lebte.

Aber der Kriegsherr ebenfalls, wie ihm plötzlich aufging. Er war zwar schwer verwundet gewesen, doch Huma war sich sicher, daß er lebte – und irgendwie wußte Huma, daß der Kriegsherr nach ihm suchen lassen würde. Um sein Gesicht zu wahren. Um seine Ehre zu retten. Um die Waagschale auf seiner Seite zu senken.

Um ihn zu töten.

»Soweit ich weiß, nimmt der Kriegsherr seine Kämpfe sehr persönlich«, fügte Rennard wie beiläufig hinzu. Er trieb sein Pferd auf einmal zu einer schnelleren Gangart an, und die anderen folgten so dicht wie möglich. Selbst so ging es Huma noch nicht schnell genug. Er suchte inzwischen nervös den Himmel ab.

Kapitel 5

Hatte die Verwüstung von oben schon schrecklich ausgesehen, so erwies sie sich auf den zweiten Blick als noch schlimmer. Jetzt konnte Huma sehen, mit welcher Gründlichkeit der Tod durch diese Region gefegt war. Kyre, eine einstmals von Menschen überquellende Stadt an der Grenze zu Ergod, existierte nicht mehr. Die Felder waren verbrannt. Die Leichen lagen wie kaputte Spielzeuge herum. Die meisten Gebäude waren bloß noch Ruinen, wenn überhaupt. Als die Patrouille um die Ostmauern der Stadt – oder die Überreste davon – ritt, schlug ihnen Verwesungsgeruch entgegen. Huma betete darum, nicht die Beherrschung zu verlieren, und es befriedigte ihn nicht, daß auch mehreren anderen Rittern übel wurde. Rennard ritt scheinbar ungerührt weiter.

Am Ende des Tages waren Pferde und Rüstungen völlig verdreckt. Als ihnen klar wurde, daß sie die Hauptstreitmacht erst Stunden später erreichen würden, und weil sie die unsicheren Wege vor sich kannten, ließ Rennard an einer Stelle aus festgestampfter Erde, die einst als Landstraße gedient hatte, haltmachen. Hinter ihnen konnten sie Rauchkringel sehen, die von Kyre aufstiegen. Die Feuer waren schon lange erloschen, doch der Rauch weigerte sich zu sterben, als wolle er die Ritter an ihr Versagen erinnern.

Die Nacht verlief ohne Zwischenfall. Kaz versuchte zu seinem Eid zu stehen, indem er die ganze Nacht über den jungen Ritter wachte, bis sowohl Rennard als auch Huma darauf bestanden, daß der erschöpfte Minotaurus selbst eine Runde schlief.

Beim ersten Tageslicht ritten sie weiter, Huma und Kaz wieder neben dem Anführer der Patrouille. Huma versuchte, Rennard in ein Gespräch zu ziehen, doch der andere Ritter war so schweigsam wie immer. Er würde sprechen, wenn er es für nötig hielt, sonst nicht.

Gegen Mittag näherten sie sich dem äußeren Rand der Südflanke. Die Schlacht war zu einem Nebeneinander von kleinen Scharmützeln abgeebbt, weil beide Seiten die andere auf ihre Schwächen testete. Die Patrouille hatte Glück gehabt. Wären sie zu einer anderen Tageszeit eingetroffen, so wären die Ritter vielleicht in einen solchen Kampf hineingeritten.

Das Lager der Südflanke war südöstlich der Ruinen der Stadt gelegen. Rennard zügelte sein Pferd. Vor der Patrouille lag ein großes Zelt, das von Rittern des Schwerts umstellt war. Der blasse Ritter stieg nicht ab. Statt dessen rief er den Hauptmann der Wache zu sich. Beim Anblick von Rennard erblaßte der Betreffende und salutierte.

Das totengleiche Gesicht starrte auf ihn herab. »Wer hat hier das Kommando?«

»Fürst Killian. Du wirst ihn jedoch nicht hier antreffen. Er ist zu den Männern gegangen, um ihnen Mut zu machen.« Der wachhabende Offizier klang, als hätte er wenig Vertrauen in diesen Versuch.

Rennard nickte. »Vielleicht kannst du uns helfen. Wo finden wir Fürst Oswals Hauptquartier? Als meine Patrouille aufbrach, war es hier in der Nähe.«

Unter Rennards kaltem Blick informierte ihn die Wache, daß der Generalstab einen vollen Tagesmarsch weitergezogen war, diesmal nach Nordosten. Der immer sardonische Kaz brummelte etwas davon, seinen eigenen Schwanz zu jagen, doch ein strenger Blick von Huma brachte ihn zum Schweigen. Unverzüglich brach die Gruppe wieder auf.

Die Gegend im Nordosten hatte erheblich weniger gelitten als das hinter ihnen liegende Land. Schon eine Stunde nach Aufbruch kamen die ersten lebenden Bäume in Sicht. Während die Minuten verstrichen, belebten mehr und mehr Bäume die Landschaft. Die meisten waren kurz und stämmig, doch es waren Bäume! Die Stimmung heiterte sich ein wenig auf.

Nicht ein einziges Mal während ihres Ritts verloren sie die beiden ungeheuren Armeen aus den Augen, die zwischen den Bäumen und Hügeln ihre Stellungen wechselten. Im Norden lagen die Bergketten, welche die Grenze zwischen Solamnia und dem alten Ergod markierten. Zu ihnen gehörten diverse, bis zu den Wolken ragende Gipfel, in denen ein großes Volk furchtbarer Oger zu Hause war. Wer sich in diese Bergregionen wagte, riskierte Leib und Leben.

Humas Gedanken schweiften ab. Was würde Fürst Oswal sagen, wenn Huma ihm gegenübertrat? Es hatte schon immer Reibereien zwischen dem Obersten Kommandanten und dem Großmeister gegeben, und Fürst Trake war von der Entscheidung seines Bruders, den jungen Huma zu protegieren, nicht besonders begeistert gewesen. Eine solche Entscheidung konnte sich katastrophal für Fürst Oswal auswirken. In seiner Stellung würde er viel an Einfluß und Macht verlieren, wenn Huma als Ritter versagte. Ohne Frage war die Ritterschaft, die sich so mit ihrem Einsatz für das Gute brüstete, auch eine politische Organisation. Nicht daß Huma das etwas ausmachte. Er fragte sich eher, was aus dem Heer werden würde, wenn ein anderer als der Oberste Kommandant sie lenkte. Fürst Oswal war der genialste General der Ritterschaft.

Rennard rief ihm etwas zu und zeigte nach Westen. Alle Augen folgten seinem Zeichen. Der wolkenverhangene Himmel wurde innerhalb von Sekunden pechschwarz. Die Ritter sahen die Finsternis herannahen wie einen Schwarm Heuschrecken, der in ein Weizenfeld einfällt, und ihnen war klar, was sich da abspielte: Hexerei der übelsten Sorte. Die Untertanen der Königin waren wieder einmal am Werk und versuchten, die Verteidigungslinien zu durchbrechen.

Rennard zügelte sein Pferd. Durch das geschlossene Visier musterte er die anderen. Er starrte Huma und Kaz an. »Wird der Minotaurus für uns kämpfen, wenn du ihn darum fragst, Huma?«

Kaz schnaubte laut. »Frag mich selbst, du Ghul!«

Der bleiche Ritter ließ die Beleidigung an sich vorbeistreichen wie den scharfen Wind, der ihm ins Gesicht blies. »Wirst du für uns kämpfen?«

Huma fühlte, wie Rennards Augen sich in die seinen bohrten. »Es ist deine Entscheidung, Kaz.«

Über das Stiergesicht glitt ein wildes, zähnefletschendes Grinsen. »Dann kämpfe ich, und zwar gerne, weil es mir Gelegenheit gibt, meine Muskeln zu bewegen. Außerdem gelte ich bei meinen Leuten als Ausgestoßener, seit ich mich entschieden habe, den Oger zu zerquetschen und davonzulaufen. Sie werden mich sofort töten, wenn sie mich kriegen. Bei euch habe ich wenigstens noch die Chance zu beweisen, daß meine Ehre etwas wert ist.«

»Dann wollen wir unseren Brüdern zur Seite stehen.« Mit diesen Worten spornte Rennard sein Pferd an. Jemand brüllte einen Schlachtruf. Huma biß die Zähne in der Hoffnung zusammen, daß man seine Grimasse als wilde Entschlossenheit deuten würde und nicht als Versuch, die Gefühle zu ersticken, die seinen Körper zu zerreißen drohten.

Die Finsternis kroch heran, als wollte sie die Ritter erdrükken.

Sie hätten ebensogut mitten in einer mondlosen Nacht kämpfen können. Die Rufe der Verwundeten und Sterbenden und die blutrünstigen Schreie der Krieger beider Seiten gellten über das Schlachtfeld. Riesige, dunkle Silhouetten fegten durch die Luft. Manchmal trafen sie die Gestalten am Boden, doch selten mit voller Kraft. Der Drachenterror war noch nicht entfesselt. Am Boden herrschte ein zu großes Chaos; zu leicht hätten die Drachen ihre eigenen Verbündeten verschlingen können.

Gleißende Blitze der Macht warfen ihren Schein auf einen Teil des Gemetzels. Die weißen und roten Zauberkundigen maßen sich mit den schwarzen. Die Sorge, zuviel ihrer Weisheit zu verraten, verhinderte den Sieg der Roten und Weißen Roben, Leichtsinn den der Schwarzen Roben. Dennoch hatte der Kampf der Magier Auswirkungen. Die Dunkelheit, die so rasch aufgekommen war, schritt nicht weiter voran, sondern zog sich sogar ein wenig zurück. Die Schwarzen Roben konnten nicht gleichzeitig ihre Kollegen attackieren und die Stärke der tödlichen Wolke aufrechterhalten.

Plötzlich war der Himmel mit mehr Drachen gefüllt, als irgend jemand sich hätte vorstellen können. Langsam und geräuschlos hatten sie sich gesammelt. Als die Finsternis wich, brachen sie aus der Wolkendecke. Zahlenmäßig waren sie denen, die für die Ritter kämpften, weit überlegen. Rote, schwarze, grüne, blaue – der Himmel bot eine große Auswahl an Farben.

Obwohl sie in der Minderheit waren, warfen sich die Drachen des Lichts ihnen entgegen. Doch sie waren nicht genug. Den Kindern der Drachenkönigin gelang es rasch, die Reihen der Ritter zu dezimieren. Ihr eigentliches Ziel lag allerdings jenseits davon. Sie überfluteten die Hügel, wodurch sie die Oger und andere erdgebundene Verbündete beschützten, die genau jetzt in größeren Mengen aus den Bergen herabströmten.

Die bereits von allen Seiten von viel zu vielen Gegnern bedrängten Ritter sahen erleichtert die neue Gruppe kommen. Mit erhobenen Schwertern und angelegten Lanzen nahm Rennards Gruppe Sturmstellung ein. Die über ihnen tobenden Drachen ließen sie kalt. Die Reihen würden standhalten.

Huma war unter denen ohne Lanze, doch er wußte, daß sein Schwert schon rechtzeitig einen Gegner finden würde. Die Oger waren wild darauf, das Blatt zu ihren Gunsten zu wenden, und drängten vor. Die erste Welle hatte genau in dem Moment zugeschlagen, als Huma und seine Gefährten den Kampfplatz erreichten. Der Hügel verlangsamte die Streitrösser. Huma sah einen Mann zu Boden gehen, weil sein Pferd stolperte. Mehrere andere strauchelten. Dann waren sie mitten im Zentrum des Ogeransturms.

Überall um ihn herum blitzte Metall auf, und alles schrie aus vollem Halse. Huma wehrte verzweifelt jede Waffe ab, die sich gegen ihn richtete, und streckte einige Oger nieder, ohne es wirklich wahrzunehmen. Ein breites, flaches Ogergesicht glotzte ihn an; es war behaart und grausig, mit scharfen Zähnen wie denen des Minotaurus und rotgeränderten Augen. Der Atem des Ogers stank. Huma versetzte dem Angreifer einen harten Tritt.

Wildes Gelächter gellte in Humas Ohren. Zwischen den Kämpfenden schwang Kaz, der Hüne, seine Axt wie ein Rachegott des Chaos und des Todes. Jeder Hieb fand ein Opfer. Blutgier verzerrte das Gesicht der riesenhaften Kreatur. Dann verlor Huma Kaz aus den Augen, weil weitere Oger dem jungen Ritter ans Leben wollten.

Eine Axt traf Humas Bein. Nur sein eigener Hieb bewahrte ihn vor dem Verlust seiner Gliedmaßen, der hatte zuerst und endgültig getroffen. Der Gegner war bereits tot gewesen, während er noch zurückgeschlagen hatte. Der Schock brachte Huma jedoch kurzfristig ins Taumeln. Fast hätte er sein Schwert fallen lassen und wäre an Ort und Stelle niedergemetzelt worden, wenn Rennard nicht gewesen wäre. Der große Ritter mähte sich in gleichmäßigem Tempo seinen Weg durch den Feind. Die Oger versuchten, dieser Kampfmaschine auszuweichen, doch Rennard verfolgte sie. Huma starrte ihm nur noch nach. In diesem Moment schien es kaum einen Unterschied zwischen dem Ritter und dem Minotaurus zu geben.

Selbst so reichte der Einsatz nicht aus, und es sah so aus, als würden die Ritter in die Flucht geschlagen. Dann schlossen sich weitere riesige Gestalten dem Kampf an – diesmal für die solamnische Seite. Verstärkung war eingetroffen. Humas Begeisterung währte allerdings nur kurz. Ein neuer Oger stürzte sich auf ihn.

So unvermittelt, wie sie aufgezogen war, verschwand die

höllische Finsternis. Der Widerstand der Zauberkundigen der Königin ließ nach. Die Ritter warfen sich mit neuer Hoffnung nach vorn. Huma sah den Boden aufplatzen und erschauerte innerlich, als zahllose feindliche Krieger hoch in die Luft geworfen wurden, um Sekunden später herunterzukrachen.

»Huma!« Die Stimme gehörte Rennard und schien ihn warnen zu wollen. Huma drehte sich zu der Stimme um, als plötzlich ein Schatten vor ihm emporwuchs. Jemand rang mit ihm. Es gelang Huma, seine Klinge zwischen sich und den Gegner zu schieben und sie dem anderen in den Hals zu stoßen.

In der Dunkelheit wendete Huma sein Pferd, um seine Kameraden nach Gehör zu suchen. Das wurde ihm zum Verhängnis, denn etwas Schweres kam durch die Nacht geflogen und traf ihn hart an der Rückseite des Helms.

Er sackte nach vorn und rutschte vom Pferd.

Huma hatte nicht gewußt, daß die Todesbotin so schön und so liebevoll sein würde. Sie griff nach vorn und tupfte den Schweiß von seiner Stirn. Dann hob sie seinen Kopf etwas an, damit er einen Schluck Wasser trinken konnte.

Das Wasser brachte ihn wieder zur Besinnung, so daß er erkannte, daß er nicht tot war. Das Gesicht über ihm war nicht der Tod, sondern gehörte einer schönen, jungen Frau mit weißen – nein, silbernen – Haaren. Ihr Haar faszinierte ihn so sehr, daß er die Hand heben wollte, um es zu berühren. Zu seiner Überraschung genügte der Schmerz dieser einfachen Bewegung, damit er wieder sein Bewußtsein verlor.

»Wachst du überhaupt noch mal auf?«

Die knurrige, aber besorgte Stimme durchbrach Humas Dämmern. Seine Augen öffneten sich blinzelnd, dann verschlossen sie sich wieder fest vor dem Licht.

»Das bißchen Licht dürfte dich nicht umbringen, nachdem Oger und Drachen das nicht geschafft haben.«

Huma wagte einen neuerlichen Versuch, diesmal langsamer. Ein winziges bißchen Licht sickerte durch seine Augenlider.

Er öffnete die Augen ein wenig mehr und begann, um sich herum Formen wahrzunehmen. Die wichtigste davon war das häßliche Gesicht des Minotaurus.

»Kaz?« Seine Stimme erschreckte ihn; es war kaum ein Krächzen.

»Gut geraten.«

Huma betrachtete seine Umgebung. Er befand sich in einem Zelt, das für Verwundete reserviert war. Die meisten anderen Feldbetten waren leer, und auf den paar besetzten lagen fest schlafende Gestalten – vielleicht nicht einmal mehr schlafend. Er erschauerte. Das brachte den Schmerz zurück.

»Was ist mit mir passiert?«

Das Tiergesicht brachte ein beinahe menschliches Grinsen zustande. Kaz gab ein tiefes Lachen von sich. »Was ist dir nicht passiert? Zuerst hast du genau in die stumpfe Seite einer Axt gesehen – keine Sorge, sie hat nur die eine Seite deines Kopfes gestreift. Du bist ausgerutscht, gestürzt und hast dich um ein Haar zu Tode trampeln lassen. Die gute Nachricht ist, daß du die ganze Zeit bewußtlos warst. Es ist ein Wunder, daß deine Knochen alle heil sind, Freund Huma. Blaue Flecken hast du allerdings genug.«

»Mir tut alles weh.«

»Das sollte es auch. Sag mal, bist du immer so unvorsichtig?«

Huma lächelte, doch das Lächeln erwies sich – wie alles andere – als schmerzhaft.

»Ist er wach?«

Schnell drehte er den Kopf der sanften Stimme zu, wobei er allen Schmerz vergaß, und erblickte die Vision aus seinen Träumen. Das silberne Haar floß von ihrem Kopf. Sie trug ein ähnliches Gewand wie die Heiler der Mushakal, doch ihren zarten, elfenbeinfarbenen Hals zierte kein Medaillon. Das Gewand verbarg ihre weiblichen Formen kaum, und Huma zwang sich zum Wegsehen, bevor es ihm peinlich wurde.

»Wach, lebendig und anscheinend mit weniger Schmerzen, als er dachte.« Der Minotaurus stand auf. »Ich überlasse dich den Händen dieser Heilerin, Huma. Während du dich ausgeruht hast, hat man mir die Aufgabe übertragen, die Strategien meiner einstigen Herren so gut wie möglich zu durchschauen.«

»Sie lassen dich im Lager frei herumlaufen?« Wenn das stimmte, war es eine erstaunliche Geste seitens der Ritter.

Kaz schnaubte verächtlich. »Nur solange ich von zwei bewaffneten Aufpassern begleitet bin. Sie haben es mir abgeschlagen, dich privat zu besuchen.«

»Du tust uns unrecht, Kaz.«

Der Tiermensch schüttelte seinen furchterregenden Kopf. »Nein. Vielleicht tu' ich dir und ein paar anderen unrecht, aber nicht der Ritterschaft.«

Kaz marschierte ohne weiteren Kommentar hinaus. Huma sah ihm nach. Die beleidigenden Worte hatten ihn getroffen. Verdiente die Ritterschaft wirklich solche Verachtung?

»Du pflegst interessante Gesellschaft.«

Huma wendete seine Aufmerksamkeit wieder der Frau zu. »Was?«

Sie lächelte, und dieses Lächeln überwältigte ihn. Ihre Lippen waren voll und rot, und darüber saßen eine kecke Nase und zwei mandelförmige Augen. Die Farbe ihrer Augen war wie das Sonnenlicht, das Gegenstück zu ihrer glänzenden Mähne. Insgesamt sah sie nicht richtig menschlich aus, und Huma vermutete, daß viel von ihrer Schönheit von elfischen Vorfahren stammte.

»Wenn du dann fertig bist...«, sagte sie, offensichtlich amüsiert.

Er merkte, daß er sie völlig hingerissen angegafft hatte. Sein Gesicht lief rot an, und Huma begann, intensiv die Decke zu mustern.

»Ich bitte um Vergebung. Ich wollte Euch nicht beleidigen, meine Dame«, sagte er, wobei er noch röter wurde, weil er ins Stottern geriet.

Ihre Mundwinkel zogen sich noch weiter auseinander. »Ich habe nie behauptet, daß ich beleidigt wäre.« Sie nahm ein feuchtes Tuch aus einer Schale neben ihm und begann, ihm den Kopf abzuwischen. »Ich bin außerdem keine ›Dame‹. Gwyneth reicht völlig. So heiße ich nämlich.«

Er wagte es, ihr Lächeln zu erwidern. »Mein Name ist Huma.«

Sie nickte. »Ja, ich weiß. Der Minotaurus und der Ritter, der dich gebracht hat, haben deinen Namen beide mehrmals gesagt. Ich habe vorher noch nie einen Minotaurus gesehen.«

»Kaz ist ein Freund.« Huma beschloß, es dabei zu belassen. Er hatte nicht genug Kraft für weitere Erklärungen. Ihm kam ein Gedanke. »Du sagtest, ein Ritter. Weißt du, welcher?«

»Wie könnte ich das vergessen.« Ein Schauer durchrann Gwyneth. »Er war wie die Gestalt und Stimme eines Toten. Ich habe aber auch eine Art Trauer in ihm gespürt.«

Huma hatte nie gehört, daß man Rennard auf diese Weise beschrieben hatte, doch er wußte, daß der blasse Ritter ihn irgendwie vom Schlachtfeld hierher gebracht hatte.

»Geht es dir besser?«

Der Schmerz schien jetzt nachgelassen zu haben. »Ja. Habe ich dieses Wunder dir zu verdanken?«

Sie wurde rot. »Nein, ich helfe den Heilern nur.«

Huma versuchte, sich aufzurichten, gab aber auf, weil er

noch zu schwach war. Er verzog das Gesicht vor Schmerzen. Gwyneth sah ihn an, wie man ein unartiges Kind ansieht.

»Versuch das nicht noch mal.«

»Das könnte ich wohl auch nicht. Hat mich kein Kleriker geheilt?«

»Es gibt nur wenig hier im Lager. Du wirst mit dem bißchen Hilfe zufrieden sein müssen, die sie dir geben konnten. Selbst Heiler haben ihre Grenzen.« Obwohl sie noch immer lächelte, verriet Gwyneths Tonfall, daß sie fand, daß die Kleriker sich verausgabten.

»Wo sind wir?«

»In den westlichen Wäldern von Solamnia. Du warst einen ganzen Tagesritt lang bewußtlos. Wir sind ungefähr so weit von der Front entfernt.«

»Haben wir gesiegt?« Huma konnte nicht glauben, daß die Reihen gehalten hatten.

»Keiner hat gesiegt. Es war so wie immer. Ohne deine Gruppe wären die Oger vielleicht durchgebrochen. Zum Glück haben sie es wieder nicht geschafft.« Sie hielt gedankenverloren inne und wechselte dann das Thema. »Genug von dem Geschwätz über den Krieg. Möchtest du etwas essen? Du hast mindestens zwei Tage lang nichts zu dir genommen.«

Huma nickte. Allerdings war er schwer enttäuscht, als Gwyneth eine kreideweiße Pampe zu rühren begann. Dann schaute sie auf, sah seinen Gesichtsausdruck und lächelte aufmunternd. Sie hob den Löffel aus der Schüssel und lehnte sich vor, um Huma damit zu füttern. Er funkelte das Zeug an.

»Es ist nicht so schlecht, wie es aussieht, Huma. Probier mal.« Obwohl er sich wie ein Kind vorkam, öffnete er vorsichtig den Mund. Es stimmte, stellte er fest; der Brei schmeckte besser, als er befürchtet hatte. Er zwang sich, weiter zu essen, eher, um in ihren Augen nicht als Idiot dazustehen, denn aus Hunger. Als der letzte Rest verschwunden war, war Huma ziemlich erleichtert.

Auch Gwyneth wirkte erleichtert, als sie die Schüssel wegstellte. »Es tut mir leid, daß ich dich allein lassen muß, aber ich habe noch andere Pflichten. Ich werde von Zeit zu Zeit nach dir sehen, das verspreche ich.«

Er streckte ihr die Hand hin. »Danke nochmals.«

Sie zögerte, und Huma ließ betreten die Hand fallen. Weitere Verlegenheiten blieben ihnen erspart, weil Rennard im Zelteingang auftauchte. Gwyneth sammelte ihre Sachen zusammen und huschte aus dem Zelt. Humas Augen folgten ihr, dann richteten sie sich auf den Ritter.

»Der Minotaurus sagte, du seist wach und hättest dich erholt. Ich war froh, das zu hören.« Rennards unbewegte Stimme klang, als würde er eine Proviantliste vorlesen, doch Huma glaubte seinen Worten. Wie Gwyneth wußte er, daß hinter Rennards ewiger Maske der Gleichgültigkeit noch etwas anderes steckte.

Rennards Visier war hochgeklappt. Huma hatte jetzt keine Schwierigkeiten, in das Gesicht zu sehen, von dem sich so viele abwandten. Rennards Anwesenheit hier war bemerkenswert. Nur wenige andere Ritter machten sich genug aus Huma, um ihn zu besuchen.

Rennard kniete neben ihm. »Du darfst nicht unaufmerksam sein, Huma. Das ist dein einziger Fehler.«

»Das, und eins auf den Kopf zu bekommen.«

Die dünnen Lippen schürzten sich einen Moment zu einem leichten Lächeln. »Ja. Auch da mußt du einen Riegel vorschieben. Könnte unangenehm werden.«

Hätte er es nicht besser gewußt, dann hätte Huma die Feststellung ernst genommen. »Was ist los? Gwyneth –«

»Die junge Frau?«

Huma wurde rot. »Ja – sie sagte, daß wir wieder ein Patt haben.«

Rennard seufzte und setzte seinen Helm ab. Dadurch kam sein eisfarbenes Haar zum Vorschein, das ihm am Kopf klebte. Rennard war einer der wenigen Ritter, die einen langen, dicken Schnurrbart nicht schätzten, sondern lieber glattrasiert gingen. Er war auch einer der wenigen, die ihr Haar kurz geschnitten trugen. Niemand stellte diese Entscheidungen in Frage; Rennard war Rennard.

»Im Moment sieht es so aus. Bennett behauptet, das sei ein Zeichen für unseren Sieg. Er wiederholt immer wieder, daß der große Ansturm von Krynus zusammengebrochen ist. Seit deinem Kampf mit ihm ist Krynus nicht mehr gesehen worden. Bennett hat sich sogar dazu verstiegen, dich auf seine Weise zu rühmen.«

»Mich zu rühmen?«

»Ich zitiere: Teilweise dank des erstaunlichen Glücks von dem da ist der Kriegsherr Krynus vielleicht tot oder zumindest außer Gefecht gesetzt.«

Huma drehte sich zur Seite. Bennett hatte recht. Er hatte Glück gehabt. Ein wahrer Ritter hätte die Gelegenheit besser genutzt und sich von der Vernichtung des Kriegsherrn überzeugt.

»Ich weiß, was du denkst, Huma. Laß es. Du bist ebenso ein Ritter wie dieser Bennett und seine Schoßhündchen. Mehr als das. Du hast nicht den Blick für die Tatsachen verloren.« Rennard verfiel in ein unangenehmes Schweigen, als Huma sich wieder zu ihm umdrehte.

»Wann werden sie mich aufstehen lassen?«

»Wenn du soweit bist, nicht eher. Es warten mehr als genug Leute auf dich, wenn du gesund bist.«

»Fürst Oswal – läßt er mir etwas ausrichten?« Huma zitterte

etwas beklommen. Der ältere Ritter war wie der Vater, den Huma nie gekannt hatte.

Rennard stand auf und setzte den Helm wieder auf. Er nickte. »Der Oberste Kommandant wünscht dir die denkbar beste und schnellste Genesung. Er sagt, er hat noch immer allergrößtes Vertrauen in deine Fähigkeiten.«

So drückte der Oberste Kommandant aus, wie stolz er auf Huma war. Das war seltener Balsam für das Selbstvertrauen des jungen Ritters.

»Schlaf gut, Huma. Ich werde dich besuchen, wenn ich wieder Zeit habe.«

Rennard ging und überließ Huma seinen Gedanken. Und der fragte sich, ob er wirklich jemals ein solcher Ritter sein würde wie Bennett, Fürst Oswal oder Rennard. Er dachte an den Kriegsherrn Krynus und überlegte, ob diese finstere Gestalt sich wohl persönlich an einer so unwichtigen Person wie Huma rächen wollte.

Von außen stieß etwas leise an die Zeltwand. Kein Pferd, eher ein Hund. Ein leichter Gestank drang ihm in die Nase. Er hörte etwas an der Wand kratzen, als wollte es ihre Dicke testen. Das Licht des grauen Tages gestattete Huma nur einen vagen Blick auf das Etwas.

Ein Kleriker der Mishakal betrat das Zelt, um den Zustand der Verwundeten zu kontrollieren. Der Abdruck der Gestalt auf der anderen Seite der Zeltwand huschte davon, trotz der abrupten Bewegung fast lautlos. Der Gestank verzog sich schnell.

»Kleriker?«

Allein die Gegenwart des alten Klerikers tat Huma gut. Der Mann war klein und etwas rundlich. Er konnte nicht mehr als zwei Dutzend Haare auf dem ganzen Kopf haben.

»Ich bin Broderin. Kann ich dir helfen?«

Huma dachte sorgfältig nach, bevor er sprach. »Sind – gibt es Wölfe in der Nähe des Lagers? Wölfe oder große Hunde?«

Broderin zuckte zusammen, als würde er ein großes Untier erwarten, das durch die Zeltplanen hereinsprang. Dann faßte er sich wieder. »Wölfe? Hunde? Vielleicht gibt es ein paar Hunde, aber nicht hier in der Nähe. Was Wölfe angeht...« Der Kleriker lachte nervös. »Ein Wolf zwischen Paladins Rittern? Das glaube ich nicht. Es gibt keine Wölfe außer denen auf der anderen Seite des Feldes, mein Sohn. Bedauerlicherweise sind die meisten von ihnen intelligent. Warum fragst du?«

»Ich dachte, ich hätte einen gesehen.«

Das schien den alten Mann wieder in Schrecken zu versetzen. Obwohl seine Stimme eher gelassen klang, schossen seine Augen hin und her, als ob er überall Wölfe sähe. »Du mußt dich getäuscht haben, mein Sohn, oder vielleicht leidest du auf Grund deiner Wunden an Wahnvorstellungen. Ja, das muß es sein.«

»Bist du sicher?« Es hatte sehr echt ausgesehen.

»Ich werde jemanden nachsehen lassen. Vielleicht ein streunender Hund, der irgendwo weggelaufen ist. So was ist immer möglich.« Der Kleriker drehte sich zu einem anderen Verwundeten um, womit der ihm bedeutete, daß das Gespräch zu Ende war, was ihn anbelangte. Huma beobachtete ihn noch einen Moment und schloß dann die Augen.

Sein Schlaf war erholsam und ohne Unterbrechungen, bis auf einen kurzen Traum, in dem ihn ein blasses Wesen durch einen endlosen Wald hetzte. Sein Jäger war immer gerade eben außer Sichtweite, dennoch fast hinter ihm.

Wie bei den meisten Träumen und Alpträumen konnte er sich beim Aufwachen nicht mehr daran erinnern.

Kapitel 6

Huma trat aus dem Zelt, um sich zum ersten Mal das Lager anzusehen. Ihre genaue Position kannte er nicht, doch er bemerkte, daß der Kommandostab wieder weitergezogen war, und zwar offenbar näher an die Grenze. So nah bei Ergod war das Land gleichmäßiger mit Bäumen bewachsen – mit gesunden Bäumen. Aus unerfindlichen Gründen hatten die Oger die Gegend vor den Bergen nicht allzu sehr verwüstet. Das konnte kaum an der Schönheit des Landes liegen; soweit man wußte, waren die Oger an Schönheit nicht besonders interessiert. In manchen Gegenden gab es richtigen Wald – große, uralte Bäume, die sich vielleicht an friedlichere Zeiten erinnerten, vielleicht sogar einst die ersten Elfen gesehen hatten.

Huma schätzte, daß zwei- bis dreihundert Ritter in dem Gebiet lagerten. Die hier stationierten Männer waren aus der Leibwache Fürst Oswals, verwundeten Rittern in verschiedenen Stadien der Genesung, ein paar Ansässigen, die der Ritterschaft mit ihrer Ortskenntnis zur Seite standen, und sogar ein paar Zauberern, welche die Kleriker verstärkten, zusammengewürfelt. Die Zauberer und Kleriker hielten sich so weit wie möglich voneinander entfernt. Zauberer fürchteten die meisten Kleriker als religiöse Eiferer, während die Kleriker zwar toleranter waren, aber dennoch der Unabhängigkeit der Zauberkundigen mißtrauten, die sich mehr auf Macht als auf den rechten Glauben konzentrierten.

Niemand traute den Zauberern richtig. Deshalb durften sie auch keine Waffen tragen. So waren sie zumindest in einer Hinsicht verwundbar.

»Wie geht es dir heute?«

Humas Gesicht leuchtete kurz auf, dann setzte er rasch eine Miene ernster Tapferkeit auf. Gwyneth kam mit einem Eimer in der Hand auf ihn zu. Trotz bester Vorsätze mußte Huma lächeln.

»Ich habe dieses Zelt mehr als satt und bin überglücklich, die Welt zu sehen, selbst wenn es nur das Lager ist.«

Sie lachte fröhlich, um dann plötzlich ernst zu werden. »Wirst du bald abreisen?«

Er nickte gefaßt. Rennard war mehrfach da gewesen, um ihn zu besuchen. Huma wußte, daß er Fürst Oswal über sein Befinden Bericht erstattete. Wenn Huma mit einer gewissen Selbstachtung vor den Obersten Kommandanten treten wollte, mußte er so schnell wie möglich genesen.

Der Wind wurde kräftiger und blies Gwyneth ein paar lange, dicke Locken ins Gesicht. Sie strich das Haar zurück und schien etwas sagen zu wollen, als eine wohlbekannte Gestalt auftauchte, die von zwei Rittern des Schwertes eskortiert wurde.

»Huma!«

Kaz kam angelaufen und versuchte, seinen einzigen, wahren Freund unter den Menschen mit einer Umarmung zu begrüßen, die Huma mit drei oder vier gebrochenen Rippen ins Zelt zurückgeschickt hätte. Es gelang Huma, dem Minotaurus auszuweichen, weshalb er nur eine Prellung von Kaz freudigem Schulterklopfen davontrug. Es war vier Tage her, daß Huma Kaz gesehen hatte. Da Fürst Oswals Vertrauen zu dem Minotaurus wuchs, wurde dessen Rat immer wichtiger. Die Ritterschaft kämpfte schon seit Jahren gegen die Oger, wußte jedoch sehr wenig über sie. Kaz aber, der unter dem Joch seiner Vettern aufgewachsen war, wußte nur zu gut Bescheid.

»Gwyneth«, sagte Huma, dem die Frau einfiel, doch er drehte sich zu spät um. Sie war verschwunden.

Der Minotaurus war aufmerksamer, als seine Erscheinung vermuten ließ. »Komme ich ungelegen? Entschuldige bitte, wenn ich gestört habe.«

Huma winkte ab. »Ich sollte mich bei dir entschuldigen. Schön, dich zu sehen, Kaz.«

»Ich hatte keine Ahnung, daß deine Leute so viele Fragen stellen können – wieder und wieder! Sie haben alles aus mir herausgequetscht und wollen immer noch mehr.«

»Sie sind mit ihrem Latein am Ende, Kaz. Wir wollen endlich –« Huma brach ab, als eine große Gestalt in roten Roben und roter Kapuze ohne jeden Gruß an ihnen vorbeilief. Das Gesicht war hager und knochig, und der Mann erinnerte Huma an einen schrecklichen Ausbilder, den er in seiner Knappenzeit gehabt hatte.

Die Augen des Minotaurus folgten der rotgewandeten Figur. »Die Zauberer sind äußerst nervös. Ich kann ihre Angst riechen. Manchmal wird mir schlecht davon.«

Huma merkte, daß seine linke Seite kräftiger war als die rechte. Noch war er nicht gänzlich wiederhergestellt. »Was macht ihnen angst?«

»Das Unbekannte. Sie sind es ja gewöhnt, mit ihren Gegenspielern in den schwarzen Roben fertig zu werden, aber es geht das Gerücht, daß Galan Drakos auch die anderen Abtrünnigen losgelassen hat. Hast du einen Teil des Zaubererkampfes gesehen?«

»Wer hat das nicht? Er hat schließlich fast den ganzen Himmel verdeckt.«

»Als wir ankamen, gab es ein Dutzend mächtiger Magier auf unserer Seite. Vier von ihnen kamen um, und ein weiterer wird Körper und Geist vielleicht nie wieder richtig unter Kontrolle bekommen. Weißt du, wie viele Gegner sie hatten?«

»Wie viele?«

»Drei.«

»Drei?« Der Ritter schüttelte den Kopf. »Sie müssen wirklich mächtig gewesen sein, aber woher wissen die Magier, daß es keine Schwarzen Roben waren?«

Kaz lächelte wissend. »Zwei waren Schwarze Roben, heißt es. Der Überlebende, der entkam, war keine. Seine Kräfte waren zu chaotisch für einen, der in einem der drei Orden ausgebildet wurde. Ein Abtrünniger. Mehr wollten sie nicht sagen.«

Huma mußte an Magus denken, der mit seiner Gestalt und seinem angenehmen Äußeren eher an einen Königshof gepaßt hätte als in die feuchtkalten, abgeschiedenen Türme der Zauberkundigen. Schon vor seiner Zaubererprüfung war Humas Kindheitsgefährte ein Außenseiter gewesen. Von den Fähigkeiten her hatte er seine Lehrer längst überflügelt. Magus hatte immer herumexperimentiert, selbst wenn er dabei sein Leben aufs Spiel setzte. Doch zeitweise hatte er davon geredet, seine Ausbildung abzubrechen.

Kaz wurde gerufen und verabschiedete sich maulend. Huma kehrte ins Zelt zurück und verschlief den größten Teil des Tages. Rennard kam vorbei, um Huma mitzuteilen, daß der junge Ritter morgen zur Wache eingeteilt war, ob voll wiederhergestellt oder nicht. Huma hätte sich beschweren können, doch er war glücklich über diese neue Chance, sich zu bewähren.

Gwyneth kam ebenfalls vorbei, doch das Gespräch war kurz und nichtssagend. Sie schien etwas sagen zu wollen, doch was es auch war, es blieb unausgesprochen. Dann sah er sie vorläufig nicht mehr wieder.

An dem Tag, als Huma die erste Aufgabe seit seiner Verwundung übernehmen sollte, brach im Lager hektische Betriebsamkeit aus. Ritterkolonnen ritten am Hauptquartier vorbei, das in einem geräumigen Zelt mit dem Eisvogelbanner untergebracht war und ständig von einer Abordnung Ritter der Rose bewacht wurde. Hier planten Fürst Oswal und seine Offiziere ihre Strategie. Huma konnte den Grund für all die Unruhe nur erraten. Gerüchte schwirrten durch die Luft, daß die Ostgrenze in den Bergen gefallen sei und daß die Oger jetzt auf Burg Vingaard zu marschierten. Ein anderes Gerücht warnte, daß in einem der Orte, wo die Ritter Station gemacht hatten, die Pest ausgebrochen sei. Huma nahm die Gerüchte als das, was sie waren – dennoch war er besorgt.

Als Rennard auftauchte, half Huma gerade den Klerikern, indem er heißes und kaltes Wasser schleppte und Essen brachte. Es war nicht viel, aber immerhin etwas. Außerdem bewahrte es Humas Gedanken davor, sich unangenehmeren Dingen zuzuwenden.

Huma nahm Haltung an, als der andere Ritter erschien. Diese Geste hätte Rennard um ein Haar mit eben abgekochtem Wasser überschüttet, weil die Eimer hin und her schaukelten. Die starren Züge zuckten, doch Huma war nicht klar, ob das nun Ärger oder Belustigung bedeutete.

»Ich sehe, daß du bereit bist, zu deinen Pflichten als Ritter zurückzukehren«, sagte Rennard ernst.

Die harte Arbeit hatte Huma kräftig ins Schwitzen gebracht, und der Schweiß lief von seiner Stirn herunter. Sein Gesicht war schmutzig und seine Kleider voller Flecken. Er wagte nicht zu sprechen, weil er nicht wußte, was er sagen sollte, darum nickte er bloß.

Rennard verschränkte die Arme. »Du hast heute nacht das Kommando über die Wache. Fürst Oswal meint, du bist dieser Verantwortung gewachsen.« Er musterte Humas Gestalt ohne erkennbare Regung.

Es war schon fast dunkel. Huma schluckte. »Darf ich mich vorher noch waschen und umziehen?«

»Unbedingt. Ich habe die Wachen bereits ausgesucht. Wenn du fertig bist, kommst du zu mir.« Rennard nahm die Arme herunter und ging. Salutieren war bei ihm noch nie nötig gewesen.

Außerdem war Salutieren schwierig, wenn man in jeder Hand einen Eimer hatte.

Huma hatte befürchtet, daß einige Ritter seiner Ernennung zum Hauptmann der Wache widersprechen würden. Das war nicht der Fall. Die Wache bestand aus Rittern, die ihren Hauptmann entweder nicht kannten oder zu neu waren, um von Bennett und seinen Freunden beeinflußt zu sein. Das hieß nicht, daß sie grüne, unerprobte Ritter waren. Kein Knappe, der in die Ränge der Ritterschaft aufstieg, war unerprobt.

Um der Sicherheit willen wurden ein paar Veteranen untergemischt, doch diese Männer waren Fürst Oswal treu ergeben und würden Menschen nach ihren Verdiensten, nicht nach der Herkunft beurteilen.

Ein solcher Veteran nahm Haltung an, als Huma an ihm vorbeiging. Huma war nicht ganz wohl dabei, Männern Befehle zu erteilen, die doppelt so alt und zehnmal so erfahren waren wie er, doch er wußte, daß bis auf die Befehlshaber jeder Ritter hin und wieder Wache schieben mußte. Dennoch fühlte Huma ein nervöses Zittern, als er den Bericht des älteren Postens abnahm, und atmete erst wieder auf, als er zum nächsten unterwegs war. Es war unbedeutend, ob dieser Mann weniger erfahren war als der andere; die Befehlsgewalt war es, die Huma ängstigte. Wenn etwas schief ging, würde er die Verantwortung tragen.

Der Umkreis des Lagers führte ihn bis an den Waldrand, und Huma beobachtete dieses Gebiet mit einer gewissen Zurückhaltung. Da draußen konnte sich alles verstecken, und man konnte sich unschwer Augen und schattenhafte, huschende Gestalten vorstellen, wohin man auch sah.

Es war schon nach Mitternacht, als er auf die unbesetzte Position stieß.

Das ansteigende Gelände verbarg die Stelle vor seinem Blick, bis er fast oben war. Huma stand einen Moment da, gelähmt von dieser Entdeckung. Er hätte die Aufgabe, die Posten abzugeben, einem anderen übertragen können, doch da es sein erstes Kommando war, hatte er es selber tun wollen. Er mußte Hilfe herbeirufen oder zurückrennen und Fürst Oswal und die anderen warnen, doch er wußte, daß beide Möglichkeiten zu viel Zeit kosten und den – oder das – warnen würden, der da draußen war.

Mit blankem Schwert stapfte Huma in den dunklen Wald. Im Prinzip wußte er, daß er sich Ärger einhandeln konnte, doch wie hypnotisiert ließ er sich in den Wald hineinziehen. Er konnte nichts sehen, doch er fühlte die Macht, die sich hier versteckte. Hilflos drang er tiefer in den Wald ein, jetzt konnte er nicht mehr anders. Den ursprünglichen Anlaß hatte er vergessen, bis darauf, daß er den oder das finden mußte, der hier lauerte.

Ein Schatten lief neben Huma her, rote, aber blicklose Augen nahmen ihn wahr. Ein weiterer Schatten verfolgte den Ritter auf der anderen Seite. Huma sah nichts und hörte nichts – und hätte es auch im Vollbesitz seiner Kräfte nicht getan. Es kostete große Willenskraft, die Nachttiere zu sehen, wenn sie durch die Wälder strichen.

Ein flackerndes Muster glitzernder Lichter tanzte vor dem in Bann geschlagenen Ritter. Die meisten Lichter flatterten bei seiner Ankunft davon, doch zwei blieben, starrten ihn an. Huma stolperte auf sie zu, ohne die stille Gestalt in ihrer Rüstung zu bemerken, über die er fast gestolpert wäre. Die leuchtenden Kreise lockten, und ein dunkler Schatten schien sich über ihnen zu materialisieren.

Zum ersten Mal brach eine Stimme die Stille. Es war kaum mehr als ein Zeichen, doch es forderte Humas gesamte Aufmerksamkeit.

»Tapferer Ritter. So sicher mit deinen kleinen Spielzeugen.«

Die Gestalt bewegte sich etwas zur Seite. Humas Augen folgten ihr gehorsam. Der Schatten schien seinen Fang zu begutachten. »Ob du wohl der Richtige bist?«

Eine ledrige Hand streckte sich aus, um Huma ans Kinn zu fassen. Sein Kopf wurde nach rechts und links gedreht, wobei die Augen des Ritters nie die des anderen losließen. »Jaaa. Drakos wird zufrieden sein – sogar der Kriegsherr wird zufrieden sein. Das kann kein Zufall sein. Er hat seine Hand im Spiel gehabt, um seinen eigenen Hals zu retten.« Die Augen und die

Hand glitten hinunter zu Humas Schwert. »Das brauchst du nicht mehr.«

Ein Leuchten weit hinter der Schattengestalt zog Humas Blick plötzlich von ihr ab. Der andere, völlig mit seinem Fang beschäftigt, übersah das seltsame Licht. Irgend jemand kommentierte den Vorgang jedoch. Da war ein kehliges Knurren, und der Verwesungsgestank wurde stärker.

Der Blick des Wesens kehrte schnell zum Gesicht des Gefangenen zurück.

Zwei Augenpaare trafen sich. Huma war nicht mehr bezaubert.

Der Ritter reagierte instinktiv. Mit ganzer Kraft, von Schreck und Furcht angespornt, trieb er sein Schwert nach vorn. Der Körper der dunklen Figur zeigte kaum Widerstand. Wilde Klauen zerkratzten Huma das Gesicht, doch das kümmerte ihn nicht. Er versuchte nur, seine Waffe so tief wie möglich zu treiben. Plötzlich stieß er auf Widerstand, auch wenn der schattenhafte Gegner nicht fiel. Das Kratzen jedoch hörte auf. Die Figur erschauerte noch zweimal. Dann war sie still.

Von der Anstrengung erschöpft fiel Huma auf die Knie.

Wesen der Finsternis trotteten einen Augenblick zu ihm herüber, zögerten dann aber, als fühlten sie etwas Unerwartetes. Huma hob den Kopf und erhaschte einen Blick auf etwas Blasses, entfernt Wolfsartiges. Dann war es fort.

Huma wußte nicht, wie lange er hier verweilt hatte. Ganz allmählich bemerkte er die leisen Schritte von jemandem, der in seine Richtung ging. Sie kamen aus den Tiefen des Waldes. Huma erhob sich, wenn auch etwas schwankend. Er erkannte, daß er sich noch nicht völlig erholt hatte.

»Hier, laß mich dir helfen.« Die Stimme war stark, und die Hände, die Huma hielten, kraftvoll. Während der Ritter tief Luft holte, betrachtete der Neuankömmling die Überreste seines Angreifers, lachte und sagte: »Gut gemacht. Du hast ihn an den Baumstamm genagelt. Ein beeindruckendes Zeichen deiner Stärke und wohlverdient, was den da angeht.«

»Wer –?«

»Spar dir deinen Atem fürs Laufen. Du bist tiefer in den Wald geraten, als du glaubst.«

Beim Gehen wagte Huma es, einen argwöhnischen Blick auf den anderen zu werfen. Er war groß, dieser Fremde, und trug extravagante, gut gearbeitete Kleider. Elegante, goldene Locken verliehen ihm das Aussehen eines majestätischen Löwen. Die Miene des Fremden war schwerer zu erkennen, doch Huma schien er gut auszusehen, fast schön zu sein. Jemand, der an den Königshöfen zu Hause war, vielleicht mit reichen, jungen Mädchen flirtete. Es lag etwas Vertrautes in diesem Gesicht. Etwas, das er seit Jahren nicht gesehen hatte…

»Magus!« Huma blökte den Namen vor Schreck laut heraus.

Sie blieben stehen. Der andere ließ ihn los. Sie starrten einander an, und der Ritter bemerkte, daß der andere von innen zu leuchten schien.

»Huma. Schön, dich zu sehen, selbst unter diesen Umständen. Ich hatte mich gefragt, wie lange ich dich im Dunkeln lassen sollte – wenn du mir den Ausdruck verzeihst.«

»Du lebst!« Huma war nie ganz sicher gewesen, was nach jener Prüfung im Turm geschehen war. »Du lebst!« wiederholte er verwundert.

Magus' Gesicht war jetzt selbst in der Finsternis zu sehen. Sein Mund verzog sich zu einem reumütigen Lächeln. »Ja. Tut mir leid.«

Das Lächeln auf Humas Gesicht fiel in sich zusammen. »Tut dir leid? Warum sollte es dir leid tun?«

»Glaubst du, ich bin rein zufällig hier, Huma? Ich hoffe nicht. Meinetwegen bist du in Gefahr geraten.«

»Das verstehe ich nicht.« Der Gedanke an die Gefahr ließ Huma nach seinem Schwert greifen. Als seine Hand nur Luft vorfand, erinnerte er sich, was aus seiner Waffe geworden war. Er drehte sich um. »Mein Schwert! Ich muß umkehren –«

»Nein!« Die Stimme des Zauberers war befehlend. »Wir sollten keinen Moment länger als nötig allein hier draußen bleiben. Kehr zurück, wenn du tapfere Männer im Rücken hast. Die Schreckenswölfe könnten geflohen sein, aber ich kann mich auch täuschen. Weiß Gott, es wäre nicht das erste Mal.«

Magus drängte ihn weiter in Richtung Lager, und Huma erkannte, daß das als einziges Sinn machte. Er wollte jedoch ein paar Antworten.

»Was war das da hinten? Was hast du vorhin gemeint?«

Ein Teil der Pracht seines alten Freundes schien sich in Luft aufzulösen. Magus war plötzlich ein älterer Mann als Huma, obwohl beide im selben Alter waren. Der Zauberer sah dem Ritter nicht in die Augen. »Ich glaube, du solltest lieber eine von den Roten Roben im Lager fragen. Die dürften dir die offizielle Version geben.«

»Steckst du in Schwierigkeiten?«

»Schwierigkeiten, aus denen ich dich auf jeden Fall heraushalten will. Es war dumm von mir, auch nur in Erwägung zu ziehen, zu dir zu kommen.«

Der Schein heruntergebrannter Feuer war der erste Hinweis auf die Nähe des Lagers. Huma hörte den Lärm hastender Männer. Jemand hatte das Fehlen der beiden Ritter bemerkt – einer davon kein geringerer als der Hauptmann der Wache.

Magus hörte das Gerenne ebenfalls. Er blieb abrupt stehen. »Was du auch über mich hörst, Huma, ich habe mich nicht verändert.« Der Magier faßte seinem besten Freund an die Schultern. »Glaub mir! Wenn die Prüfung irgend etwas bewirkt hat, dann hat sie das bewirkt!«

Der Glanz, der den Zauberkundigen umgeben hatte, verblaßte plötzlich, und Huma bemerkte die Angst auf dem Gesicht seines Freundes. Nicht nur Angst um sich selbst, sondern auch um ihn.

»Horch.« Jetzt bedeckten die Schatten das Gesicht des Zauberers und verliehen ihm einen unirdischen Ausdruck. »Diese Wesen werden dich nicht länger belästigen. Ich bin es, den ihre Herren suchen. Sie haben sie mir nachgeschickt, als sie erfuhren, daß ich weg war.«

Fröstelnd stellte Huma fest: »Du fliehst vor den Kreaturen der Drachenkönigin.«

Ein trockener Zweig knackte. Beide Männer erstarrten. Huma sah sich im Wald um, konnte jedoch nichts erkennen. Magus beugte sich vor und flüsterte: »Ich muß gehen. Du kennst mich, Huma. Du weißt, wozu ich fähig bin. Glaube daran. Wenn die Dinge eine Wendung zum Guten oder zum Bösen nehmen, werde ich mich mit dir in Verbindung setzen.«

Große, dunkle Umrisse erschienen zwischen den Bäumen. Magus funkelte sie an und eilte davon. Huma machte den Mund auf, um zu sprechen, merkte dann jedoch, daß das gefährlich und dumm wäre. Er betete, daß Magus recht damit gehabt hatte, Humas Schwert an dem Baum zu lassen, wo es jene Mißgeburt an den Stamm genagelt hatte.

Unter Aufbietung seines gesamten Mutes nahm Huma seinen Weg zum Lager wieder auf und betete beim Gehen, daß er als erstes einem Ritter und nicht einem Wesen aus dem Alptraum eines Zauberers begegnen würde.

Glücklicherweise traf er die Suchenden nur Minuten von der Stelle entfernt, wo der Posten verschwunden war. Huma fühlte sich schuldig, den unglückseligen Posten vergessen zu haben, einen, der noch unerfahrener war als er. Es gab jedoch nichts, was Huma für den Mann tun konnte, und er wußte, daß er sich eher um das sorgen sollte, was noch außerhalb des Lagers lauern konnte, und was das bedeuten konnte. Wenn der Feind so weit hinter die Linien vorgedrungen war…

Rennard nahm seine Meldung ab, offenbar nicht allzu überrascht, daß ausgerechnet Huma in Schwierigkeiten geraten war. Die Nachricht von dem Angreifer, der nur ein Magier gewesen sein konnte, machte ihm zu schaffen, auch wenn seine Miene keine Regung zeigte. Mit einem Suchtrupp kehrten Huma und Rennard zu dem Platz zurück, an den Huma geführt worden war. Die leblose Gestalt des Postens zeigte keine Kampfspuren, ganz als wäre der arme Mann einfach tot umgefallen. Rennard spuckte aus und verfluchte in einem nie dagewesenen Gefühlsausbruch alle Magier dieser Welt. Huma schrumpfte zusammen. Er hatte nichts von Magus erwähnt, auch wenn es dem Kodex und dem Maßstab zuwiderlief. Wie ehrenhaft war ein Ritter, der log?

Aber Magus war sein Freund.

Bei klarem Verstand betrachtet, erwies sich der Angreifer als nur allzu real. Rennard zog das Schwert aus dem Baum und ließ den Körper des Zauberers herunter. Zu seiner eigenen Überraschung griff Huma selbst hinunter und zog ihm die Kapuze vom Gesicht. Selbst im Dunkeln war das Gesicht abstoßend. Nur Rennard schien von dem Bösen, das darauf geschrieben stand, unbeeindruckt.

Der Magier mochte ein Mensch gewesen sein, doch er glich eher einem Reptil. Seine Haut war dunkel und schuppig und glitzerte im Fackellicht. Die Augen waren schmale Schlitze, die Nase kaum vorhanden. Huma bemerkte Zähne, die die des Minotaurus in den Schatten gestellt hätten. Mehr als ein Ritter rief Paladin an.

Der Tote steckte in einer dicken, groben Robe aus braunem

Tuch. Rennard betastete sie, um sie dann loszulassen, als wäre sie eine Viper. »Er trägt nicht das Schwarz der Drachenkönigin.« Er zeigte auf zwei Ritter. »Bringt das hier ins Lager zurück. Ich will wissen, was die Zauberkundigen zu sagen haben. Die anderen: ausschwärmen. Überzeugt euch davon, daß er keine Überraschungen zurückgelassen hat. Huma, du bleibst bei mir.«

Sie sahen die anderen gehen, dann fuhr Rennard herum und blitzte Huma so zornig an, daß der bloße Anblick des sonst ungerührten Gesichts den jungen Ritter zurückweichen ließ.

»Wer war der andere?«

»Es gab keinen anderen.«

»Es gab einen.« Kälte folgte diesen Worten. »Ich weiß es. Ich sehe keinen Grund, warum du versuchen solltest, die Anwesenheit eines Zauberers zu vertuschen, außer –« Er starrte Huma direkt in die Augen. Huma erwiderte den Blick und kämpfte dagegen an. Zu seiner Überraschung war es Rennard, der zum Wegsehen gezwungen war.

Es war ein schaler Triumph. »Eindeutig. Bei so viel Anstrengung kann ich mir nur einen vorstellen, den du schützen würdest – aber was macht Magus hier draußen?«

»Ich habe nicht –« Huma fehlten die Worte. Woher wußte Rennard überhaupt von seinem Jugendfreund?

»Du bist ein Dummkopf, Huma. Ein tapferer, fähiger Ritter, aber du hast zu viel Menschlichkeit in dir, zu viel Vertrauen zu anderen. Ausgerechnet ein Zauberer. Zauberern kann man nicht trauen. Sie werden sich immer gegen dich wenden. Sie sind Verräter.«

Trotz seines Respekts vor Rennard reckte Huma sich bei dieser Beleidigung. »Magus ist nichts dergleichen. Wir sind zusammen aufgewachsen. Er würde nicht das verraten, woran er geglaubt hat.«

Rennard schüttelte betrübt den Kopf. »Du wirst erst begreifen, wenn es zu spät ist.« Dann ließ Rennard das Thema fallen, weil alles gesagt war. »Komm. Wir kehren lieber zum Lager zurück. Ich glaube, das ist etwas, wovon Fürst Oswal erfahren sollte.«

Der blasse Krieger gab Huma sein Schwert zurück. Ohne sich davon zu überzeugen, daß Huma ihm folgte, ging Rennard los. Huma lief ihm nach, wobei er sich fragte, was der andere Ritter melden würde und was Huma selbst sagen würde, wenn er genau wußte, daß einer seiner Zuhörer bereits wußte, daß er gelogen hatte.

Was würden der Kodex und der Maßstab fordern?

Kapitel 7

Es hatte einmal einen Ausbilder namens Garig gegeben, der beschlossen hatte, daß der Knappe Huma die Vorbereitung auf die Ritterschaft nicht bestehen sollte. Garig war ein Ungeheuer von Mann gewesen, dessen Gestalt und Gesicht eher einem Bären geglichen hatten. Manche wunderten sich, daß er überhaupt ein Ritter war, so brutal, wie er sein konnte. Jedenfalls hatte Garig sich vorgenommen, Huma innerhalb von einem Monat kleinzukriegen.

Huma jedoch blieb. Blieb, lernte und zeichnete sich aus, obwohl er eine Heidenangst vor Garig hatte. Fürst Oswal, der Oberste Kommandant, machte ihm Mut. Wie Rennard hatte Fürst Oswal in Huma etwas gesehen, das er trotz der zweifelhaften Herkunft des Jungen unbedingt kultivieren wollte. Zuletzt lehnte sich der Knappe gegen den übermächtigen Ausbilder auf und besiegte ihn eindeutig in einem Schaukampf, der diesen Namen kaum noch verdiente. Das war ebensosehr ein Sieg über seine Angst wie über Garig.

Jetzt hatte Huma wieder Angst, als er vor den Mann trat, der ihm geholfen hatte, diese Hürde zu überwinden.

Der Oberste Kommandant war trotz der späten Stunde vollständig angezogen und hellwach. Huma staunte – wie viele andere –, daß der alte Ritter nie zu schlafen schien. Der Befehlshaber der Militäraktion saß auf einem einfachen Holzstuhl, der in scharfem Kontrast zu seiner prächtigen Uniform stand. Sein Helm lag neben ihm auf dem Tisch, auf dem auch ein gutes Dutzend Karten ausgebreitet waren. Huma kam sich vor, als würde ihn auch der Helm irgendwie inspizieren.

Nur zwei weitere Ritter waren anwesend. Der eine war ein eher kleiner, rundlicher Mann, dessen äußere Erscheinung seine innere Stärke und Intelligenz verdeckte. Sein Haupt war nur von wenigen Haaren geziert: Er hatte nur einen kleinen Spitzbart und ein paar Locken am Hinterkopf. Arak Falkenauge war kein besonders humorvoller Mensch. Sein zweiter Name rührte von seiner Präzision als Bogenschütze her. Selbst die Nomadenstämme des Südens kannten Falkenauge. Im Reiten und Schießen konnte er jeden von ihnen schlagen. Es war sein persönlicher Ehrgeiz, eine Rittergruppe so auszubilden, daß sie ritt und schoß wie die Männer aus den Ebenen. Er trug die Wappen des Ordens der Krone, den er bei dieser Aktion befehligte.

Zwischen ihnen stand Bennett, Sohn des Großmeisters,

Neffe des Obersten Kommandanten und Vertreter des Ordens des Schwertes. Er beachtete den jungen Ritter kaum. Bennetts Anwesenheit war der eigentliche Grund für Humas Nervosität. Bennett galt als Inbegriff der Ritterschaft und konnte jede Zeile aus jedem Band des Kodex, den Vinas Solamnus aufgestellt hatte, zitieren. Er lebte danach, und deshalb hatte Huma bis jetzt im Orden bleiben können. Trotz seines Einflusses würde Bennett nichts tun, was eindeutig gegen Kodex und Maßstab verstieß. Als die Einwände bezüglich Humas Abstammung nicht ausgereicht hatten, um den neuen Ritter abzulehnen, hatte Bennett nicht zu unangenehmeren Maßnahmen gegriffen, wie mancher andere – auch Ritter – es wohl getan hätten. Statt dessen behandelte ihn der Sohn des Großmeisters als notwendiges Übel, das man nach Möglichkeit ignorierte. Einflußreich wie Bennett war, wurde es für Huma schwierig, Freunde zu gewinnen.

Bennett glich von der Erscheinung her sehr seinem Vater und seinem Onkel, auch wenn er eindeutig mehr nach dem ersteren geraten war. Wer Fürst Trake in jungen Jahren gekannt hatte, schwor, daß es keinen Unterschied zwischen Vater und Nachwuchs gab. Beide hatten dieselben habichtartigen Gesichtszüge, das Aussehen eines Raubvogels. Das Haus Baxtrey war von uraltem königlichem Blut. Viele Adlige des Kaiserreichs Ergod wiesen die gleichen Züge auf. Als Bennett sich wegdrehte, in Gedanken wahrscheinlich bei der bevorstehenden Verhandlung, trafen sich seine und Humas Augen für einen Moment. Sein Blick war kalt.

»Du kannst gehen oder bleiben, wie du wünschst, Rennard.«

Rennard straffte sich. »Ich bleibe, wenn der Oberste Kommandant nichts dagegen hat.«

Bennett hatte ganz offensichtlich etwas dagegen. Trakes Sohn haßte Rennard fast so sehr, wie er Huma haßte, allerdings aus anderen Gründen. Nur eine Person außer Fürst Oswal konnte den Sohn des Großmeisters im Wettkampf besiegen. Und zwar gründlich. Für jemanden wie Bennett, der auf seine Perfektion so stolz war, war das unerträglich. Die beiden Rivalen starrten einander jetzt offen an, wobei Rennard jedoch wirkte, als betrachte er einen Grashalm.

Fürst Oswal wendete sich Huma zu: »Eigentlich müßte Fürst Arak deinen Bericht abnehmen, doch da wir es nun einmal mit Situationen zu tun haben, die sich von Minute zu Minute ändern, möchte ich, daß wir es alle sofort hören. Sowohl Arak als auch Bennett sind damit einverstanden.« Bennett schaute seinen Onkel an und dann wieder zur Seite. »Wenn du dann anfangen würdest?«

»Mein Fürst.« Huma mußte erst einmal schlucken. Nach den ersten paar Worten fiel die Unsicherheit von ihm ab, und er erzählte die Einzelheiten des Angriffs in kurzen, klaren Sätzen. Die drei Kommandanten hörten genau zu. Huma erwähnte auch die Anwesenheit von Magus, ließ jedoch das meiste ihrer Unterhaltung weg.

Als er fertig war, stand er schweigend da. Seine Augen blickten stur geradeaus, sein Körper stand in Habachtstellung da. Die Ritterfürsten berieten sich flüsternd untereinander, weswegen Huma nicht mitbekam, was ihnen aufgefallen war.

Fürst Falkenauge ging von den anderen beiden weg zu Rennard. »Ritter Rennard, hast du noch irgend etwas hinzuzufügen?«

»Nur daß ich den Wald von Männern nach möglichen Zeichen einer Invasion absuchen ließ und während Humas Abwesenheit einen neuen Hauptmann der Wache ernannt habe.«

Der Drang zu reagieren war fast überwältigend, doch Humas antrainierte Selbstbeherrschung half ihm zu widerstehen. Rennard hatte zu ihm gestanden.

»Aha«, sagte Fürst Oswal. »Das ist dann alles. Ritter Huma, meine Empfehlung an Fürst Arak Falkenauge ist, dir eine zweite Chance zu geben. Du hast es eindeutig mit Magie von außerordentlicher Stärke zu tun gehabt und aus diesem Grund das Lager ohne Warnung verlassen.«

Bennetts Blick hätte töten können, doch Huma war viel zu erleichtert, um sich daran zu stören.

»Danke, mein Fürst – meine Herren.«

Der Oberste Kommandant hob die Hand. »Ihr beide seid entlassen.«

Fürst Falkenauge fügte hinzu: »Ritter Huma und Ritter Rennard, ihr seid beide für diese Nacht von euren Pflichten entbunden. Legt euch schlafen.«

Rennard nickte einfach, als hätte er die ganze Zeit schon gewußt, wie das Treffen ausgehen würde. Sie gingen fort, während die drei Kommandanten wieder die Köpfe zusammensteckten. Bennetts Stimme wurde laut vor Zorn. Er fand offensichtlich, daß der Maßstab eine erheblich schärfere Bestrafung für das forderte, was in seinen Augen eindeutig eine Handlung von lebensgefährlicher Fahrlässigkeit gewesen war. Huma und Rennard waren bereits außer Hörweite, bevor eine Widerrede kam.

»Das ist noch mal gutgegangen«, bemerkte Rennard beiläufig.

Huma konnte ihn nicht ansehen. »Danke, Rennard.«

»Wofür? Dafür? Jemand muß dich vor dir selbst retten. Außerdem würde ich Bennett nicht die Genugtuung geben. Nicht einmal um des Kodexes willen. Oder des Maßstabs.«

Seine Worte ließen Huma in der Luft hängen. Rennard lebte anscheinend nach seinen eigenen Gesetzen.

Den Rest des Weges legten sie schweigend zurück.

Ein großer Bronzeturm ragte vor Huma empor. Er hing am Rande des Nichts, und dieses Nichts war der Abgrund. Der Turm war so alt, daß er bröckelte, obwohl er aus Metall war.

Huma fühlte sich ungewollt zum einzigen Tor des Turms hingezogen. Dinge, die eigentlich tot sein müßten, boten sich als Führer an. Leprakranke lächelten mit lippenlosem Mund. Ein Pestopfer – einst eine Frau – griff nach seiner Hand. Voller Entsetzen sah er, daß es seine Mutter war. Huma zuckte zusammen, und sie verschwand.

Die modrige Zugbrücke wurde für ihn heruntergelassen. Von drinnen winkte ihn eine Hand herein. Eine große Gestalt in zerlumpten Kleidern erwartete ihn. Sie trug eine rostige Krone – auf dem Kopf? Unter der Krone war kein Gesicht, nur zwei rote Kreise in einem Meer der Unendlichkeit.

Hinter ihm schloß sich leise das Tor.

Schwitzend erwachte Huma. Das Lager war noch nicht erwacht, auch wenn die Ritter sich bald regen würden. Huma war dankbar dafür. Nach diesem Traum hatte er keine Lust, wieder einzuschlafen.

So lebhafte Träume hatten ihn noch nie geplagt. Manche Leute glaubten, daß sie eine Bedeutung hatten, doch was dieser ihm mitteilen wollte, war Huma schleierhaft. Natürlich erkannte er den Bronzeturm und das Böse, das darin wohnte. Es war eine lebensechte Szene aus seiner Ausbildung, wo ein Kleriker des Paladin ihm die Götter vorgestellt hatte, die das Licht bezwingen wollten. Der Name dieses speziellen bösen Gottes war Morgion, und er lebte von der Verwesung der Welt.

Wenn je ein Gott von diesem endlosen Krieg profitiert hatte, dann war es Morgion. Verwesung war allerorts zu sehen, selbst in den Städten, die vom Krieg verschont geblieben waren – und wenn nicht körperliche Verwesung, dann moralische wie in der übersättigten Stadt des ergodianischen Kaisers, eines Mannes, der Gerüchten zufolge so verwöhnt war, daß er nicht einmal wußte, daß Krieg war.

Wo die Verwesung überhand nahm, wurde Krankheit zur Normalität. Bei der Erinnerung an seine Mutter schlang Huma die Arme um sich. Ihr Tod durch die Pest hatte alles geändert. Allein hatte er den Ruf seines Vaters gehört, des Mannes, den er nie gekannt hatte, der jedoch sein Leben beherrschte. Der Preis allerdings...

Indem er aufstand, schüttelte er den Traum ab und rüstete sich für den bevorstehenden Tag. Rennard hatte versprochen, mit Fürst Falkenauge über ein weiteres Kommando für Huma zu sprechen. Was den ausgezehrten Ritter betraf, war der Zwischenfall mit Magus vergessen. Es gab Wichtigeres.

Ein ersticktes Stöhnen ließ ihn herunterschauen. Kaz war von den Geräuschen aufgewacht, blinzelte und öffnete seine verschlafenen Augen. Der Ausdruck ähnelte so sehr einem erwachenden Stalltier, daß Huma ein kurzes Lächeln nicht unterdrücken konnte.

Der Minotaurus legte sich wieder schlafen. Bis jetzt wußte Kaz noch nichts von den Ereignissen der Nacht. Da die Kommandanten zufrieden waren, daß sie schließlich alle nur möglichen Informationen aus ihm herausgeholt hatten, hatten sie dem Minotaurus endlich einen richtigen Nachtschlaf gestattet.

Gähnend schaute Huma über die Grenze des Lagers in die Richtung, wo sich zwischen den Bäumen der erste Schimmer der Dämmerung abzeichnete.

Seine Augen trafen auf den starren Blick der leeren Augen des Wesens, das Magus als Schreckenswolf bezeichnet hatte.

Irgendwann einmal mochte es ein wirklicher Wolf gewesen sein. Der Körperbau stimmte überein, doch es war, als hätte ihn ein perverser Nekromant von den Toten auferweckt und nur teilweise Erfolg gehabt. Nicht ein einziges Haar zierte den knochigweißen Körper. Er schien nicht einmal eine Haut zu haben. Er war wie der Geist eines toten Tieres, das sein Jäger gehäutet hatte. Auch wenn er gut zwanzig Fuß entfernt war, konnte Huma den Gestank der letzten Nacht riechen. Den Gestank nach Verwesung. Nach Tod.

Das Wesen wußte, daß er da war. Obwohl seine Augen offenbar blind waren, spürte es ihn, kannte ihn. Hinter den toten Augen steckte eine kalte, böse Intelligenz, die den Ritter zu verspotten schien.

Ohne die Augen davon zu lösen, beugte sich Huma zu dem Minotaurus hinunter. »Kaz.«

Er merkte, wie Kaz sich regte. Ein belegtes Flüstern kam zurück. »Huma?«

»Dreh dich um. Schau an mir vorbei.«

Der Minotaurus gehorchte. Seine Augen öffneten sich – ein wenig –, und zuerst sah Kaz gar nichts, so verschlafen wie er war. Erst als er es wagte, sie weiter aufzumachen, bemerkte Kaz das gräßliche Wesen. Der Gestank drang dem Minotaurus in die Nase.

»Bei meinen Ahnen«, zischte Kaz. »Ein Schreckenswolf, Huma!«

»Ich weiß.« Der Minotaurus kannte sie also. Was tat das Wolfswesen hier, fragte sich der Ritter. Magus hatte gesagt, sie würden abziehen, wenn sie feststellten, daß er fort war. Warum war die ekelhafte Kreatur immer noch da und trotzte sogar der Dämmerung? Wie war sie an den Posten vorbeigekommen?

Der Schreckenswolf fixierte Huma weiter mit seinen toten Augen. Er war seinetwegen hier, daran bestand kein Zweifel. Huma erkannte, daß er eine Art Bote sein mußte.

»Ich muß näher ran.«

Kaz war schnell auf den Beinen. Er hatte die Axt in der Hand.

Das Wolfswesen beachtete Humas ungewöhnlichen Gefährten kaum. Es schien aufgeregter zu werden, als Huma ein paar zögerliche Schritte auf es zu ging.

»Huma, nicht!« Kaz redete jetzt laut. Daß kein Posten angerannt kam, beunruhigte Huma. War der Herr des Untiers so mächtig, daß er ein ganzes Lager einlullen konnte?

Huma schüttelte die Hand des Minotaurus ab und ging noch näher an den Schreckenswolf heran. Der Schwanz der Mißgeburt wedelte nachlässig hin und her. Sie öffnete die Kiefer, so daß Huma die gelben, verrotteten Zähne ausmachen konnte, die immer noch scharf genug waren, um ihm das Fleisch vom Arm zu reißen. Der Schreckenswolf leckte sich das Maul und verzog es zu Humas Schrecken zu einem wissenden Grinsen.

Als der Ritter sich bis auf zehn Fuß herangewagt hatte, öffnete die Kreatur wieder das Maul. Was herauskam, entsetzte Huma so sehr, daß er sich um ein Haar umgedreht hätte und davongerannt wäre.

»Huuuuuumaaaaa…«

Hinter ihm fluchte Kaz. Huma nahm einen festen Stand ein. Er hatte sein Schwert in der Hand, doch er wußte nicht, inwiefern ihm das gegen ein solches untotes Ding helfen würde.

»Huma.« Jetzt kam sein Name deutlicher und war von einem dunklen Gelächter gefolgt.

»Wer bist du? Was willst du?«

Der Schreckenswolf schien ihn zu betrachten, bevor er wieder redete. Als er dann sprach, war seine Belustigung mehr als deutlich. »Du hast uns eine gute Jagd geboten, Ritter von Solamnia. Hast uns auch einen treuen Diener gekostet. Wir halten dich für eine ebenso große Gefahr wie deinen verräterischen Freund Magus.«

»Magus.« Huma zeigte dem scheußlichen Wesen keine Regung. Hatten sie Magus gefangen?

»Wir wissen, wo er jetzt ist. Er wird erfahren, was es heißt, Galan Drakos zu verraten.«

Galan Drakos. Anführer der Abtrünnigen, Diener der Dunklen Königin. Huma kannte den Namen und wußte um das Böse dahinter.

Der Schreckenswolf setzte sich in verächtlicher Haltung hin. Huma fragte sich kurz, ob er irgendwelche eigenen Gedanken hatte oder ob er nur die Marionette einer beherrschenden Kraft war.

»Krynus war nach eurer kurzen Begegnung sehr angetan von dir. Er war nahe daran, deinen Freund zu erwischen, als du aufgetaucht bist. Dein guter Freund Magus hat dich als Köder benutzt, junger Ritter. War dir das klar?«

Schwere Schritte neben Huma verrieten ihm, daß Kaz näher herangetreten war. Der Schreckenswolf drehte dem Minotaurus kurz seine leeren Augen zu, dann nahm er seinen Faden wieder auf, ohne ihn weiter zu beachten.

»Es war Krynus' Wunsch, dich persönlich aus dem Lager zu locken und in seine Zitadelle zu bringen, damit er dort mit dir kämpfen kann.«

Humas Kehle wurde trocken. »Ich habe Glück gehabt.«

»Glück ist eine Kunst. Wenn du noch länger leben würdest, könntest du das lernen.«

Ritter und Minotaurus fuhren zusammen. Beide erwarteten, daß der Wald plötzlich die geisterhaften Gestalten zahlloser Schreckenswölfe ausspuckte. Nichts geschah, und das einzelne Wesen verspottete sie wieder mit seinem fast menschlichen Lächeln.

»Von mir hast du nichts zu befürchten. Nein, wenn überhaupt, dann solltest du dich vor dir selber fürchten, Ritter der Krone. Im Moment bist du selbst dein schlimmster Feind.«

Mit neuerlichem Lachen sprang der Schreckenswolf auf die

Beine. Kaz holte aus, doch die Kreatur wirbelte nur herum und jagte in die Wälder. Beide wußten, daß eine Verfolgung sinnlos war.

»Was sollte das alles?« wunderte sich der Minotaurus.

»Er kam offenbar, um mich zu verspotten.« Huma schob sein Schwert in die Scheide. »Aber warum sollte Krynus sich überhaupt mit jemandem wie mir abgeben?«

»Vielleicht ist er mehr an diesem Freund von dir interessiert. Und vielleicht ist er diesem Freund gar nicht so nah auf den Fersen, und das ist nur eine Finte. Wer ist dieser Magus?«

Huma erzählte kurz, was in der Nacht geschehen war. Das Gesicht des Minotaurus verdüsterte sich, als er erkannte, daß all das passiert war, während er geschlafen hatte. Als Huma fertig war, begannen sich ein paar der anderen Ritter zu regen.

»Was soll ich machen?«

Kaz wiegte den Kopf. »Ich weiß, was ich machen würde, aber deine Wege sind nicht die meinen, Ritter von Solamnia. Ich schlage vor, du versuchst es mit dieser wandelnden Leiche. Er scheint dein Gönner zu sein.«

Kaz hatte recht, beschloß Huma. Vielleicht konnte Rennard ihm die Worte von Galan Drakos erklären.

Plötzlich erhob sich ein starker Wind, und eine Anzahl riesiger Gestalten schien aus dem Himmel selbst zu entstehen. Im ganzen Lager schauten Ritter zu einem Anblick auf, der sie nur anspornen konnte. Majestätische, geflügelte Wesen kreisten mehrmals um das Lager. Gold, Silber, Bronze, Kupfer – die Drachen waren prachtvoll in ihrem Glanz. Auch ein paar Messingdrachen waren darunter, doch die zogen normalerweise die Wüstenhitze vor.

Huma schätzte die Zahl der Tiere auf dreißig bis vierzig – eine ziemlich gewaltige Streitmacht, besonders wenn sie organisiert war. Das war der einzige Vorteil, den sie über ihre dunklen Vettern hatten: Die Drachen von Takhisis neigten dazu, sich untereinander zu bekämpfen, manchmal sogar mitten in der Schlacht. Die Drachen des Lichts waren geschickt darin, aus solchen Zwischenfällen ihren Vorteil zu ziehen.

Durch die Ankunft der Drachen vergaß Huma kurzfristig seine Sorgen. Die Gegenwart von Drachen erfüllte ihn mit einer fast jungenhaften Begeisterung. Er lief zu ihrem Landeplatz, ohne auf Kaz' Rufe zu achten, der keine Lust hatte, schon wieder etwas mit Drachen zu tun zu haben.

Huma war nicht der einzige, der losrannte. Selbst die Veteranen kamen angelaufen, denn die Drachen brachten oft Nachrichten von großer Bedeutung.

Als Huma den Landeplatz erreichte, sah er, daß die drei Befehlshaber der Armee bereits mit einem enormen, goldenen Drachen redeten. Trotz seiner Ausmaße sprach der Drache in ruhigem, fast gelehrsamem Ton. Die Neuigkeiten mußten jedoch besorgniserregend sein, denn Huma bemerkte den Schatten über Fürst Oswals Gesicht.

Huma sah Rennard. Der Ritter wirkte noch blasser als sonst und schien überrascht, als Huma ihn ansprach.

»Was gibt es Neues, Rennard?«

»Die östlichen Truppen sind auf dem Rückweg.«

Rennards tonlose Stimme ließ Huma das Ausmaß der Bemerkung des ausgemergelten Ritters übersehen. Als die Erkenntnis über ihn hereinbrach, konnte Huma nur mit offenem Mund dastehen, bis er irgendwann genug Luft geholt hatte, um dieselben Worte von sich zu geben, die er gerade gehört hatte. Er wiederholte sie noch einmal, dann schüttelte er den Kopf.

»Das ist nicht möglich! Eine solche Niederlage hat die Ritterschaft noch nie erlebt!«

»Jetzt schon.«

Sie waren gezwungen zu warten, während die Kommandanten und der goldene Drache ihre Diskussion fortsetzten. Kaz stellte sich neben Huma; der Ausdruck auf dem Gesicht des Minotaurus zeigte, daß er die Nachricht gehört hatte. Der junge Ritter fragte sich, wie der Hüne aus dem Osten sich dabei fühlte. Schließlich konnte der Minotaurus nicht mehr zum Feind zurückkehren, nachdem er seinen Vorgesetzten getötet hatte.

Als ob er seine Gedanken lesen konnte, sah Kaz zu Boden. »Ich habe mein Handeln nicht bereut, Huma. Es war meine Entscheidung, den Oger zu töten, und ich würde es wieder tun. Außerdem gibt es jetzt bei meinem Volk kein wirkliches Zuhause mehr für mich. Für die wäre ich ein Feigling und Schwächling, der mit Hilflosen Mitleid hat.«

Inzwischen waren die meisten anderen Drachen gelandet. Huma bemerkte einen Silberdrachen, der ihm – soweit das möglich war – vertraut schien. Er wollte diesen Gedanken gerade als lächerlich abtun, als der Drache in seine Richtung sah und nickte. Es war dasselbe Wesen, das sie in Sicherheit gebracht hatte, derselbe Drache, der sich dem tödlichen, schwarzen Ungeheuer mit dem Kriegsherrn Krynus auf dem Rücken persönlich gestellt hatte.

Ein Horn erklang aus der Richtung der Front, eine einzelne, kummervolle Klage, die langsam erstarb, als hätte der Bläser alle Hoffnung aufgegeben. Das konnte gut möglich sein.

Wieder breitete sich die Finsternis über den Himmel aus. In wenigen Minuten würde sie die ersten Reihen der Ritter verschlingen. Nur die Götter wußten, was darunter geschehen würde.

Bennett und Arak Falkenauge fluchten laut, während Fürst Oswal jetzt wirklich wie ein alter Mann aussah. Seine Schultern sackten zusammen, und er war gezwungen, sich von dem Drachen abzuwenden. Das Riesentier sagte nichts, doch sein Mitleid war offensichtlich.

»Mein Fürst!« schrie Bennett jetzt. Sehr schnell kam Wind auf. Ein paar von den Drachen schlugen nervös mit den Flügeln, vielleicht weil sie die teuflischen Kräfte fühlten, die angerufen wurden, um diese neue Bedrohung heraufzubeschwören.

Als er die Stimme seines Neffen hörte, schien Fürst Oswal sich zu fangen. Ohne weitere Zeit zu verlieren, befahl er den Männern, sich auf die Schlacht vorzubereiten und sich in der nächsten Mulde zu formieren. Das Lager würde der Gnade des Windes ausgeliefert sein. Jetzt war nicht die Zeit für Ordnung. Jetzt ging es um Leben oder Tod.

Rennard klappte sein Visier herunter und schrie: »Unser Sieg über die andere Finsternis war eine Finte. Ich wette, daß die Magier noch mehr zu kämpfen haben, wenn sie das hier zurückdrängen wollen, und ich wette, sie verlieren.«

Weil der Wind ihm den Atem nahm, folgte Huma dem Beispiel des anderen Ritters und senkte sein Visier. Er schnappte nach Luft. Kaz neben ihm war gezwungen, alles ohne Schutz auszuhalten. Huma wußte, daß die Minotauren die rauhste See durchsegeln konnten, aber dennoch hatte Kaz die Hände vor dem Gesicht und war auf die Knie gefallen.

Und immer noch wurde der Wind stärker.

Nicht festgemachte Ausrüstungsteile wehten davon. Die Pferde schnaubten wild, als ein Zelt von seinen Pflöcken gerissen wurde und zwischen ihnen herumflatterte. Huma rannte hinüber und zerrte es von den Tieren weg, konnte es aber nicht festhalten. Es wurde in die Wälder getrieben.

Das ganze Gebiet wurde für alles mögliche zur tödlichen Falle. Der Wind fachte die Lagerfeuer so an, daß sie hoch und ungebändigt aufloderten. Einige Zelte gingen in Flammen auf.

Kaz war gezwungen, seine Augen zu bedecken, damit der von der Erde aufgewirbelte Staub ihn nicht blendete. »Sargas vergib mir! Das ist der König aller Orkane, nur an Land!«

Die Worte des Minotaurus schienen es wirklich richtig zu treffen. Kein Tornado oder Sturm, den Huma je erlebt hatte, hatte solche Zerstörungskraft besessen. Die Bäume neigten sich gefährlich nah dem Boden zu. Ein bißchen mehr Druck, und sie würden aus der Erde gerissen und himmelwärts geschleudert werden. Und die höllische Finsternis schien nicht nachzulassen. Es war nur eine Frage der Zeit.

Huma kämpfte darum, das Gleichgewicht zu halten. Wie viel schrecklicher mußte es draußen an der Front sein? Nur der eine Hornstoß hatte sie gewarnt. Krynus hatte gut geplant. Galan Drakos hatte gut geplant.

Plötzlich herrschte Ruhe. Der Wind erstarb von einer Sekunde zur nächsten, und die aufgewirbelten Teile regneten vom Himmel. Kaz stand auf, und Huma öffnete sein Visier, um bessere Sicht zu haben.

»Die Zauberkundigen! Sie haben es geschafft!« Da waren sie, weit zu seiner Linken.

Es waren insgesamt zwölf, sechs von den Roten Roben, sechs von den Weißen. Selbst von seinem Platz aus konnte Huma sehen, wie angespannt sie waren. Das war nicht der gleiche Sturm wie neulich. Der war nur eine blasse Illusion gewesen, ein Test vielleicht oder sogar nur ein Trick. Was es auch war, die Zauberer hatten es nun mit einer Macht zu tun, die viel, viel stärker war, als sie erwartet hatten.

Eine der Roten Roben fiel erschöpft zu Boden.

Eine Brise kam auf.

Ein Reiter verdeckte Huma die Sicht. Huma sah zu Bennett auf, der sich und die Situation trotz des Durcheinanders voll unter Kontrolle hatte. In diesem Moment hätte er mit seinem edlen, raubvogelartigen Gesicht und der hinreißend gearbeiteten Rüstung ein Gefährte von Vinas Solamnus selbst sein können.

Bennett überschaute das Gebiet und richtete seinen Blick

dann auf den jungen Ritter. »Zu den Pferden. Wenn wir sie nicht losbinden, kommen sie um, wenn die Zauberkundigen versagen.«

Während er noch sprach, wankte ein weiterer von den Roten Roben, um dann zu straucheln. Die Brise verstärkte sich zu Wind.

»Wir ziehen uns zurück!« Der Wind zwang Bennett zum Schreien. »Aber keine wilde Flucht! Wenn wir es dazu kommen lassen, steht nichts mehr zwischen den Gefolgsleuten der Königin und Burg Vingaard! Nichts!«

Die verbliebenen zehn Magier konnten ihre gemeinsame Anstrengung nicht mehr aufrechterhalten. Mehrere brachen zusammen, und die paar, die noch standen, reichten nicht aus. Mit was für einer Macht hatten sie es zu tun?

Der plötzliche, unbändige Sturm warf Huma und Kaz beinahe um. Bennett gelang es gerade noch so eben, sein Pferd unter Kontrolle zu halten. Das Streitroß war Blut und Stahl gewöhnt, aber nicht einen Wind, der so stark war, daß er dem Tier fast den Reiter vom Rücken riß. Instinktiv wollte es davongaloppieren, um Schutz zu suchen.

Bennett brüllte etwas Unverständliches und jagte dann los. Huma erinnerte sich an seine vorherigen Befehle. Halb kriechend näherte er sich den wiehernden Pferden. Kaz folgte ihm. Nachdem er sein Gleichgewicht wiedererlangt hatte, konnte er sich dank seiner Masse jetzt leichter bewegen als der Ritter.

Es erwies sich als schwierig, die Pferde zu befreien. Sie hatten sich in Panik hineingesteigert und sahen jedes sich bewegende Objekt als Bedrohung an. Die vordersten schlugen nach Huma aus, andere schnappten nach seinem Arm. Trotz der Gefahr mußte Huma näher heran, um sie loszumachen.

Als er näher kam, regneten eisenbewehrte Hufe auf ihn herab, und nur weil eine schwere Gestalt sich über ihn stellte, entging er der Verkrüppelung. Ein Huf traf seinen rechten Arm. Er streifte ihn nur, doch es reichte aus, um ihn zu betäuben.

Huma richtete sich mühsam auf und band die Zügel los. Er hatte gehofft, ein paar der Tiere beruhigen zu können und sich vielleicht auf einem in Sicherheit zu bringen, doch dazu waren sie zu verstört. Ein paar Schritte ließ er sich praktisch mitschleifen, bis er seinen gesunden Menschenverstand wieder beisammen hatte und losließ.

»Kaz!« Huma konnte den Minotaurus nicht sehen. Dann erinnerte er sich plötzlich, wie der den Angriff des vor Angst irren Streitrosses abgeschirmt hatte. Huma drehte sich um und sah die bewegungslose Gestalt. Kaz hatte die Tritte mit seinem eigenen Körper abgehalten. Der Ritter erinnerte sich an den Eid des Minotaurus und stieß einen ganz unritterlichen Fluch aus. Er wollte nicht am Tod des Minotaurus schuld sein.

»Kaz!« Er kniete sich neben seinen Retter und drehte ihn herum. Zu seiner Erleichterung öffnete der Minotaurus die Augen.

»Bist du unverletzt?« fragte die stierköpfige Kreatur.

»Das sollte ich dich fragen!« Huma lachte beinahe. Wenn Kaz noch um ihn besorgt sein konnte, dann würde er auch am Leben bleiben. Er half dem riesigen Stiermenschen auf die Beine.

»Kannst du gehen?«

Der Minotaurus beugte sich nach vorn. »Laß mir etwas Zeit. Ich fürchte, das Pferd hat alle Luft aus meinen Lungen getreten.«

Während Kaz sich sammelte, sah Huma sich um. Das Lager war verlassen. Nur ein paar Ritter kämpften im Süden noch um ihre Ausrüstung, und Huma meinte, im Osten Reiter zu sehen. Das Zelt, wo die Kleriker der Mishakal die Verwundeten versorgt hatten, war nicht mehr da. Huma konnte keine Körper sehen; wenigstens hatten die Zauberer ihnen genug Zeit zur Flucht verschafft. Er konnte nur hoffen, daß auch Gwyneth in Sicherheit war.

Und wo waren eigentlich die Drachen?

Seit Ausbruch des Sturms hatte Huma sie nicht mehr gesehen. Die immense Wand eisiger Finsternis war jetzt fast am Lager. Man konnte kaum mehr sehen als in einer mondlosen Nacht. Huma wollte nicht wissen, was in dieser Dunkelheit lauerte, doch er zwang sich hinzusehen. Als er das tat, entdeckte er endlich die Drachen des Lichts.

Er erkannte, daß sie sich zu einer ihrer Schlachtstellungen formiert hatten, eine Art Doppel-V.

Gegen die heranstürmende Gewalt wirkten sie geradezu armselig winzig.

Jetzt gesellte sich strömender Regen zu dem Wind. Kaz schnaubte wütend und brabbelte etwas über den Gestank nasser Menschen. Es ging ihm jetzt gut genug, um sich langsam, aber stetig zu bewegen. Das Unwetter erschwerte ihr Vorwärtskommen. Lieber langsam und stetig, als daß einer von beiden das Gleichgewicht verlor.

Es hätte genausogut Nacht sein können. Vom Sonnenlicht war keine Spur mehr zu sehen. Vor sich konnte Huma undeutliche Gestalten erkennen. Bei ihrem augenblicklichen Tempo würden aber auch sie verschwinden, wenn die Macht der Drachenkönigin das Licht überwältigte.

Das Licht überwältigte …

Hatten die Ritter nun doch verloren? Huma schauderte, als er sich eine Welt der Finsternis vorstellte. Eine Welt, in der die Königin regierte.

Inzwischen stammte das einzige Licht von den Blitzen, die über den Himmel zuckten. Sie schienen nicht Teil des Sturms zu sein, und Huma schaute hoch, weil er sich fragte, ob sie womöglich das Werk der Drachen waren. Hatten sie doch noch den Feind getroffen? Er wünschte – genau besehen ein verrückter Wunsch –, er könnte ihnen irgendwie helfen.

»Huma!« Das Zischen erschreckte ihn, bis er erkannte, daß es Kaz war. Die Stimme des Minotaurus kam krächzend. Die Verletzung hatte ihn stärker geschwächt, als er den Ritter hatte glauben machen wollen. »Huma! Da vorne ist ein Licht!«

Es stimmte. Nur ein schwaches Leuchten, wie von einem Nachtinsekt vielleicht, aber dennoch ein Leuchten. Sie machten sich bereits in die Richtung auf, als Huma der Schwarzmagier einfiel, der versucht hatte, sie zu umgarnen. Dieses Licht aber forderte nicht seinen Gehorsam wie jenes andere. Es schien eher dringend benötigte Hilfe zu versprechen. Um sicherzugehen, zog Huma sein Schwert.

Sie stolperten durch den Schlamm. Einmal wären sie fast hingefallen. Rutschend und schlitternd hielten sie auf das Licht zu.

Eine Weile schien das Licht nicht näher zu kommen. Allmählich jedoch verringerte sich die Entfernung, und bald erkannte Huma, daß der Schein sich auch auf sie zu bewegte. Er umklammerte sein Schwert fester. Kaz an seiner Seite war auf der Hut.

»Ich habe dich gesucht.«

Vor ihnen – scheinbar aus sich selbst heraus leuchtend und von Wind und Regen des Unwetters fast unberührt – stand Magus.

Kapitel 8

Magus' Lichtspruch umgab sie wie ein Zelt. Jenseits davon herrschte tiefste Finsternis. Sie konnten das Toben des magischen Sturms hören, obwohl sie ihn nicht spürten; der Spruch, der Magus schützte, beschützte auch Huma und Kaz. Nur das Laufen war schwierig, wie der Minotaurus bemerkte. Huma half ihm auf. Die untere Hälfte von Kaz' Körper war mit Schlamm überzogen.

Magus lächelte milde bei diesem Anblick, was Kaz in Wut versetzte. Die wurde auch nicht durch die Kommentare des

Zauberkundigen über die Langsamkeit seiner Begleiter gemildert. Oder durch die Tatsache, daß es kein Dreckkrümel wagte, die prächtigen Kleider des Zauberers zu verunzieren. Ein weiterer Zauberspruch, erkannte Huma, denn Kaz hatte bereits versucht, seinem Retter Schlamm auf den Rücken zu spritzen. Der Matsch hielt einige Fingerbreit vor dem arglosen Opfer an, verharrte zögernd und fiel dann zu Boden.

Weder der Ritter noch der Minotaurus hatten eine Vorstellung davon, wohin Magus sie führte. Sie wußten nur, daß sie endlich vor der gewaltigen Magie sicher waren, die die Zauberer der Drachenkönigin entfesselt hatten. Daß das Böse über eine solche Macht verfügte, hatte Huma in aussichtslose Verzweiflung gestürzt. Jetzt schien wirklich alles verloren.

Urplötzlich hob Magus seine freie Hand. Der Glanz, der von ihm ausging, verschwand. Nur das Licht von seinem einfachen Stab, welches Huma und Kaz als erstes wahrgenommen hatten, bewahrte sie weiterhin vor der völligen Dunkelheit.

Sie konnten vor sich nichts erkennen, doch sie hörten, daß der Sturm sich gelegt hatte. Sie konnten noch etwas anderes wahrnehmen: die tappenden Pfoten vieler Tiere und das schwere Atmen großer Kreaturen. Humas Knöchel wurden weiß vor Anstrengung, als sein Griff ums Schwert fester wurde. Es mußten Nachtwesen sein, wenn sie sich mit solcher Leichtigkeit fortbewegen konnten. Sie liefen an ihnen vorbei. Als einige Minuten verstrichen waren und keine weiteren mehr folgten, nahm Magus die Hand herunter.

Er drehte sich kurz zu den anderen um. »Monster. Gezüchtet und verhunzt von Galan Drakos. Kein Wunder, daß manche ihn den sterblichen Gemahl der Dunklen Königin nennen. Seine perverse Phantasie ist ihrer wahrhaftig würdig.«

Huma fragte sich, wer diese »manche« waren, von denen Magus redete. Er hatte so viele Fragen zu den vergangenen Jahren des Zauberers. Bevor er sich der Prüfung unterzogen hatte, war Magus ein eitler, sarkastischer Taschenspieler gewesen, der seinem besten Freund Streiche spielte und sich permanent über die geschlossene Gesellschaft der Ritter lustig machte. Nur Huma verstand wirklich, daß Magus schrecklich unsicher war – einer der Gründe, warum er die Magie erlernen wollte –, und daß seine Sticheleien einem anderen Zweck dienten.

Dieser Magus, der immer noch jenen boshaften Zug hatte, hatte eine ernste, grüblerische Seite dazugewonnen, die seine Persönlichkeit beherrschen konnte.

»Huma«, flüsterte der Minotaurus. »Wohin gehen wir?«

Sie hatten beide angenommen, daß Magus sie dorthin führte, wo die solamnischen Streitkräfte sich neu formierten – zumindest hoffte Huma, daß sie das taten. Der junge Ritter wurde sich jedoch immer sicherer, daß sie in Wirklichkeit in die entgegengesetzte Richtung liefen.

»Magus?«

»Hmmm?« Der Zauberkundige drehte sich nicht einmal um.

Zögernd erkundigte sich Huma: »Gehen wir tiefer nach Solamnia hinein?«

»Nein.«

»Wo gehen wir dann hin?«

Trotz seines sorglosen Auftretens schwang in der Stimme des Magiers Unsicherheit, vielleicht sogar Angst. »Wir gehen zu meiner Zitadelle, in mein Land.«

Huma äußerte endlich seine Sorge. »Etwa nach Ergod?«

»Ja.« Magus lief weiter, doch die anderen zwei blieben stehen. Kein Wunder, daß der Sturm so schnell nachgelassen hatte! Sie marschierten mitten durch die feindlichen Linien!

»Er hat uns verraten!« Kaz streckte seine bloßen Hände aus. Magus' Hals würde im Griff der mächtigen Pranken des Minotaurus zerbrechlich wirken.

»Nein, Kaz!« Huma rang kurz mit dem Minotaurus, doch Kaz hörte nicht auf ihn. Für ihn war sicher, daß er seinem absolut gnadenlosen Volk ausgeliefert und hingerichtet werden sollte.

Die gewaltigen Hände bildeten einen Kreis um den Hals des Magiers – und kamen nicht weiter heran. Derselbe Spruch, der Magus vor dem Matsch geschützt hatte, bewahrte ihn auch vor körperlichen Angriffen. Die vorherige Wirkung war nur ein zufälliger Nebeneffekt, auch wenn das bei Magus' Eitelkeit schwer zu sagen war.

Magus drehte sich um – immer noch im Beinahe-Griff von Kaz. Ohne Vorwarnung boxte Kaz mit einer Hand gegen den Kopf des Zauberkundigen. Wenn er erwartet hatte, mit roher Gewalt weiterzukommen, dann hatte der Minotaurus sich geirrt. Der Magier war nicht nur ungerührt, sondern die Hand des Angreifers prallte einfach ab.

Der Zauberer hatte jenes irritierende Lächeln aufgesetzt, das er sich unter Humas Augen jahrelang antrainiert hatte. Plötzlich lebte inmitten der unermeßlichen Finsternis die Vergangenheit wieder auf.

»Ich habe dich nicht verraten – keinen von euch. Es stimmt, wir gehen nach Ergod, aber ein Großteil des Landes ist von den Ogern und ihrer verruchten Herrin noch weitgehend unberührt. Wir sind hier in Wirklichkeit sicherer, als wenn wir der wilden Flucht der ach so tapferen Ritterschaft gefolgt wären.«

Huma verzog bei diesem Urteil beschämt das Gesicht, obwohl er wußte, daß die Ritterschaft alles Menschenmögliche getan hatte. Magus erwähnte nicht, daß auch die Zauberkundigen geflohen waren.

Der Minotaurus ließ sich nicht so leicht überzeugen. »Bei Sargas und zwanzig Generationen meiner Ahnen –«

Magus hielt Kaz den leuchtenden Stab vor die Nase, so daß er aus Angst vor einem Spruch zurückwich. »Wenn hier irgendwer Aufmerksamkeit erregt, dann bist du das, Minotaurus! Ruf deine verstaubten Verwandten an, wenn es sein muß, aber nicht diesen dunklen Gott, wenn du jetzt nicht seine persönliche Aufmerksamkeit auf dich ziehen willst.«

Sargas. Es dauerte einige Sekunden, bis Huma den Namen verstanden hatte. Sargas – Sargonnas, Gefährte von Takhisis, der Drachenkönigin. Eine Macht für sich. Die Minotauren verehrten ihn. Natürlich war es nur ein Reflex von Kaz gewesen, doch einer, der sie zu einer Zeit, wo Götter und Göttinnen mit großem Interesse Anteil nahmen, einen tödlichen Preis kosten konnte.

Sargas würde keine Gnade für einen Minotaurus kennen, der zu den von Paladin ernannten sterblichen Wächtern übergelaufen war. Sargas war ein Gott der Rache und der Hinterhältigkeit. Kaz hatte keine Wahl, als sich zu beruhigen und sich dem Urteil der Menschen zu unterwerfen – zumindest in dieser Hinsicht.

»Nun«, sagte Magus und zog seinen Umhang zurecht, »können wir dann weitergehen? Auch ich werde irgendwann müde, und ich habe keine Lust, dann in Reichweite der Häscher der Königin zu sein.«

Es schienen Tage zu vergehen, während sie dem Zauberer durch die Finsternis folgten. Huma begann sich zu fragen, ob die Dunkelheit ganz Ergod bedeckte und ob sie sich jetzt auch über Solamnia erstreckte. Er fühlte sich schuldig, weil er nicht bei der Neuformierung der Truppen half, doch er tröstete sich mit dem Gedanken, daß er hier, wo der Kriegsherr ihn am wenigsten vermutete, womöglich mehr ausrichten konnte.

Schließlich bemerkte das Trio, daß die Dunkelheit nachließ, als würde sie entweder schwächer oder als hätten sie endlich ihre Grenzen erreicht.

»Das Kraftfeld, das diese Scheußlichkeit erzeugt und aufrechterhält, muß gigantisch sein«, erklärte Magus. »Die Abtrünnigen um Galan Drakos sind begabt, aber selbst sie haben ihre Grenzen. Trotzdem hat es wohl seinen Zweck erfüllt. Das Gleichgewicht der Kräfte ist gebrochen.« Magus wirkte nicht sonderlich besorgt.

Dunkle, geisterhafte Gestalten formten sich und grabschten nach ihnen. Die dämonischen Wesen verschmolzen mit turmhohen Bäumen und dichtem Gebüsch.

»Magus, was ist im Osten geschehen?«

Der Zauberkundige verlangsamte seine Schritte, doch seine Augen waren weiter auf den Weg vor ihm geheftet. »Ist im Osten etwas geschehen?«

»Die Drachen sind gekommen.« Was war aus ihnen geworden, fragte sich Huma. Waren sie alle untergegangen, einschließlich des Silbernen, für den Huma solche Sympathien empfand? »Sie haben berichtet, daß die Ostfront zusammengebrochen ist.«

Magus hielt an, drehte sich um und musterte das Gesicht seines Freundes. »Tatsächlich?« Der Zauberer sah nachdenklich aus.

Kaz verschränkte seine riesigen Arme. »Du weißt eine Menge, Zauberer. Mehr jedenfalls, als du uns verrätst.«

Das zynische Lächeln kehrte zurück. »Ich werde mein Bestes tun, euch aufzuklären, wenn wir unser Ziel erreicht haben.«

»Und wie lange wird das dauern? Ich könnte schwören, daß wir schon tagelang laufen.«

Der prächtige Mann schüttelte sein goldenes Haar. »Geduld! Das hier könnte der gefährlichste Teil unserer Reise sein.«

Als Magus weiterging, knurrte Kaz: »Noch mehr verdammte Rätsel!«

Der düstere Wald war bald in dämmriges Licht gehüllt, und

dann war urplötzlich Tag. Bewölkt, wie stets in Ansalon – seit Ankunft der Königin, doch immerhin Tag. Die drei blieben stehen, um das Licht in sich aufzunehmen. Selbst Magus wirkte erleichtert.

»Wir dürften jetzt einigermaßen in Sicherheit sein. Ich habe die kürzeste Route gewählt, die unter diesen Umständen möglich war, aber wir haben immer noch eine ganze Tagesreise vor uns. Ich will nicht, daß Drakos oder auch nur die Schwarzen Roben erfahren, wo mein Hain liegt.«

Kaz schüttelte nur den Kopf und sah Huma an, der zur Antwort auch nur den Kopf schütteln konnte. Auch er wußte nichts über diesen Hain, von dem Magus redete.

Doch Kaz hatte noch ein anderes Problem.

»Ich bin am Verhungern«, beschwerte sich der Minotaurus.

Kaum hatte er gesprochen, als auch Huma den Schmerz in seinem Magen fühlte.

Magus seufzte. Er stieß seinen Stab auf den Boden, und ein Beutel erschien. Er war aus einfachem Leder, fast so groß wie die Satteltasche eines Ritters, und fest verschnürt. »Es ist nicht viel, aber wir werden uns unter diesen Umständen damit begnügen müssen.«

Nicht viel, wie der Magier sich ausdrückte, war mehr als genug für drei Leute – darunter ein Minotaurus – mit gesundem Appetit. Huma sah zu, als Magus Obst, Brot und sogar eine kleine Weinflasche herauszog. Es war mehr als doppelt soviel, wie in den Beutel hineinpaßte, und es schien immer noch etwas darin zu sein. Was für Tricks hatte sein Jugendfreund noch auf Lager? Wie mächtig war Magus, und wem verdankte er diese Macht?

Während er in einen Apfel biß, betrachtete Huma die prächtigen Kleider des anderen. Von Rechts wegen sollte Magus entweder die Weißen Roben des Guten oder – erheblich wahrscheinlicher – die Roten Roben der Neutralität tragen. Statt dessen trug Magus eine blaugoldene Tracht, die eher zu einem ergodianischen Höfling gepaßt hätte. Huma vermutete, daß es echte Goldfäden waren, die in den Stoff eingearbeitet waren. Der Mantel war weiß, aber so weich und kunstvoll gewebt, daß er entweder magischen Ursprungs sein mußte oder das Werk eines herausragenden Handwerkers war. Dazu trug Magus hüfthohe Stiefel aus feinem, poliertem Leder – und auch dies war kein gewöhnliches Leder. Der Ritter konnte nicht sagen, von welcher Beschaffenheit es war, doch er hatte schon einmal ein ähnliches Paar gesehen. Der Großmeister trug solche Stiefel.

Das war nicht die Tracht eines Magiers. Zumindest keines Magiers, von dem Huma je gehört hätte.

Kaz' Ausruf unterbrach Humas Gedanken.

»Gott der Meere! So einen Wein habe ich noch nie gekostet.«

Der Gesichtsausdruck des Minotaurus schien Magus zu erfreuen. »Gratuliere zu deinem guten Geschmack. Das ist ein seltener Tropfen, den mir die Elfen von Qualinesti geschenkt haben. Es ist mein Lieblingswein.«

»Du bist bei den Qualinesti gewesen?« Huma hatte von den Elfen – und von ihren Verwandten, den Silvanesti – gehört, doch er hatte bis jetzt höchstens Halb-Elfen gesehen wie zum Beispiel Gwyneth.

Der Gedanke an Gwyneth weckte Erinnerungen und Träume, in denen Huma sich jetzt nicht verlieren wollte. Er zwang sie in die hinterste Ecke seine Gehirns.

»Ich war bei ihnen«, berichtete Magus. »Ich besuchte sie, um sie kennenzulernen. Sie sind so stur wie ihre Verwandten. Beide glauben, sie könnten die Welt mit links retten. Ihr Stolz geht auf Kosten der Menschheit.«

Die Stimmung war jetzt ziemlich ernüchtert. Huma ertappte

sich dabei, wie er in die Richtung starrte, aus der sie gekommen waren. Von der bedrückenden Finsternis war nichts mehr zu sehen.

Die Nacht brach herein, und auf Magus' Rat hin schlugen sie ihr Lager auf. Bei Humas Vorschlag, eine Wache aufzustellen, rümpfte Magus nur die Nase. Er versicherte ihnen, daß seine Kräfte für diese Aufgabe ausreichen würden, doch Huma und der Minotaurus bestanden hartnäckig darauf. Verärgert stimmte der Magier schließlich zu, unter der Bedingung, daß er die letzte Wache bekam.

Ritter, die fest schlafen, leben nicht lange. Diese Regel gehörte zu den ersten, die ein Knappe lernte. Es gab zu viele Gegner, die sich leise bewegten. Darum entwickelten Ritter rasch einen sechsten Sinn, der sie warnte, wenn etwas in der Nähe war.

Deshalb wußte Huma Bescheid.

Es war während der letzten Wache, die Magus für sich beansprucht hatte. Huma lag auf der Seite und öffnete seine Augen vorsichtig einen Spaltbreit. Sein begrenztes Blickfeld ermöglichte ihm die Sicht auf die Füße des Minotaurus und die stille Gestalt von Magus selbst – eindeutig schlafend.

Was es auch war, es stand hinter ihm, das wußte er inzwischen. Langsam und vorsichtig drehte er sich wie im Schlaf um, bis er auf den Rücken kam. Seine Hand glitt zum Heft seines Schwertes, und er hatte genug Vertrauen in seine Fähigkeiten, daß er glaubte, eine Chance zu haben.

Er öffnete die Augen weit genug, um das Tageslicht einzulassen.

Nur mit großer Anstrengung unterdrückte er einen Schrei. Aus reinem Reflex rollte er sich beiseite und kam mit gezogenem Schwert auf die Knie. Hinter ihm sprang Kaz kampfbereit mit wildem Schnauben auf.

Es überragte sogar den Minotaurus – ein großer, massiver Überhang aus bewachsenem Fels. Wäre er schon am Vorabend dagewesen, so hätte Huma vielleicht nichts Ungewöhnliches daran bemerkt. Er hätte die massiven Steinauswüchse übersehen können, die man als Arme bezeichnen konnte. Er hätte übersehen können, wie die äußere Hülle aus Erde und Bewuchs sich ständig veränderte. Er hätte vielleicht auch die beiden blaugrauen Kristalle übersehen können, die aus einer Art Gesicht auf ihn herabzublicken schienen.

All das nahm er in wenigen Sekunden wahr. Der lebende Erdwall bewegte sich etwas vorwärts, wobei er Erde, Insekten und Pflanzen mit sich hochzog. Er schien keinen wirklich eigenen Körper zu haben, sondern ihn von seinem Standort zu beziehen. Huma machte sich bereit; Kaz hielt seine riesige Streitaxt in der Hand. Dann hallte Gelächter durch den Wald. Das Gelächter von Magus.

»Gebt's auf, ihr tapferen Krieger. Der Elementar will euch nichts tun. Er gehört zu mir. Ein Pförtner sozusagen.«

Kaz fuhr herum, und seine Axt trieb ein tiefes Loch in den Baum, an dem Magus gesessen hatte. Die Axt verfehlte seinen Kopf nur knapp. Magus wurde blaß, und sein Mund blieb mitten im Lachen offen stehen.

Dem wütenden Krieger war es nicht vergönnt, seine Rache zu genießen, denn plötzlich sackte die Erde unter ihm weg. Ein Erdbeben – nur an dieser einen Stelle – schüttelte den hilflosen Minotaurus. Huma blickte auf seine eigenen Füße, unter denen die Erde so fest wie immer war, und dann wieder auf Kaz. Brüllend ließ der Minotaurus seine Axt los und fiel rücklings hin.

Inzwischen hatte Magus seinen Schock überwunden. Er bemühte sich, leise und weniger spöttisch zu lachen. Als Kaz erfolglos versuchte, sich aufzurichten, schüttelte er den Kopf.

»Du wirst nie wieder auf zwei Beinen stehen, bis ich es sage, mein hitzköpfiger Freund. Habe ich dein Wort, daß du aufhören wirst, mich anzugreifen?«

Als das Kinn des Minotaurus auf den harten Erdboden knallte, grunzte er sein Einverständnis. Magus sah den Elementargeist an. Es sah so aus, als ob die zwei Kristalle dem Blick begegneten, obwohl Huma wußte, daß er sich das auch einbilden konnte. Ohne Vorwarnung nahm der Boden unter Magus wieder seine normale Beschaffenheit an. Kaz zögerte, weil er einen neuen Trick erwartete.

»Oh, steh schon auf!« rügte der Zauberkundige. »Du bist absolut sicher.«

Huma entspannte sich, steckte jedoch sein Schwert nicht zurück. Das Erdwesen beunruhigte ihn.

Magus erhob sich und stellte sich zwischen das Wesen und Huma. Wie ein Mann, der einen Hund abrichtet, hob Magus die Hand und sagte: »Sprich zu mir.«

Die Stimme klang tief und hallend, gleichzeitig auch so, als wenn man einem Haufen Steine und Kiesel zuhört, die heftig in einem Eimer geschüttelt werden. Die ersten Worte waren praktisch unverständlich. Es wiederholte sie.

»Alles gut. Niemand betritt Hain. Zitadelle begrüßt Zauberers Rückkehr.« Der Erdwall schwieg.

Magus nickte zufrieden. Zu den anderen sagte er: »Hinter diesen dichten Bäumen, vielleicht drei oder vier Wegstunden entfernt, liegt unser Ziel.«

Kaz ballte die Fäuste, besann sich dann aber eines Besseren. Er hatte bereits eine Kostprobe davon gehabt, was der Diener des Zauberkundigen anrichten konnte. »So nah, und du hast uns hier schlafen lassen?«

»Ich denke, du hast gehört, daß der Erdelementar den Hain erwähnte?« Das Gesicht des Magiers war sehr ernst.

»Was ist damit?«

»Nur ich würde es wagen, den Hain bei Nacht zu betreten, und nur weil ich Zeit darauf verwendet habe, ihn zu beherrschen. Euch beide hindurchzuführen hätte euren sicheren Untergang bedeutet.«

Huma blickte in die Richtung, in die sein Freund gezeigt hatte. »Was ist denn so gefährlich? Kann eine Klinge oder eine Axt dem nicht ein Ende bereiten?«

Das Gelächter des Magiers enthielt wenig Humor. »Es gibt viel tödlichere Gefahren als die rein faßbaren. Sagen wir mal, man braucht einen starken Geist, um unversehrt hindurch zu kommen. Einen starken Geist oder einen sehr einfachen, wie du willst.«

›Rätsel‹, hätte Kaz gesagt, dachte Huma jetzt. Er traute Herausforderungen nicht, die man nicht offen bekämpfen konnte. In mancher Hinsicht war das ein anderes Zeichen für die Veränderung, die mit Magus seit ihrer letzten Begegnung vor der Prüfung vorgegangen war.

»Der Elementargeist wird uns führen und tun, was er kann, um jeden von uns zu beschützen, der vom Pfad abkommt. Mögen die Götter ihm gnädig sein, denn der Hain ist es nicht.«

Es dauerte nur eine halbe Stunde, bis sie den Rand des Hains erreichten. In seinem ganzen Leben hatte Huma noch kein so dichtes Blattwerk gesehen. Bäume, Gräser, Sträucher, sogar Schlingpflanzen wuchsen so dicht neben- und umeinander, daß sie einen regelrechten Verteidigungswall um Magus' Zufluchtsort bildeten. Sosehr er sich auch bemühte, Huma konnte in den Tiefen des Hains nichts erkennen.

An mehreren Stellen führten Pfade in den Wald, die jedoch bald unter Biegungen verschwanden, so daß nicht abzuschätzen war, welcher der beste sein würde. Der Erdelementar passierte einige von ihnen, auch ein paar, die erheblich einladender wirkten als der, den das Wesen schließlich einschlug. Kaz betrachtete den gewählten Pfad kritisch und schüttelte seine große Hand.

»Seht euch das an.« Mit seiner klauenbewehrten Hand wies er auf die scharfen, dornigen Schlingpflanzen am Anfang. »Der Pfad, an dem wir gerade vorbeigekommen sind, war viel breiter und gut ausgetreten! Das ist bestimmt der falsche Weg!«

Magus sah ihn mit offener Verachtung an. »Der schönste Köder fängt die meisten Fliegen, mein Freund. Du kannst gerne den anderen Pfad nehmen, wenn du willst. Hier werden wir ein bißchen von den Pflanzen gepiekt. Da drüben... kann alles mögliche passieren.«

Unsicher von einem Fuß auf den anderen tretend, musterte Kaz die beiden Wege. Verzweifelt blickte er zu Huma.

Huma wiederum sah Magus an. Der Zauberer hielt sich zurück. Huma starrte auf den überwucherten Pfad.

»Ich vertraue ihm, Kaz.«

»Dann gehe ich dort lang, wo du lang gehst.«

»Ich bin froh, daß das entschieden ist.« Magus schüttelte verwundert den Kopf. Er hob seinen Stab und klopfte auf den Rükken – es sah jedenfalls so aus wie ein Rücken – des Elementars. Der lebende Hügel schob sich vor, wobei die Erde vor ihm seine Gestalt annahm, als er in den Hain glitt. Magus folgte ihm ohne Zögern. Der Minotaurus schaute Huma an, dann folgte er dem Zauberer.

Huma holte tief Luft, behielt sein Schwert in der Hand – weswegen, konnte er nicht sagen – und betrat den Pfad.

Kapitel 9

Der Pfad schlängelte sich mit erstaunlicher Regelmäßigkeit durch den Hain. Hätte Magus sie nicht mehr als einmal beruhigt, so hätte Huma geglaubt, daß sie im Kreis liefen.

Er mochte den Hain nicht, der selbst bei Tag düster und voller tiefer Schatten war. Ohne das Licht des Stabes wären sie sicher vom Pfad abgekommen.

Huma duckte sich vor einem dornigen Ast, der in den Weg hineinragte. Nach dem ersten, scharfen Kratzer einer der zahllosen Ranken hatte er sein Visier geschlossen. Dennoch schabte jeder Dorn an dem Metall um seinen Körper entlang, und Huma bahnte sich verstimmt Schritt für Schritt seinen Weg. Doch egal, wann er zurückblickte, nie hinterließen seine Bemühungen eine Spur.

Vor ihm ließ Kaz fluchend seine Streitaxt auf einen Dornenbusch herabsausen. Der verletzte Minotaurus hackte auf die Pflanze ein, bis nur noch Späne zurückblieben. Fast im selben Moment lief er mit dem Gesicht in eine herunterhängende Ranke. Die scharfen Klingen der Axt fuhren empor und hackten auch diese in Streifen.

Der abrupte Abhang nach der nächsten Biegung kam für alle überraschend. Die Erdbewegungen durch den Elementar narrten Magus. Sein Stab senkte sich, und der Magier, der Widerstand erwartet hatte, purzelte kopfüber nach vorn. Kaz, der nächste, stürzte über den Zauberkundigen. Huma wich aus, um nicht auch noch auf dem zappelnden Haufen zu landen, rutschte an einer anderen Stelle aus und kam vom Weg ab.

Dank der riesigen Überreste eines einst mächtigen Baumes kam Huma abrupt zum Halten. Er rieb sich den Hinterkopf, der einen Teil des Sturzes aufgefangen hatte, und schaute auf.

Es gab keinen Pfad mehr. Die Bäume des Hains beherrschten das Gebiet. Hohe, alte Büsche wucherten im Raum zwischen den Bäumen. Schatten füllten den Rest. Tiefe, dunkle Schatten. Huma schloß die Augen und öffnete sie wieder, wobei er vermied, seinen Blick auf die Schatten zu richten. Ein Schauer überlief ihn. Er erstarrte. Was hatte er gesehen? Es entzog sich jeder Beschreibung, die er geben konnte. Er wußte nur, daß es irgendwo da draußen war und darauf wartete, daß er sich ihm unvorsichtig zuwandte.

»Magus! Kaz!« Die Namen hallten als Echo zu ihm zurück. Ein stilles, spöttisches Lachen schien von überall her zu kommen.

»Huuuumaaa.«

Beim Klang der Stimme griff Huma nach seinem Breitschwert und entdeckte, daß die Waffe fort war. Er erinnerte sich, daß er das Schwert in der Hand gehabt hatte. Doch er fand keine Spur von der Klinge, als er den Boden absuchte.

Etwas Großes, Mißgestaltetes brach aus den anderen Schatten hervor und kreuzte kurz sein Blickfeld. Seine Nerven waren zum Zerreißen gespannt, als der Spötter wieder lachte. Huma zog einen Dolch in der Hoffnung, mit dem Stahl Eindruck zu machen.

Seine Sicht war versperrt, als sich etwas genau vor ihm aufbaute. Er stieß fest mit dem Dolch zu – und traf auf Erde und Matsch. Seine Hand versank im Schlamm, und er verlor seinen kleinen Dolch.

Mit großen Augen starrte er in die eisblauen, kristallinen Augen des Elementars.

Huma bekämpfte sein Verlangen, das seltsame Wesen zu umarmen. Der Elementar blickte auf ihn herab und sprach mit derselben rasselnden Stimme, die er benutzt hatte, um Magus zu antworten.

»Folge.« Welch wunderbares Wort für den Ritter in diesem Moment! Plötzlich war glücklicherweise auch das Schwert wieder in seiner Hand.

Die beiden Kristalle verschwanden in die Tiefen des Erdhaufens. Zuerst bewegte der lebende Hügel sich nicht, und der Ritter dachte, das Wesen sei an Ort und Stelle festgewachsen. Huma steckte sein Schwert weg und lehnte sich gegen die Rückseite der Erdkruste des Elementars. Er hatte beschlossen, ihn aus dieser Klemme zu befreien. Als seine Hände jedoch den Hügel berührten, begann die Erde unter seinen Fingern sich unglaublich aufzuheizen, so daß Huma sie schnell wegzog. Zwei leuchtende Objekte tauchten aus dem Hügel auf.

Mit den Kristallaugen am rechten Platz wiederholte der Elementar seine vorherige Botschaft. »Folge.«

Huma sprang aus dem Weg, als das Ding sich vorwärts wälzte. Anstatt sich umzudrehen wie ein Mensch, verlagerte der Elementar einfach sein Gesicht in die Richtung, in die er sich gerade fortbewegen wollte. Das war zumindest mal beunruhigend, und Huma, der immer noch verwundert zuschaute, ignorierte erneut die nochmalige Aufforderung des Erddieners. Der Hügel wiederholte sie nicht. Unvermittelt floß er einen kleinen Abhang hoch und verschwand.

Huma wollte zunächst instinktiv sein Schwert zücken. Dann aber biß er die Zähne zusammen und stand nach vier langen Sätzen vor einem laut fluchenden Minotaurus und einem besorgten Zauberer.

»Huma!« Kaz zerquetschte ihn geradezu mit seiner ungestümen Umarmung.

Magus lächelte erleichtert. »Als du vom Pfad abgekommen bist, wollte dein Kumpel dir unbedingt hinterher stürmen. Ich konnte ihm gerade noch klarmachen, daß es ziemlich dumm wäre, wenn ihr beide da draußen herumirrt.«

Der Minotaurus ließ Huma herunter und ging auf den Zauberer los. »Du wolltest nicht hinterher! Jemand mußte schließlich gehen!«

»Es ist ja auch jemand gegangen.« Magus strich seine aristokratischen Locken zurück. »Ich kann den Hain zwar passieren, aber ich schicke doch erheblich lieber den Elementar los, der nichts zu befürchten hat, als daß ich aus reiner Höflichkeit selbst das Risiko auf mich nehme.«

»Du bist ein Feigling!«

»Ich denke praktisch.« Magus wandte sich an seinen alten Freund. »Wenn der Elementar dich nicht gefunden hätte, wäre ich dir gefolgt, das darfst du mir glauben.«

Daß Huma die Erklärung des Magiers akzeptierte, ließ Kaz verächtlich schnauben. Magus beachtete es nicht weiter. Nach einem Klopfen auf die augenblickliche Rückseite des Elementars zog die Gruppe wieder los.

Obwohl keine neuen Schwierigkeiten mehr auftauchten, hielt Huma seine Augen unablässig nervös auf den Pfad gerichtet. Schließlich kamen sie ans Licht. Strahlendes Licht. Es war, als wäre die ewige Wolkendecke endlich den goldenen Sonnenstrahlen gewichen. Selbst auf Kaz' Gesicht zeichnete sich ein breites, von Herzen kommendes Lächeln ab. Als Magus sich zu ihnen umdrehte, grinste auch er über beide Ohren. Er hob den Stab in die Höhe.

»Willkommen bei mir zu Haus.«

Sie schauten auf ein weites, goldenes Feld. Man hätte leicht glauben können, daß irgendwo da draußen Elfen tanzten. Schmetterlinge und kleine Vögel flogen hin und her, während der helle, reife Weizen ihnen träge nachwinkte. Kleine Pelztierchen hüpften zwischen den paar Bäumen herum, die am Waldrand standen. Sollte es auf Krynn noch ein Paradies geben, so mußte es dieser Ort sein.

In der Mitte dieses wundersamen Feldes stand die Zitadelle von Magus, ein Turm, der wie das ihn umgebende Feld aus Gold zu sein schien. Ein einziges, gigantisches Holztor diente als Tür. Die obere Hälfte des Turms hatte viele Fenster, und ganz oben gab es sogar einen kleinen Wandelgang. Das Dach verlieh der Zitadelle das Aussehen einer Speerspitze. Die Seiten glänzten wie Metall, und Huma bedauerte nur, daß er kurz an den verruchten Bronzeturm erinnert wurde, der gefährlich nah am Rand des höllischen Abgrunds thronte.

Magus verbeugte sich und lud sie ein voranzugehen. Der Elementar war verschwunden, vielleicht, um wieder die äußeren Grenzen des Hains zu bewachen.

»Hier seid ihr sicher, meine Freunde. So sicher wie nirgendwo auf Ansalon.«

Der Ritter und der Minotaurus traten wie Kinder in das Feld hinaus. Vergessen war die Sorge um den Krieg. Vergessen waren Haß und Furcht. Es gab nur noch die atemberaubende Schönheit des offenen Landes vor ihnen.

Der Zauberer ließ sie vorbeigehen, wobei das Lächeln kurz aus seinem Gesicht verschwand.

Beim Gehen schien etwas Wunderliches zu passieren. Die Zitadelle wuchs. Mit jedem Schritt wurde sie größer und größer. Als sie das Tor erreicht hatten, ragte der Turm hoch in den Himmel hinein.

»Wie kann es sein, daß die Drachen etwas so Riesiges übersehen können?« Diesmal lag kein Argwohn in Kaz' Stimme, sondern nur Verwunderung.

»Wie dieses Feld?« erwiderte Magus. »Die Dinge sind nicht immer, wie sie zu sein scheinen – oder wie sie gesehen werden. Dieser Ort wurde erschaffen, lange bevor die Menschen überhaupt einen Fuß auf Krynn setzten. Ich habe viel Zeit damit zugebracht, seine Geheimnisse zu enträtseln. Manche Dinge weisen auf Ogerarbeiten hin. Ich kann mir allerdings nicht vorstellen, daß Oger je einen so schönen Ort anlegen konnten. Vielleicht war es als paradiesischer Garten für die Götter selbst gedacht. Ich glaube, das wäre passender.«

Huma zerstörte den Zauber des Augenblicks, als er husten mußte.

Der Magier zog eine Grimasse. »Verzeiht. Ihr müßt müde und durstig sein. Laßt uns hineingehen, um uns zu erfrischen. Danach wollen wir reden.«

Magus hob wieder seinen Stab und murmelte eine lange Folge scheinbar unsinniger Worte. Der Stab, dessen Glanz nachgelassen hatte, strahlte plötzlich in neuem Licht. Huma wie Kaz waren gezwungen, vorübergehend die Augen zu bedecken.

Das Tor ging auf, wie von einer großen, unsichtbaren Hand geöffnet. Magus verblüffte Huma wieder einmal, obwohl es gut sein konnte, daß auch dieser Trick von jenen alten Vorfahren stammte.

Sie passierten das Tor und betraten eine Halle, die zwar recht klein war, doch jeden Adelssitz durch ihre schiere Extravaganz in den Schatten stellte. Skulpturen von Elfen, Tieren, großen, menschenartigen Wesen, Menschen und offenbar den Göttern selbst säumten die Wände. Wie eine überdimensionale Schlange wand sich eine einzige Treppe in die oberen Geschosse. Ein rotgoldener Wandbehang mit Sternbildern schmückte eine Seite, während ein anderer einen Berg abbildete. Er wirkte so echt, daß er sofort Humas Aufmerksamkeit auf sich zog. In seinem Hinterkopf flüsterte etwas, daß dieser Ort ihm irgendwie bekannt vorkam, obwohl Huma wußte, daß er den Berg noch nie gesehen hatte. Er starrte ihn weiter an, bis Magus' Stimme den Zauber des Wandteppichs brach.

»Nicht alle Kunstwerke sind Originale, aber man kann nicht alles haben. Sei vorsichtig!«

Die Ermahnung richtete sich an Kaz, der eifrig die uralte Skulptur eines merkwürdigen Drachen untersuchte. Das Tier war lang und dünn, fast wie eine Schlange mit Beinen und Flügeln. Das wenige, was sich von der Bemalung erhalten hatte, zeigte, daß es ursprünglich grünblau schattiert gewesen war, eine sonderbare Farbzusammenstellung für einen Drachen.

»Diese Skulptur stammt von jemandem aus meinem Volk.«

»Unmöglich. Sie muß elfisch sein. Guck sie dir doch an.«

Kaz schnaubte. »Glaubst du, wir hätten keine Künstler? Ich erkenne die typischen Muster im Ton, auch wenn dein ›Kunstverstand‹ nichts davon bemerkt.«

»Warum sollte jemand einen solchen Drachen darstellen wollen? Ich habe noch nie einen gesehen, der so lang und dünn ist. Hat es früher so etwas gegeben?« wollte Huma von Magus wissen.

Der Zauberer zuckte mit den Schultern. »Ich habe noch keinen Beweis dafür gefunden. Meiner Meinung nach ist es eine rein künstlerische Darstellung, ein Phantasiegebilde. Ein weiterer Grund, warum es keine Minotaurenarbeit sein kann. Nebenbei bemerkt, ist es dazu viel zu alt.«

»Wir waren die erste zivilisierte Rasse.«

»Zivilisiert oder domestiziert?«

Kaz reagierte prompt, doch die kleine Statue erstarrte mitten im Flug etwa drei Fuß vor Magus' Gesicht. Der verächtliche Ausdruck des Zauberers kam nur der furchtbaren Enttäuschung gleich, die sich in Kaz' Miene abzeichnete. »Beim nächsten Wurf solltest du besser zielen, du Rindvieh, denn es wird dein letzter sein. Und nimm nächstes Mal etwas weniger Wertvolles.«

Mit einer Handbewegung beorderte Magus die Drachenskulptur auf ihren Platz zurück. Kaz schnaubte unaufhörlich, seine Augen waren blutunterlaufen. Plötzlich stand Huma mit blank gezogenem Schwert zwischen ihnen.

»Hört auf!«

Der Ausbruch war so heftig, daß Magier und Minotaurus ihn beide ansahen, als hätte er den Verstand verloren. Mit möglichst grimmiger Miene sah Huma vom einen zum anderen.

»Ansalon und womöglich ganz Krynn ist vielleicht hilflos der Drachenkönigin ausgeliefert, und ihr zwei führt euch auf wie Schuljungen!«

Kaz war der einzige, der beschämt aussah. Magus nahm die Rüge so gelassen hin wie alles andere auch. Er zuckte nur die Schultern und tat, als wäre nichts passiert.

»Es gibt noch mehr zu sehen, aber ich kann mir vorstellen, daß ihr beide auch ausruhen möchtet. Liege ich da richtig?«

»In diesem Punkt schon«, raunzte Kaz.

Huma steckte sein Schwert weg, war jedoch immer noch wütend. »Und was geschieht danach? Kannst du mit deinem Orden Kontakt aufnehmen? Wir können schließlich nicht für immer hierbleiben. Du bist uns suchen gekommen. Hast du nicht einen Plan?«

»Doch natürlich.« Die Antwort kam prompt, doch es lag etwas in den Augen des Zauberkundigen, das ihn Humas Meinung nach Lügen strafte. Das war wieder der Magus, der ihm fremd war. Der Magus, der vor dem einzigen Menschen, dem er hätte trauen können, Geheimnisse hatte. Wie sehr er sich verändert hatte!

Oder bin ich es, der sich verändert, überlegte Huma. Früher hätte er nie ernsthaft an Magus gezweifelt oder die Antworten seines Freundes in Frage gestellt. Die Ritterschaft hatte ihm die Augen geöffnet über die verschleierten Halbwahrheiten, die im Leben vieler Menschen eine so wichtige Rolle spielten.

Absichtlich äußerte Huma: »Ich möchte gerne deinen Plan erfahren.«

»Zur rechten Zeit. Es gibt hier viel zuviel zu tun, was ich sofort erledigen muß. Während ich das mache, könnt ihr zwei euch ausruhen und etwas essen.«

Magus stieß mit seinem Stab auf den Boden. Huma fühlte einen Schauer über seinen Rücken rennen. Dann sah er den Nebel. Er umschwirrte Magus wie ein zahmer Vogel seinen Herrn. Huma konnte keinerlei Wind wahrnehmen. Es gab auch keinen ersichtlichen Grund für den Nebel. Er bewegte sich, als hätte er ein Eigenleben.

»Gäste. Führen.« Magus sagte die Worte nicht zu Huma oder Kaz, sondern zu der Wolke – und sie antwortete.

»Gässssteeee. Füüüüührennnn.« Die Stimme des Nebels zischte wie der Dampf eines gerade gelöschten Lagerfeuers.

»Zimmer für die Nacht.«

»Zimmmmmeeeer.«

Magus verzog das Gesicht. »Luftelementare sind so langsam.« Er entließ den wabernden Nebel mit einer Handbewegung. »Jetzt, bitte.« Zu Huma sagte der Zauberer: »Wenn ihr gegessen und geruht habt, werden die Dinge schon besser aussehen.«

Kaz gab ein tiefes »Humpf« von sich, das Magus ignorierte. Der Luftelementar schwebte ungeduldig um die zwei »Gäste« herum.

»Kommmmttt. Zimmmmerrrr. Gässsstteeee.«

Ihr Gastgeber beobachtete, wie sie dem Nebelwesen die Wendeltreppe hinauf folgten. Als sie außer Hörweite waren, beugte sich Kaz zu Huma hin und flüsterte: »Dieser Zauberer ist dein Freund?«

»Ja.« Huma fiel es schwer, mit Nachdruck zu antworten.

»Dann bete, daß er dich ebenfalls noch als solchen betrachtet. Ich glaube, dieser Turm mit seinen Geheimnissen könnte ein sehr sicheres und sehr dauerhaftes Gefängnis darstellen.«

Der Ritter widersprach der Bemerkung nicht, da er diese Möglichkeit bereits in Betracht gezogen hatte.

Wenn es wirklich ein Gefängnis war, dann eines, vor dem so mancher Verurteilte um Einlaß gebeten hätte. Nachdem sie sich zumindest einigermaßen an die dienstbaren Geister gewöhnt hatten, fiel es Kaz und Huma nicht schwer, das Fleisch und das Obst – nicht zu erwähnen den Wein – zu genießen, die jedem Königshof Ehre gemacht hätten.

Auch die Zimmer waren überwältigend, wenngleich viel zu groß für eine normal große Person wie Huma. Kaz jedoch empfand die Einrichtung als seiner Größe angemessen und sah darin einen weiteren Hinweis darauf, daß der Turm ein Relikt seiner eigenen Rasse war. Huma wußte, daß es keinerlei Berichte gab, nach denen sich Minotauren vor dem Krieg je so weit im Westen aufgehalten hatten, doch er behielt seine Zweifel für sich.

Sie hatten jeder ein eigenes Zimmer bekommen, wogegen Kaz zuerst Einspruch erhoben hatte: Es sei ein offensichtlicher Versuch, dem Prinzip ›Teile und Herrsche‹ zu folgen.

»Wenn er gewollt hätte, hätte Magus uns beide schon mindestens hundertmal erledigen können«, gab Huma zurück. »Du hast gesehen, wie er unten mit dir fertig geworden ist.«

»Glückssache. Laß mich nur an ihn ran, Mann gegen Mann.«

»Und es wird nur noch Asche von dir übrigbleiben. Magie ist für ihn so selbstverständlich wie für uns das Atmen.«

Der Minotaurus trieb seine große Faust in die Wand. Zu seiner Befriedigung gab sie ganz gut nach. »In meiner Heimat –«

Huma unterbrach ihn, bevor er fortfahren konnte. »Das hier ist Ergod. Menschenland. Menschensitten.«

»Wirklich? Hast du die Schlacht schon vergessen?«

»Hab' ich nicht. Ich finde nur, daß du mir vertrauen solltest. Ich kenne Magus viel besser als du.«

Kaz beruhigte sich, jedoch nicht ohne einen letzten Kommentar abzugeben: »Das hoffe ich. Um unseretwillen.«

Über diese Worte sann Huma nach, als er auf seiner Bettkante saß. Trotz des Kraftaufwands, den der Marsch durch den Hain gekostet hatte, konnte er nicht schlafen. Kaz hingegen schlief wie ein Toter, nur sein Schnarchen drang durch die Wände bis in Humas Zimmer.

Die Kerzen, die bei seinem Eintreten schon gebrannt hatten, waren so weit heruntergebrannt, daß viele von ihnen am Erlöschen waren. Das Flackern warf seltsame Schatten, und Huma merkte irgendwann, daß seine Augen an einem besonders großen und dunklen Schatten in der jenseitigen Ecke hingen. Es war so finster, daß es ihm so vorkam, als wenn er geradewegs hineinlaufen und durch die Wand gehen könnte.

»Huma.«

Eine offene Hand kaum aus dem Schatten. Ihr folgte eine zweite. Der Ritter wich von dieser Bettseite zurück zu seinem Schwert, das neben dem Bett hing.

»Huma, ich muß mit dir reden.«

»Magus?«

»Wer sonst?« Arme folgten den Händen, und dann erschien auch der Rest des Magiers. »Verzeih das dramatische Eintreten«, flüsterte Magus, »aber ich möchte nicht in Gegenwart des Minotaurus mit dir reden, dem einiges, was ich zu sagen habe, vielleicht mißfallen würde.«

»Und mir nicht?« Huma war gereizt. Die Tricks des Zauberers gingen allmählich selbst seinem alten Freund auf die Nerven.

Ihre Blicke trafen sich, und Magus drehte sich schnell weg. »Vielleicht schon. Aber du bist wenigstens vernünftig. Ich brauche bloß einmal unaufmerksam zu sein, dann macht mich dieser Ochse auf zwei Beinen fertig.«

»Kann ich ihm nicht völlig verdenken, Magus.«

»Ich weiß.« Der Zauberkundige bedeckte sein Gesicht mit den Händen. »Wie gut ich das weiß.«

Huma stand auf, ging zu seinem Jugendfreund und legte ihm sanft die Hand auf die Schulter. »Erzähl mir alles, und ich verspreche, ich werde ein offenes Ohr für dich haben.«

Magus schaute auf, und für kurze Zeit war es wie in alten Tagen, wo für sie nur das Vergnügen gezählt hatte. Doch der Ausdruck in seinem Gesicht verschwand fast so rasch, wie er gekommen war. Der elegante Magus streckte eine Hand aus. Sofort war sein Stab da und erwartete seine Befehle.

»Du siehst einen Zauberer von großer Macht vor dir – und

von noch größerer Begabung. Ich bin nicht der erste, der das sagt. Der gute, alte Belgardin hat das seit dem Tag gesagt, an dem er mich zu fördern begann.«

Belgardin. Huma erinnerte sich an den beleibten Zauberer. Er war der erste gewesen, der gesehen hatte, welche Macht sich in dem jungen Magus regte. Macht, wie er sie nie zuvor gesehen hatte. Belgardin war ein hoher Adept der Roten Roben, und deshalb erkannte er, daß der Junge Hilfe brauchte, während er gleichzeitig nach dem Prestige schielte, einen möglichen Ordensmeister auszubilden – egal von welchem Orden.

»Er hatte recht. Du erinnerst dich. Ich habe alles mit Bravour bestanden. Ich war der klügste Schüler, den sie je gesehen haben. Ich habe Zaubersprüche gemeistert, mit denen selbst alte Hasen ihre Schwierigkeiten haben. Ich war ein Wunderkind.« Der Hauch von Eitelkeit in Magus' Stimme war durchaus angebracht; alles, was er sagte, entsprach der Wahrheit.

Sein Gesicht wurde ernst. »Ihr gewöhnlichen Menschen hört von der Prüfung oder vielmehr die Gerüchte darüber.« Magus machte mit der freien Hand eine Schnittbewegung. »Die Gerüchte sind nichts im Vergleich mit der Wirklichkeit.«

Die Prüfung war der letzte Beweis für die Fähigkeiten eines Magiers, mit der Macht umzugehen. Es war nebensächlich, zu welchem Orden er oder sie gehörte. Alle Zauberkundigen legten die Prüfung ab.

Magus stellte die Spitze seines Stabs auf den Boden und stützte sich darauf. »Ich weiß nicht, was andere durchgemacht haben, ich weiß nur, daß manche nicht überleben. Ich bin in die Prüfung gegangen und hatte mich auf alles Erdenkliche vorbereitet. Ich dachte, sie würden Dunkelelfen auf mich hetzen oder mich zwingen, einen Alten oder Kranken zu töten. Vielleicht würden sie mich an den Rand des Abgrunds stellen, um der Königin selbst ins Gesicht zu blicken. Ich wußte, daß manches Illusion sein würde, vieles jedoch völlig echt. Echt genug, um mich zu töten.«

Huma nickte verständnisvoll. Natürlich drang manches nach draußen. Einige Gerüchte enthielten anscheinend ein Körnchen Wahrheit.

Das schöne Gesicht verzog sich zu einem Lächeln, das im dämmerigen Licht irre wirkte. Magus lachte leise, obwohl Huma nicht erriet, was er so lustig fand. »Sie haben mich übel hereingelegt. Oder vielleicht wußten sie nicht, was alles bei der Prüfung geschehen kann. Ich vermute, daß manchmal die Macht selbst ihre Hand im Spiel hat. Wie auch immer, ich wurde mit der einen Sache konfrontiert, die ich nicht akzeptieren konnte: meinem Tod. Meinem zukünftigen Tod.«

Es gab nichts, was Huma dazu hätte sagen können. Er konnte abstreiten, daß es wahr war, konnte versuchen, Magus zu überzeugen, daß alles eine Illusion gewesen war, aber was davon hätte er selbst geglaubt?

»Irgendwie ist es mir gelungen zu überleben. Ich glaube, daß ich wahnsinnig geworden wäre, wenn ich versagt hätte. Wahnsinnig aus der Erkenntnis heraus, daß das, was ich sah, wirklich geschehen würde. Ich verließ den Turm, verließ die Prüfung, weil ich mein Schicksal kannte und entschlossen war, etwas dagegen zu tun.

Und ich merkte, daß es nicht ging. Nicht innerhalb der strengen Vorschriften der Orden. Trotz ihrer angeblichen Freiheit konnten mir weder die Roten noch die Schwarzen Roben etwas anbieten, das mir half. Sie waren immer noch zu eingeschränkt, und ich bin sicher nicht dazu geschaffen, die Weißen Roben zu tragen, wie du wohl weißt.«

Magus grinste und seufzte dann. Die Kerzen waren fast völlig heruntergebrannt.

»Als ich erkannte, welchen Einschränkungen ich durch die

Drei Orden unterworfen war, beschloß ich gezwungenermaßen, die Grenzen zu überschreiten, die sie gezogen hatten, um – verzeih mir, wenn ich das sage – die Zukunft zu ändern.«

Huma wich unwillkürlich zurück. Die wilden Zaubersprüche, die fremdartige Kleidung, die sich so von den einfachen Roben der anderen Zauberer abhob. Er schüttelte den Kopf, weil er es für unmöglich hielt, was Magus getan hatte.

»Zu jenem Zeitpunkt«, berichtete Magus nach innen gekehrt, »wandte ich mich von dem erstickenden Regelwerk des Zirkels ab und wurde zum Abtrünnigen.«

Kapitel 10

Erschüttert es dich so sehr, Huma? Ich war jung. Ich wäre vielleicht auch aus anderen Gründen gegangen. Abscheu vor der Prüfung, zum Beispiel, die ich immer noch für ein barbarisches Mittel halte, um jemanden zurechtzustutzen.«

Huma sank aufs Bett zurück. Für einen, der mit den strengen Überzeugungen der Ritterschaft aufgewachsen war, war kein Zauberer vertrauenswürdig. Abtrünnige wurden als schwärzer als die Schwarzen Roben selbst angesehen, denn sie arbeiteten mit Sprüchen, vor denen selbst jene zurückschreckten.

Magus las in seinem Blick und lächelte wehmütig. »Ein Abtrünniger ist nur das, was er aus sich macht, Huma. Es gibt sehr wenige, weil es schwer ist, den Augen des Zirkels zu entkommen, aber ein paar davon sind sehr gute Menschen. Manchmal nicht mächtig genug. Hätten sie die Prüfung gemacht, so wären die meisten umgekommen. Während ihres Lebens tun sie ihr Bestes, um anderen zu helfen. Natürlich gibt es immer auch die andere Seite.«

»Galan Drakos.«

»Ja.« Magus wurde blaß. »Selbst die dunklen Kleriker der Königin fürchten ihn. Sie aber braucht ihn.«

Der Ritter richtete sich auf. »Du weißt eine ganze Menge.«

»Ich – ich habe auf meinen Reisen viel von ihm gehört. Ich dachte, er könnte mir helfen, mich beschützen. Er fürchtete die Drei Orden nicht.«

Im Nebenzimmer bewegte sich etwas. Magus trat in die Schatten zurück. »Ich glaube, wir können unsere Unterhaltung jetzt nicht fortsetzen. Versuch zu begreifen, daß ich für alles meine guten Gründen hatte. Wir reden später weiter.«

Magus verschmolz mit der Dunkelheit. Der Ritter sprang auf und streckte seine Hand in die dunkle Ecke aus. Nur Wände, wie er schon vermutet hatte. Das Portal, das Magus geöffnet hatte, hatte sich schon wieder geschlossen.

Wütend stürmte Kaz ins Zimmer. »Ich habe ihn gehört! Wo ist er?«

Überrascht über die Aufregung des Minotaurus, wich Huma zurück. »Was ist los, Kaz?«

»Das ist eine Falle, wie ich's mir gleich gedacht habe! Meine Axt ist weg! Meine Dolche sind weg!«

»Was redest du da?« Huma griff nach seinem Schwert, das neben dem Bett hing. Allerdings...

Die Scheide hing immer noch da, doch jetzt war sie leer. Eilig sah Huma sein Zeug durch. Wie bei Kaz fehlten alle Waffen. Sie waren verschwunden, während die beiden alten Freunde sich unterhalten hatten.

Huma legte sich die Hand auf die Stirn. Das Zimmer wurde schrecklich heiß. Er merkte, wie er rot anlief. Plötzlich stand Kaz neben ihm, um ihn zu stützen.

»Was hat er mit dir gemacht? Bist du krank?«

»Es geht schon.« Er schob seinen mitfühlenden Gefährten beiseite. »Es ist nichts.«

Huma war ein Narr gewesen. Er hatte geglaubt, daß die Vergangenheit noch zählte, während es jetzt nur allzu offensichtlich war, daß der Zauberer gelogen hatte. Die Ungereimtheiten, die überlangen Erklärungen warfen mehr Fragen auf, als sie beantworteten.

Huma ergriff seine Rüstung. »Wir gehen – irgendwie.«

Kaz half ihm, sich fertig zu machen.

Die Halle war anscheinend unbewacht, auch wenn der Ritter davon überzeugt war, daß unsichtbare Diener jeden ihrer Schritte beobachteten. Er fragte sich, wie weit Magus sie kommen lassen würde.

»Das gefällt mir nicht«, murmelte Kaz. Er mißtraute den Methoden der Zauberkundigen noch mehr als der Mensch.

Sie erreichten die lange Wendeltreppe ohne Zwischenfall – was sie nur um so vorsichtiger machte. Huma streckte die Hand aus und berührte das Geländer mit einem Finger. Als nichts geschah, wagte er, es anzufassen. Er gingen einen Schritt hinunter. Noch einen. Einen dritten. Kaz folgte ihm so dicht, wie es seine gewaltige Gestalt erlaubte. Unwillkürlich wurden sie schneller.

Bei der sechsten Stufe zwinkerte Huma ungläubig. Er war nicht mehr auf der Stufe, sondern wieder am Treppenabsatz. Fünf Stufen tiefer fuhr Kaz herum, um nach ihm Ausschau zu halten. Ehe Huma ihn warnen konnte, setzte der bullige Mann aus dem Osten einen Fuß auf die sechste Stufe. Huma sah Kaz nur noch kurz, ehe er verschwand, um gleich darauf neben ihm zu stehen.

»Noch mehr Tricks«, grollte Kaz.

Sie versuchten es noch einmal mit dem gleichen Ergebnis. Und wenn man seinen Fuß auf die Stufe setzte, bekam man den Transport noch nicht einmal mit. Das war Magie in ihrer kompliziertesten und verschlagensten Form.

Sie waren in einer Art Schleife gefangen. Huma gab als erster auf, weil er die Vergeblichkeit des Unterfangens erkannte. Kaz machte noch eine Zeitlang weiter in der Hoffnung, es könnte einen Ausweg geben. Schließlich gesellte sich der Minotaurus zu Huma.

»Was jetzt?«

Huma setzte sein Gepäck ab und schnallte die leere Scheide ab. »Nichts. Wir können anscheinend nirgendwo hingehen.«

»Wir können aber auch nicht hierbleiben!« Das rote Glühen kehrte in die Augen des Riesen zurück.

»Hast du eine Idee? Es gibt keine Fenster, und die Wände sind undurchdringlich. Zumindest für uns.«

»Wir könnten hinunterklettern.«

Huma nahm die Schwertscheide und ging damit zur Treppe. Er hob sie über das Geländer und ließ los.

Die Scheide verschwand.

Während Kaz ihr noch hinterher starrte, drehte sich Huma um und zeigte auf den Boden. Die leere Scheide lag hinter ihnen.

»Wir warten. Wir haben keine andere Wahl.«

Der Minotaurus ließ geschlagen seine Schultern sinken.

Es kam die Zeit, wo der Schlaf sie übermannte, obwohl sie sich alle Mühe gaben, wach zu bleiben. Huma begann zu träumen. Er träumte von Gwyneth und von einem Berg. Von einem silbernen Drachen im Flug. Von bösen Zauberern und kämpfenden Göttern. Das alles vermischte sich so unzusammenhängend, daß er nie ganz sicher war, was der Traum bedeuten sollte oder wie er eigentlich angefangen hatte.

Der Traum endete abrupt, als eine Stimme seinen Schlaf unterbrach. »Aaaauuuuffffwwwaacheennnn.«

Huma brauchte eine Weile, bis er erkannte, daß das Gelispel nicht zu seinem Traum gehörte. Statt dessen war es ein Nebelwesen, das sie holen sollte.

»Meeiiissteerr. Wwwiiill. Sssspreecheenn.«

Huma erhob sich und Kaz, der den Elementargeist ebenfalls hörte, tat das gleiche.

»Hhuuumaaa. Aaallleeiinn.«

»Ich komme mit, ob es deinem Meister nun gefällt oder nicht. Also los, oder ich atme dich ein.«

Ob der Luftelementar die Worte des Minotaurus verstand oder nicht, er schwebte jedenfalls auf die Treppe zu. Huma ging hinterher, dicht gefolgt von Kaz. Der Elementar führte sie hinunter. Huma zögerte kurz, als sie sich der Stufe näherten, die sie zuvor nicht überschreiten hatten können. Er machte einen vorsichtigen Schritt. Zu seiner großen Überraschung kam er diesmal ungehindert vorwärts. Der luftige Diener umschwirrte sie voller Ungeduld. Huma ging weiter hinunter, zuerst langsam, dann, als ihm klar wurde, daß Magus keine Fallen vorbereitet hatte, schneller.

Ein durchdringender Wutschrei veranlaßte ihn, sich nach oben umzudrehen. Während Huma ihm den Rücken zugewendet hatte, hatte Kaz ihm folgen wollen. Zum großen Ärger des Minotaurus hielt der Zauberer ihn noch immer gefangen.

Wortlos wandte sich der Ritter wieder nach vorne und folgte dem Diener die Wendeltreppe hinunter und durch Gänge, die er am Vortag nicht bemerkt hatte. Diese Korridore waren dem Hain sehr ähnlich, mancherorts dunkler, als man für möglich halten sollte. Hin und wieder huschten Dinge im flackernden Licht der paar Fackeln vorbei. Nur wenn sie an einer dieser Fackeln vorbeikamen, konnte Huma sicher sein, daß er noch immer dem Diener folgte.

»Meeiiissteerr.«

Huma verstand diesen Ruf zunächst nicht, denn der Raum, den er betrat, war ebenso finster wie die Gänge, und er sah keinen Hinweis darauf, daß er bewohnt war. Dann hörte er, wie sich etwas bewegte.

Ein Wort erklang, und der Raum wurde von Magus' Stab erhellt. Das Geräusch, das Huma gehört hatte, war vom Aufstehen des Zauberers von seinem Stuhl verursacht worden. Als der andere sich ihm zuwandte, öffnete sich Humas Mund überrascht. Magus wirkte plötzlich fast doppelt so alt wie vorher. Man konnte kaum glauben, daß die beiden Männer gleich alt waren.

»Huma.« Die Stimme des Zauberkundigen bettelte beinahe um Freundschaft. Der ganze Zorn, der sich in Huma angestaut hatte, begann zu verfliegen, als er den verblüffenden Lebenskraftverlust wahrnahm.

»Magus, was –?«

»Ich weiß. Wann immer wir uns treffen, bleibst du mit neuen Fragen und Ängsten zurück. Ich fürchte, ich kann derzeit nicht einmal das ändern, auch wenn ich versuchen will, ein paar Dinge aufzuklären. Zunächst einmal möchte ich dir etwas zeigen.«

Der Zauberer führte ihn in den Nebenraum, wo Huma dem Erdelementar gegenüber stand, der sie durch den Hain geführt hatte. Vor dem lebenden Erdwall lag etwas beunruhigend Bekanntes.

»Ein Schreckenswolf«, konstatierte Huma.

Die Knochen waren gräßlich verdreht, und ein Bein war abgerissen. Noch seltsamer war, daß er versteinert war. Huma bückte sich und fand diese Feststellung bestätigt. Es war, als würde er einen Felsen berühren.

Die leeren Augen schienen ihn noch immer zu beobachten. Huma drehte sich hilfesuchend nach Magus um.

»Es waren noch drei, aber die sind im Hain umgekommen. Der hier jedoch hat es – zerschunden wie er war – bis zum Feld geschafft, wo er«, Magus zeigte auf den Erdelementar, »ihn erledigt hat. Doch jetzt haben wir die Bescherung. Galan Drakos weiß, wo ich bin, und wahrscheinlich auch, daß du hier bist. Ich habe keine Wahl.«

Huma hörte zu, ohne zu ahnen, worauf Magus hinaus wollte.

»Komm mit.« Sie kehrte in das andere Zimmer zurück. Magus ging zur einen Wand, an der ein hoher, goldgerahmter Spiegel hing. Er war oval und mit Zauberrunen verziert. Magus stieß seinen Stab auf den Boden und sagte: »Zeig.«

»Der. Der mittlere Gipfel.« Ein riesiger Berg erhob sich im Vordergrund. Huma erkannte ihn sofort wieder. Es war der gleiche Berg, der auf dem einen großen Wandbehang so auffällig hervortrat. »Als ich im Turm geprüft wurde, sah ich das – den Berg. Ich erinnere mich gut daran, weil es der letzte Ort war, den sie beschworen. Ich wußte nicht, daß es ihn wirklich gibt, bis ich diesen Platz hier und den Wandbehang in der Halle fand. Als ich ihn an der Wand hängen sah, erkannte ich, daß in den Szenen meiner Prüfung mehr Wahrheit gelegen hatte, als selbst meine Prüfer wußten. Dieser Berg hat etwas mit dem Krieg zu tun. Er verbirgt etwas. Er ist das einzige Puzzleteil, das ich nicht enträtseln kann. Ich kenne nicht einmal seine genaue

Lage, aber er liegt westlich von hier, wahrscheinlich im Südwesten.«

Er drehte sich zu Huma um und hielt dem Ritter seine Waffen hin, obwohl seine Hand eben noch leer gewesen war. »Der Minotaurus hat ebenfalls seine Waffen zurück. Der Elementar wird euch durch unterirdische Gänge zu den Pferden führen, die ich für Notfälle bereitstehen habe.«

Plötzlich erbebte der Turm.

Magus fuhr herum und starrte in den Spiegel. »Zeig!«

Die Bergszene verschwand, um einem Bild der Zitadelle Platz zu machen. Umzingelt. Ein großer, schwarzer Drache mit einem Reiter. Andere Drachen, rote, daneben.

»Oh, ihr Monde von Krynn!« Magus lächelte bitter. »Bin ich es wert, daß Krynus selbst mich beehrt?«

»Krynus!«

Der Magier sah Huma an, und sein bitteres Lächeln wurde noch breiter. »O ja, ihr zwei seid euch begegnet. Wenn ich Zeit hätte, würde ich dir viel Wichtiges über ihn und die Schwarze Garde erzählen. Aber wie es aussieht...« Der Turm erbebte wieder, und die Decke begann zu bröckeln.

»Arion!« Auf den Ruf des Zauberers hin erschien der Nebeldiener vor ihnen. »Bring sie zu den Ställen! Schnell!«

»Meeiiissteerr.«

»Magus, laß mich dir beistehen.«

»Mir beistehen?« Der Magier lächelte. »Ich stand einst an der Seite von Galan Drakos. Ich war sein Stellvertreter in seinem Magierzirkel. Er braucht mehr als ein paar Drachen, um mich aufzuhalten.«

Ein gewaltiger Windstoß trieb Huma durch die Tür, während er noch überlegte, ob er Magus vertrauen konnte. Nicht nur bezüglich seiner Fähigkeiten, sondern auch bezüglich seiner Beweggründe. Aber würde Huma das je erfahren?

»Huma!«

»Kaz!«

Der Minotaurus kam den dunklen Korridor entlang gestürmt, ohne irgendwelche Bedrohungen zu beachten. Magus hatte Wort gehalten und dem Minotaurus seine Waffen zurückgegeben, auch die gewaltige Streitaxt.

Die ersten Worte des großen Kriegers waren leicht vorauszusehen: »Was hat er jetzt denn für einen Wahnsinn über uns gebracht?«

»Nur den Kriegsherrn, sechs Drachen und weiß Paladin was noch.«

Weitere Balken krachten zu Boden.

Kaz hob die Axt hoch über den Kopf. »Bei dreißig Generationen meiner Ahnen, ich werde nicht unter diesen Steinen sterben!«

»Duuummm! Fooollgeeennn!«

»Dieses *Ding* da –«

»– führt uns hier raus! Ruhe jetzt!«

Sie rannten dem Luftelementar hinterher, der jetzt ein erstaunliches Tempo vorlegte. Nunmehr glänzte er leicht silbrig, so daß sie ihn in den dunklen Fluren nicht verlieren konnten.

Der Stall war eher eine belüftete Höhle. Es gab ein halbes Dutzend Pferde in allen Größen, alle gut trainiert und elegant. Während sich die beiden ihre Reittiere aussuchten, verschwand der Elementar.

»Wo sind wir?« fragte Kaz.

Huma sprang auf das Pferd, das er gewählt hatte, eine große, silbergraue Stute, und blickte durch den Höhleneingang. »Westlich des Hains, glaube ich. Der Gang führt unter ihm hindurch.«

»Gut. Ein Problemchen weniger.« Der Minotaurus kletterte auf sein Tier, das mindestens ebenso groß war wie er selbst.

Ein neuerliches Beben ließ die Höhle erzittern. Huma befreite die anderen Tiere. Er wollte nicht, daß die Pferde umkamen, falls die Höhle einstürzte.

»Jeeeaaa!« Die Pferde waren schnell, und Huma und Kaz ritten zehn Minuten lang, ohne sich umzusehen.

Hinter sich konnten die beiden die Schreie der Drachen hören, die mit dem Herrn der Zitadelle und ihren Verteidigungsanlagen rangen.

Wozu sollte man eine Schlacht kämpfen, die nicht gewonnen werden konnte? Dennoch war Huma bewußt, daß er beim nächsten Kampf dabeisein würde.

Sie galoppierten über eine Lichtung, und Huma warf einen Blick zurück. »Reiter!«

Es waren mindestens acht mit tiefschwarzen Rüstungen und kohlrabenschwarzen Pferden. Wie Geschöpfe aus dem Abgrund. Die Schwarze Garde. Humas Hand griff nach seinem Schwert, um sich zu vergewissern, daß es noch da war.

Etwas anderes jagte hinter den Reitern her. Bleiche, hundeartige Wesen mit blicklosen, roten Augen. Sechs oder sieben vielleicht. Schreckenswölfe.

Plötzlich brach die Erde vor den dunklen Reitern mit entsetzlicher Gewalt auf. Einem gelang es, sein Gleichgewicht zu halten, und zwei schafften es, der Explosion auszuweichen, doch der Rest verschwand für den Augenblick hinter dem riesigen Hügel, in dem Huma den Luftelementar erkannte. Ein Punkt für Magus, dachte Huma. Der Zauberer hatte einen seiner treuesten Diener losgeschickt, um seinem alten Freund zu helfen.

Die Schreckenswölfe waren ausreichend gewarnt, um das Getümmel zu umgehen, auch wenn einer von einem Pferd erschlagen wurde, das sein Gleichgewicht verlor. Die anderen hetzten weiter.

Ein Baumstamm streifte Humas Arm, und er drehte sich gerade rechtzeitig um, um einem tiefhängenden Ast auszuweichen. Kaz ritt ein paar Schritte weiter rechts. Er hatte es aufgrund seiner Größe schwerer. Die Hörner auf seinem Kopf verfingen sich mit erschreckender Regelmäßigkeit in den Zweigen. Dennoch hielt er verbissen mit.

Huma schaute sich um, sooft es das Gelände erlaubte, doch jedesmal bot sich ihm das gleiche Bild. Zumindest die Schrekkenswölfe bewegten sich in konstantem Tempo und schienen unermüdlich. Nur sechs der schwarzen Reiter hatten die Jagd wieder aufgenommen und konnten Schritt halten.

»Wir können nicht…« Ein Ast schlug Kaz ins Gesicht, als er zu sprechen versuchte. »Wir können nicht ewig so weitermachen. Die Pferde werden zusammenbrechen.«

Huma gab ihm recht. Sie trieben ihre Tiere zu mörderischem Tempo an. Huma fällte eine Entscheidung.

»Wir trennen uns! Reite du nach Norden!« Er mußte in die Richtung zeigen, um seine Idee verständlich zu machen. Kaz runzelte die Stirn, stimmte jedoch zu. Huma bedeutete ihm, daß er nach Süden reiten würde. Da er keinen eigenen Plan hatte, gehorchte der Minotaurus.

Als Huma das Zeichen gab, riß Kaz sein Pferd scharf nach rechts, wobei er fast seinen rechten Arm einbüßte, weil das Pferd gezwungen war, um einen Baum zu biegen. Huma sah ihn verschwinden und zügelte dann sein eigenes Pferd.

Das Tier war dem Zusammenbruch nahe. Es wurde so schnell wie möglich langsamer, wobei es mehrfach ins Straucheln geriet. Huma wartete nicht, bis es anhielt, sondern sprang einfach ab. Er landete auf den Füßen und suchte sofort zwischen den Bäumen Schutz.

Die Schreckenswölfe holten rasch auf, und Huma blieb kaum Zeit, sich bereitzumachen. In der Stallhöhle hatte er einen kleinen Holzschild gefunden, den er über seinen freien Arm gestreift hatte. Mit geschmeidiger, leiser Bewegung zog er sein Breitschwert. Er betete, daß die Schreckenswölfe erst dem Pferd nachjagen würden. Nur so hatte er eine Chance.

Er war fest entschlossen, sie so lange aufzuhalten, daß Kaz fliehen konnte. Huma wußte, daß es ihn wahrscheinlich das Leben kosten würde, doch er sah keine Möglichkeit, daß wenigstens einer entkam, wenn der andere nicht zurückblieb. Das konnte er nicht einmal von Kaz verlangen.

Der erste Schreckenswolf kam vorbeigerannt. Nur von einem Ziel besessen, folgte die grausige Kreatur dem verlassenen Pferd, das jetzt die Gefahr erkannte hatte und davonstob. Es würde nicht weit kommen, und Huma bedauerte zutiefst, daß er das Tier opfern mußte.

Zwei weitere Schreckenswölfe rannten vorbei. Noch einer folgte. Jetzt fehlten noch mindestens zwei. Huma riß sich zusammen und versuchte, geduldig zu bleiben.

Noch einer. Noch einer. Als keiner mehr kam, riskierte Huma einen Blick um den Baumstamm. Das erwies sich als Fehler, denn in diesem Augenblick tauchte der erste Reiter auf und entdeckte Huma im selben Moment.

Huma hatte diesen speziellen Baum wegen seines ausgedehnten Wurzelwerks gewählt, das sich teilweise über der Erde ausbreitete. Das erwies sich als glückliche Wahl, denn der Reiter, der als erster die Beute erreichen wollte, trieb sein Pferd zu nah heran. Der linke Vorderhuf des dunklen Tiers blieb an einer Wurzel hängen. Mit einem wilden Schrei stürzte das Tier vornüber, und der Reiter wurde weit durch die Luft geschleudert, um dann als verdrehter Haufen liegenzubleiben. Huma überzeugte sich davon, daß der Reiter tot war, und wendete sich dann zu den anderen um.

Die restlichen Reiter tauchten als geschlossene Gruppe auf. Zwischen den Bäumen war so wenig Platz, daß sie gezwungen waren, langsamer zu werden und einzeln durch den Wald zu reiten, wodurch ihre lose Formation aufbrach. Huma stieß einen Schlachtruf aus und griff an.

Den ersten Reiter der Schwarzen Garde erwischte er, als er versuchte, mit seiner Axt auszuholen, um dann festzustellen, daß sie in den Zweigen des Baumes festhing. Huma führte seinen Hieb aus, und der Mann fiel vom Pferd.

Jetzt kam ihm eine Idee. Er sprang auf das freigewordene Pferd, das ihn abzuwerfen versuchte. Ein Gegner wurde von einem schädelspaltenden Tritt getroffen, als Huma mit dem Streitroß kämpfte. Während er einen anderen Angreifer abwehrte, trieb Huma das Pferd vorwärts, diesmal nach Süden. Wie erhofft, folgten ihm die vier Reiter.

Etwas sprang ihn an. Ein weißer Blitz. Nur durch Glück konnte er mit dem Schwert zustechen, doch es gelang dem Schreckenswolf, ihm einen Teil seiner Kettenrüstung vom Bein zu reißen. Beim Weiterreiten zerrte Huma einen noch winselnden, auf seinem Schwert aufgespießten Schreckenswolf mit sich. Das Gewicht des Untiers zwang ihn, es buchstäblich mitzuschleifen, um sein Schwert zu behalten. Humas Arm schmerzte, als würde er gleich abreißen.

Die gräßlichen Kiefer schnappten nach ihm, und die leeren Augen rollten im Schädel hin und her, bis der Schreckenswolf endlich vom Schwert abrutschte und hinter Huma zusammenbrach. Zurückblickend sah Huma zu seinem Entsetzen, daß das Biest wie unverletzt aufstand. Der Schreckenswolf drehte gerade rechtzeitig den Kopf, um zu sehen, wie die Vorderhufe des ersten Pferdes der Verfolger auf ihn herabschlugen. Das untote Wesen wurde achtlos zertrampelt und vernichtet.

Sowohl sein Pferd als auch die der verbliebenen Verfolger waren am Ende ihrer Kräfte. Schaum tropfte dem Pferd aus dem Maul. Es begann, beim Rennen zu stolpern. Der Ritter hörte es hinter sich krachen und riskierte einen raschen Blick. Eines der Pferde war zusammengebrochen, ein anderes darübergestürzt.

Huma zügelte sein Roß und riß es herum. Die beiden letzten Reiter kamen von zwei Seiten auf ihn zugestürmt, um ihn zu überlisten. Der Reiter zur Rechten von Huma schwang sein Schwert zu einem gemeinen Hieb, während der Reiter zur Linken einen Augenblick später einen weiteren landen wollte. Huma reagierte blitzschnell. Den ersten wehrte er mit seinem Schild ab, und den zweiten parierte er mit solcher Exaktheit, daß sich der andere eine Blöße gab. Mit der Schwertspitze traf Huma den linken Reiter zwischen Brustpanzer und Helm. Der Reiter fiel hintenüber und wurde von seinem nichtsahnenden Pferd weitergeschleppt.

Da er nicht Mann gegen Mann kämpfen wollte, kehrte der letzte Reiter zu seinen Kameraden zurück, die zwischen den verletzten Pferden versuchten, auf die Beine zu kommen. Huma setzte ihm sofort nach und schlug wild auf ihn ein, weshalb er keinen tödlichen Schlag landete, doch der Mann fiel vom Pferd und stand nicht wieder auf.

Inzwischen waren die anderen Schreckenswölfe umgekehrt. Humas Pferd strauchelte und stürzte auf die Knie. Der Ritter sprang ab und zur Seite, bevor das Tier ihn unter sich begraben konnte. Dann stand er mit Schild und Schwert den fünf grausigen Wesen und den beiden Reitern gegenüber. Die deutliche Erkenntnis, daß er sterben würde, benebelte seinen Verstand. Als der erste Schreckenswolf ihm an die Kehle springen wollte, erwischte Huma ihn mit der geballten Kraft eines Menschen, der nur noch das Ziel hat, so viele Feinde wie möglich mit ins Grab zu nehmen. So stieß und schlug und schlachtete er fast blind drauflos, ohne etwas anderes wahrzunehmen. Sogar sein Schild wurde zur Waffe, als er ihn auf mindestens eine weiße

Gestalt mit einer Kraft niedersausen ließ, die ihr den Schädel zerschmetterte.

Gelbe, geifernde Reißzähne blitzten vor seinem Gesicht auf. Stahl wollte seinen Hals aufschlitzen. Huma wehrte jeden Angriff mit einem Gegenangriff ab.

Irgendwann merkte er, daß er nur noch Luft zerschnitt. Diese Erkenntnis brachte ihn wieder zu sich. Er zwinkerte, damit der Schleier vor seinen Augen verschwand.

Die letzten beiden Angreifer waren tot, ihre Waffen lagen weit entfernt. Der Boden war blutgetränkt. Die fünf Schrekkenswölfe lagen in Einzelteilen überall herum.

Plötzlich übermannte ihn eine tiefe Erschöpfung. Er fiel auf die Knie und starrte lange Zeit einfach auf das, was er angerichtet hatte.

Kapitel 11

Wie lange es dauerte, bis er den Schmerz fühlte, konnte Huma nur raten. Irgendwann hatte er die schreckliche Szenerie verlassen, um sowohl seinen wachsenden Abscheu vor sich selbst zu lindern, als auch um weiteren Verfolgern zu entkommen. Er ahnte vage, daß es noch welche geben würde, denn Drakos und der Kriegsherr Krynus waren geradezu fanatisch, was ihre Ziele anging. Und Huma rechnete damit, daß zumindest Krynus sich für seinen Verbleib interessierte.

Der Schmerz wurde schlimmer. Huma starrte wie betäubt

auf die zahlreichen Wunden, die ihm seine Gegner beigebracht hatten. Seine Rüstung war zerrissen und zerfetzt; das Kettenhemd praktisch nutzlos. Er fragte sich, wann dieser Schaden angerichtet worden war. Er konnte sich nicht an Einzelheiten erinnern, außer daß er sein Schwert auf alles gerichtet hatte, was sich bewegte.

Huma fand einen Fluß und wusch, so gut es ging, seine Wunden aus. Das kalte Wasser tat nicht nur dem Körper gut, sondern auch seinem Geist.

Nachdem er fertig war, beschloß er, dem Flußlauf zu folgen. Er führte mehr oder weniger nach Südwesten, und er erinnerte sich, daß Magus diese Richtung empfohlen hatte. Dabei fiel ihm Kaz ein, und der Ritter bekam Schuldgefühle, daß er seinen einzigen wahren Freund verlassen hatte. War der Minotaurus jetzt wohl irgendwo in Sicherheit?

Eine riesige Gestalt brachte die Bäume dazu, sich zu verbiegen, indem sie einen enormen Wind verursachte. Huma drückte sich instinktiv gegen einen Baum und starrte nach oben. Er erhaschte einen Blick auf einen breiten, ledrigen Flügel, der jedoch fast augenblicklich wieder verschwand, so daß er sich nicht einmal über die Farbe sicher war. Was für ein Drache es auch war, er kehrte nicht zurück.

Der Tag verstrich, ehe Huma es überhaupt bemerkte. Der Hunger begann sich zu melden, und Huma wühlte sich durch die Satteltasche, die er einem der Pferde abgenommen hatte. Die Schwarzen Garden hatten anscheinend nur wenig persönliche Dinge bei sich. Ganz unten fand er, was er gesucht hatte – Proviant für drei Tage.

Einen Augenblick später spuckte er ihn trotz seines Hungers wieder aus. Eine neue Lektion über seine Gegner: Ihr Geschmack war abscheulich, selbst bei ganz normalen eisernen Rationen. Huma wußte, daß er sich mehr Schaden als Gutes antun würde, wenn er dieses Zeug aß. In seiner gegenwärtigen Verfassung würde sein Magen es niemals bei sich behalten können.

Zum Glück fand er andere Nahrung in Form von Vogeleiern und Beeren. Das war zwar nicht besonders reichhaltig, aber es besänftigte den Hunger. Seine Nahrungssuche verriet ihm noch etwas anderes. An den meisten Sträuchern waren die eßbaren Beeren schon abgeerntet. Erst kürzlich. Und zwar viel zu sorgfältig, um das Werk von Tieren zu sein. Außerdem hatte Huma bisher nur Vögel entdeckt. Wenn er zu lange in dieser Gegend blieb, würde er verhungern. Auch der Fluß schien leergefischt.

Drei Tage lang wanderte er am Fluß entlang. Das Gesicht, das ihn am dritten Tag aus dem Wasser ansah, ließ ihn spöttisch über sich selbst lächeln. Sein Spiegelbild war zerzaust, die Haare seines Schnurrbarts zeigten in hundert verschiedene Richtungen, die Rüstung war verbeult, kaputt, blutig und drekkig. Gewissenhaft versuchte er, den Schmutz vom Symbol des Ordens der Krone abzuwischen. Er sah sein eigenes Gesicht verschwinden und eins wie Bennetts erscheinen. Trakes Sohn war wie immer makellos. Der Brustharnisch glänzte wie gewohnt. Sein stolzer Schnurrbart war dicht und perfekt gestutzt. Er war ein wahrer Ritter.

Ein anderes Gesicht gesellte sich zu Bennetts. Dieses gehörte keinem Ritter von Solamnia, sondern einem fremdartig gerüsteten, bärtigen Bär von Gesicht. Es trug einen höhnischen Ausdruck.

Hätte er es nicht hier und jetzt gesehen, so hätte der bärenähnliche Mann es nie geglaubt, daß ein Mann sich so schnell bewegen konnte. Irgendwie zog die abgekämpfte Gestalt, die sich da über den Fluß beugte, scheinbar aus dem Nichts ein Breitschwert, und der verblüffte Fremde schaffte es gerade noch, dem Hieb auszuweichen – und auch das hauptsächlich wegen des ungünstigen Winkels des anderen.

Huma konnte den Mann, der versucht hatte, sich an ihn anzuschleichen, nicht sofort einordnen. Er trug ein Sammelsurium verschiedener Rüstungen, teilweise nach Ogerart, teilweise aus solamnischen Rüstungen. Huma hätte den Mann laufen lassen, doch jetzt fragte er sich, ob er nicht einem Räuber begegnet war, der sogar die Toten bestahl.

Sein Gegner stieß einen Schrei aus, drehte sich um und rannte davon, erstaunlich schnell für eine so unförmige Gestalt. Huma setzte ihm nach.

Die Erschöpfung machte ihn langsam. Dennoch hatte Huma den Mann fast eingeholt, als der andere um einen kleinen Hügel lief. Huma folgte ihm auf dem Fuß...

...und wich sofort zurück, als mehr als ein Dutzend Reiter und viel, viel mehr Fußsoldaten die beiden Neuankömmlinge überrascht anstarrten.

Ein großer Mann mit schwarzem, von Silberfäden durchzogenem Haar und sorgfältig gestutztem, schwarzem Bart bellte einen Befehl. Huma verstand den genauen Wortlaut nicht, doch er wußte, was sie mit ihm tun sollten.

Jetzt verließ ihn sein Glück, denn die Bäume standen hier spärlicher, und die Reiter kannten das Gelände, wie man aus ihren gekonnten Manövern schließen konnte. Als er erkannte, daß er ihnen nicht entkommen konnte, drehte der Ritter sich um und machte sich bereit. Das waren nicht die menschlichen Streitkräfte der Drachenkönigin, soviel wußte er, doch ob Freund oder Feind, war ungewiß.

Die ersten Männer ritten auf ihn zu. Sie waren gute Reiter, aber er konnte sie mit dem Schwert auf Distanz halten. Das fiel ihm schon schwerer, als ein dritter Mann heranritt, gefolgt von

Fußsoldaten, so daß Huma sich in einem rasch enger werdenden Kreis gefangen sah. Noch immer griff keiner der Soldaten an. Keiner hatte den Wunsch, diese blitzende Klinge zu kreuzen.

»Die Waffen weg! Das ist ein Befehl!«

Die anderen Reiter trafen ein. Der Mann, der den Befehl gerufen hatte, trieb sein Pferd zu dem Kreis, wo die Soldaten ihm Platz machten. Er ritt zu Huma hin und musterte ihn. Der Kommandant war ein Mann mit ausgeprägtem Profil, dessen Gesicht von der Verantwortung eines Anführers gezeichnet war. Wie viele Ritter von Solamnia trug er die habichtartigen Gesichtszüge, die auf altes, ergodianisches Blut hindeuteten – königliches Blut. Sein Gesicht war jedoch nicht so streng wie das des Großmeisters oder das von Bennett. Das feine Lächeln, das um den Mund spielte, wäre bei diesen beiden großartigen Rittern fehl am Platze gewesen. »Ein Ritter von Solamnia? Ein bißchen weit ab von Burg Vingaard, nicht wahr, Ritter der Krone?«

Huma lief rot an bei dem Gedanken, was der Mann von ihm halten mußte. Er verschaffte der Ritterschaft nicht gerade großes Ansehen. Huma versuchte, seine Würde zu wahren, indem er erwiderte: »Ich bin seit Tagen allein unterwegs. Ich habe mit Monstern und Kriegern gekämpft. Meine Wanderung war nicht ganz freiwillig.«

Er traute ihnen noch nicht genug, um mehr zu sagen.

»Aha.« Der Kommandant setzte sich im Sattel zurecht. »Ich bin Fürst Guido Avontal von Durendi, gegenwärtig etwas zu weit im Süden für meinen Geschmack. Wer bist du, und was machst du mitten in Ergod? Sind die Solamnier jetzt doch noch durchgebrochen?«

»Ich bin Huma, Ritter von Solamnia, Vertreter des Ordens der Krone. Ich wurde von der Schwarzen Garde in diese Gegend gehetzt, als die dunklen Horden der Drachenkönigin unsere Linien überrannten.« Er hätte lügen können, um ihnen Hoffnung zu lassen, doch er entschied sich dagegen.

Avontals Gesicht wurde weiß. Die umstehenden Soldaten begannen nervös vor sich hin zu murmeln.

»Verstehe ich das richtig? Die Ritterschaft ist zerschlagen?«

»Nein, Fürst Avontal. Unsere Linien sind zerschlagen, aber wir sollten uns weiter hinten wieder sammeln. Ich wurde leider in die falsche Richtung abgedrängt. Burg Vingaard steht noch, wie es immer war und immer sein wird.«

Der andere lächelte sarkastisch. »Uns in Ergod ist die Stärke der Ritterschaft nur zu gut bekannt, auch wenn sie anscheinend wenig Auswirkungen gezeigt hat. Ich freue mich jedoch zu hören, daß die Ritter noch nicht völlig vernichtet wurden.«

Einer der anderen Reiter kam näher, und Huma wirbelte herum, wobei er dem Mann warnend seine Klinge entgegenstreckte. Avontal hob eine Hand, um beide zu beruhigen.

»Ich habe viele Fragen, aber du scheinst müde zu sein. Du«, der Kommandant zeigte auf den Reiter, der näher gekommen war, »überläßt ihm vorläufig dein Pferd.«

»Ja, Herr.«

Huma blickte von dem angebotenen Pferd zu Guido Avontal und wieder zurück. Der Adlige runzelte die Stirn, als er die Gedanken des jungen Ritters erriet.

»Das ist keine Falle, Huma. Auch wir sind Feinde der Drachenkönigin. Lassen wir die Probleme der Vergangenheit, wo sie hingehören – in der Vergangenheit.«

»Das ist auch mein Wunsch, Fürst Avontal«, betonte Huma und kletterte dankbar auf das Pferd.

»Gut. Wenn wir wieder im Lager sind, kümmere ich mich darum, daß du etwas zu essen bekommst. Danach kannst du dich entweder ausruhen oder gleich zu mir kommen.«

Huma kam ein Gedanke. »Herr, gibt es irgendwelche Gerüchte über einen einzelnen Minotaurus in dieser Gegend?«

»Ein Minotaurus?« Avontal sah seine Sekundanten verblüfft an. Sie schüttelten den Kopf. »Anscheinend nicht. Aber wenn es einen gibt, werden wir schon mit ihm fertig, keine Sorge.«

Huma schlug einen dringlichen Tonfall an. »Herr, genau das wünsche ich nicht! Der Minotaurus – ich sehe ein, daß es schwer nachvollziehbar ist – ist ein Verbündeter und darf nicht verletzt werden. Sein Name ist Kaz.«

»So, so.« Avontal musterte Huma erneut. Diesmal länger. »So etwas habe ich noch nie gehört und hätte auch niemals erwartet, es von einem solamnischen Ritter zu hören. Aber ich werde deiner Bitte entsprechen. Genügt das?«

»Ja, Herr.«

»Gut.« Avontal drehte sich zu seinem Adjutanten um. »Mach aus diesem Haufen wieder eine Truppe. Und sperr den da ein, wenn wir zurückkommen.« Der Adlige merkte, daß er dem jungen Ritter in die Augen sah. »Der Mann, den du gejagt hast, war übrigens ein Deserteur. Meinen Dank dafür. Ich freue mich auf unser Gespräch.«

Die Berittenen und Fußsoldaten stellten sich wieder auf und setzten sich auf Fürst Avontals Befehl hin nach Süden in Marsch. Auch wenn Huma lieber weiter nach Südwesten geritten wäre, vertraute er Fürst Avontal.

Plötzlich überkam ihn eine Welle der Übelkeit, und er kippte fast aus dem Sattel.

»Bei den Göttern!« Die Kiefer des Kommandanten bewegten sich, doch er wußte zunächst nicht, was er sagen sollte. »Derek, halt ihn fest! Wir wollen nicht, daß er unter die Hufe seines Pferdes gerät.« Avontal betrachtete Huma genauer. »Bei den Göttern!« wiederholte er. »Er ist von Wunden übersät!«

Es gab keine Heiler der Mishakal bei der Armee. Eine neue Pestwelle hatte bei Kargod zugeschlagen, und die Kleriker dort waren unter den ersten Opfern gewesen. Avontal murmelte etwas davon, daß die Pest sehr wählerisch war, denn sie schlug meistens dort zu, wo es am meisten schmerzte. Kargod war bisher verschont geblieben und sollte das wichtigste Nachschublager für Avontals Soldaten werden. Huma schlief einen ganzen Tag lang, was den Adligen ängstigte, denn überwältigende Müdigkeit war eines der ersten Zeichen der Seuche. Erst als Huma dankbar und energiegeladen erwachte, entspannte sich Fürst Guido. Als er beruhigt war, daß der junge Ritter ganz wieder hergestellt war, rief Avontal ihn für eine Unterhaltung unter vier Augen zu sich.

Der Kommandant war ein anständiger Mensch, trotz allem, was die hochrangigen Mitglieder der Ritterschaft Huma über Ergod erzählt hatten. Avontal war auch ein glänzender Stratege, der seine Fähigkeiten allerdings lieber zum Besten seines Landes verwendet hätte. Der Kaiser von Ergod, eine unscheinbare Figur namens Bestell der Dritte, hatte verfügt, daß Fürst Avontal in seinem Namen die Armeen anführen sollte. Der Adlige war zwar ein absolut loyaler Diener seines Landes, wünschte jedoch, daß sein Herr und Meister wenigstens ein paar seiner bestens trainierten, erfahrenen Leibwachen entbehren könnte, um damit die Lücken in den bereits deutlich gelichteten Reihen des Heeres zu schließen. Wie seine Vorgänger war Bestell der Dritte jedoch mehr um sein eigenes Wohlergehen besorgt. Es gab immer irgendeinen Grund, der ihn davon abhielt, seine Leibwache weiter als bis zu den Toren der Hauptstadt auszusenden.

Die Nachricht von der Niederlage der Ritterschaft war nicht dazu angetan, Fürst Avontals wachsende Sorgen zu lindern. »Es fällt mir immer noch schwer, mich daran zu gewöhnen, aber ich weiß, daß du die Wahrheit sagst, Huma. Im Augenblick sehe ich keine Möglichkeit, dich zu deinen Gefährten zurückzubringen. Wir reiten nach Daltigod, auf Befehl des Kaisers, und werden uns danach höchstwahrscheinlich wieder gen Norden wenden. Ich komme mir vor wie eine Marionette, deren Fäden rauf und runter gezogen werden.«

Huma saß allein mit ihm im Zelt des Befehlshabers. Es war das erste Mal, daß der Ritter sein Zelt hatte verlassen dürfen. Man hatte ihn mit einer ansehnlichen ergodianischen Rüstung ausgestattet, die Avontal eigentlich seinem Sohn zugedacht hatte, bevor dieser in seiner ersten Schlacht gefallen war. Das schwere Kettenhemd ergänzte sich gut mit den Überresten von Humas Rüstung. Den Schaden an Helm und Brustharnisch hatte man ausbessern können, wofür Huma dankbar war. Sosehr er die Handwerkskunst der ergodianischen Rüstungsschmiede schätzte, vieles daran war selbst für den edelsten Ritter von Solamnia zu protzig. Avontal hatte ihm anvertraut, daß er seinen Prunkharnisch nur trug, wenn er vor dem Kaiser erscheinen mußte. Bei anderen Würdenträgern mußte seine Kampfrüstung genügen, auch wenn sie das vor den Kopf stieß.

Bis auf seine kaum lösbare Aufgabe hatte Huma ihm alles erzählt. »Kann ich freies Geleit durch Ergod bekommen?«

»Wir sind mitten im Krieg, Huma. Wie kann ich dir gestatten, frei herumzuziehen?«

Huma trank einen Schluck von dem Wein, den Avontal ihm eingeschenkt hatte. Es kam ihm komisch vor, daß ein Adliger einen einfachen, solamnischen Ritter so respektvoll behandelte. Doch der Ergodianer war nicht dumm. Er wußte, daß kaum ein anderer Mann Humas Abenteuer überlebt hätte. Deshalb behandelte er Huma dementsprechend.

»Offen gestanden...« Huma warf einen Blick auf die Wachen vor dem Zelt.

Seufzend fuhr der Ritter fort: »Es gibt ein Gerücht, daß irgendwo südwestlich von hier ein Schlüssel zum Ende dieses ewigen Kriegs liegt. Irgendwo in einem Gebirgszug.«

Avontal nahm den Faden auf. »Es gibt ein Gebirge in der Richtung. Kaum jemand geht dorthin. Es ist als Schlupfloch der Drachen der Finsternis – und sonst welcher anderen Dinge – verschrien. In der Gegend könnte es wirklich etwas Wichtiges geben.«

Augenblicklich war Huma Feuer und Flamme. »Könnt ihr mich dorthin begleiten?«

Der Kommandant lachte. »Ich fürchte, dann macht mich der Kaiser einen Kopf kürzer. Außerdem ist es kein geeignetes Gelände für Kavallerie. Es sind Patrouillen in diese Berge geritten und verschwunden. Die Zauberer weigern sich, dorthin zu gehen, und alle Kleriker warnen davor. Hast du jetzt eine Vorstellung davon, worum du bittest?«

»Ja, Herr.« Huma sank in sich zusammen und stützte den Kopf auf die Arme. Es war plötzlich sehr warm im Zelt.

»Ja. Einen Moment, bitte.« Huma wischte sich den Schweiß von der Stirn. Der Fieberanfall ebbte ab.

Fürst Avontal sah ihn besorgt an. »Vielleicht sollten wir unser Gespräch lieber morgen fortsetzen.«

»Das wäre besser, Herr.«

»Der sehe ich.« Der Adlige rieb sich das Kinn. »Komm mit nach Kargod, dann werde ich mich darum kümmern, daß du allein in die Berge ziehen kannst, wenn du es dann noch willst.«

»Kargod?« Die Hitze ließ vor Humas Augen alles verschwimmen. Es fiel ihm schwer, den Blick des Kommandanten zu erwidern.

»Ja, Kargod. Die Kleriker werden uns um die Pestbezirke herumlotsen. Was hältst du davon?«

»Danke.« Huma stand rasch auf, woraufhin sich alles zu drehen begann. Er hatte nur noch den Wunsch, sich hinzulegen. Noch immer hatte er nicht viel von seiner normalen Kraft zurückgewonnen. »Wenn du mich jetzt entschuldigen würdest?«

»Selbstverständlich.« Guido Avontal sah den solamnischen Ritter davoneilen. Besorgt runzelte er die Stirn, trank einen Schluck Wein und starrte dann in sein Glas.

Bevor sie in den Dienst des Kaisers gepreßt worden waren, waren die meisten Soldaten Fürst Avontals einfache Händler und Bauern gewesen. Daher kannten sie die Ritter von Solamnia fast nur aus Legenden. Jetzt reiste eine solche Legende in ihrer Mitte, und die Geschichten von seinen Abenteuern – die wahren und die erfundenen – machten im Lager bereits die Runde. Huma empfand fast ebensoviel Scheu wie die Ergodianer, denn er betrachtete sich selbst nicht als Legende, und das Angestarrtwerden war ihm eher peinlich.

Die meisten Geschichten rankten sich lose um die Verfolgungsjagd und seinen berserkerhaften Kampf gegen die schwarzgerüsteten Handlanger des Kriegsherrn. Angeblich hatte er eine ganze Legion erschlagen, dazu eine Riesenmeute der dämonischen Schreckenswölfe, welche die Männer, die ihre Familie zur Zeit weit weg und ohne Schutz wußten, sehr fürchteten. Huma fand es verwirrend, daß Menschen aus Ergod, von wo seine Ritterschaft gewaltsam vertrieben worden war, ihn als Held betrachteten.

Avontal schien das zu amüsieren. Als Huma protestierte, weil die Geschichten reine Phantasieprodukte wurden, lächelte er nur und entgegnete, daß das die größte Herausforderung für jeden Sagenheld sei: seinem eigenen Ruf gerecht zu werden. »Sie brauchen ihre Helden. Es gibt ihnen Hoffnung. Hoffnung, daß Takhisis' Finsternis irgendwie zu besiegen ist und sie zu ihren Lieben zurückkehren können.«

Gelegentlich kamen Drachen mit Nachrichten vom Krieg

vorbei. Das nördliche Ergod und Hylo waren überrannt worden. Huma wurde nervös. Er fragte sich, ob Kaz weiter nach Norden geritten oder ob er gen Süden gereist war, um Huma zu suchen. Selbst wenn letzteres zutraf, würde ein Minotaurus in keiner Stadt des Landes willkommen sein. Huma sorgte sich nicht nur um Kaz – der kampferprobte Mann aus dem Osten würde sein Bestes geben, um nicht allein zu sterben.

Huma fragte nach Neuigkeiten aus Solamnia, doch die eintreffenden Drachen wußten nicht, was dort vor sich ging. Es gab Gerüchte, daß die Ritter schon halb zur Burg Vingaard zurückgedrängt waren. Über den Osten war nichts Zuverlässiges zu erfahren.

Sie lagerten zwei Tagesmärsche von Kargod entfernt vor den Ruinen einer einst blühenden Stadt. Die Stadt war zu Beginn des Krieges der Pest zum Opfer gefallen, und manche Leute glaubten, die neuste Welle sei von diesen Ruinen ausgegangen. Avontal war da anderer Ansicht.

»Du erinnerst dich sicher«, erklärte er Huma am gleichen Abend, »daß ich erwähnt habe, wie wählerisch mir die Pest vorkommt.«

»Allerdings.«

Der Adlige trommelte mit den Fingern auf dem Tisch in seinem Zelt. »Ich glaube, daß sie so wählerisch ist, weil sie gezielt von menschlichen Agenten ausgestreut wird.«

Huma wollte nicht glauben, daß jemand absichtlich Krankheiten verbreiten würde, doch er hatte schon vom Morgionkult gehört. Es hieß, daß dieser Kult in allen Schichten, allen Ländern und allen Organisationen seine Agenten hatte, die auf Kommando die tödlichen Gaben ihres Gottes freisetzten.

»Ist es möglich, daß du dich täuschst?« Huma hätte das vorgezogen.

»Ja, schon.«

Huma war nicht länger auf das Lager beschränkt. Avontal hatte diese Regel am ersten Tag erlassen, doch er hatte sie aufgehoben, sobald er sicher war, daß Huma nichts Verrücktes anstellen würde – zum Beispiel, ohne Begleitung davonzureiten. So kam es, daß Huma sich vom Lager entfernte und irgendwann auf die nächsten Ruinen zusteuerte. Die Ruinen beunruhigten ihn wie alles, was mit Pest zu tun hatte, doch Huma wußte, daß von der Krankheit nach so langer Zeit keine Spur mehr vorhanden sein konnte.

Huma hatte nicht vor, die Ruinen der unglückseligen Stadt zu betreten, bis er einen vierbeinigen Schatten vorbeihuschen sah, der sofort in den Trümmern verfallener Häuser verschwand. Es konnte einfach ein Wolf oder ein streunender Hund sein.

Mit gezücktem Schwert verfolgte er das Schattenwesen. Er merkte nicht, wie tief er in die Ruinen vorgedrungen war, bis er hörte, wie sich zwischen den verlassenen Gebäuden etwas bewegte. Es war kein Geräusch, das er von einem Vierbeiner erwartet hätte. Ausbildung und Erfahrung verrieten ihm, daß dieser neue Gegner auf zwei Beinen ging.

Huma versuchte, in der Dunkelheit Umrisse auszumachen. Er sah zwei schwach glühende, rote Augen, die dann in einem Gebäude verschwanden. Der Ritter ging langsam hinterher.

Zu seiner Linken hörte er in einem Haus etwas rutschen. Als er sich in diese Richtung umdrehte, konnte Huma nur etwas Schwarzes sehen. Eine große, formlose Masse stieß ihn an, als sie sich rasch hinter ihm vorbeimogelte. Er fuhr herum und wurde durch das Schmerzensgeheul der Gestalt belohnt, bevor sie buchstäblich mit der Nacht verschmolz. Mit dem Schwert in der Hand setzte Huma ihr nach.

Die Gestalt konnte nur durch den verfallenen Eingang vor dem Ritter verschwunden sein. Huma trat die Reste der Tür beiseite und drang in das Haus ein.

Das Zimmer war leer. Er durchsuchte die anderen Räume des leeren Hauses. Auch sie wurden nur vom üblichen Ungeziefer bewohnt. Sein Opfer war verschwunden. Ärgerlich ging er auf die Rückwand des Gebäudes zu und wirbelte beim Gehen Staub auf. Hinter dem Gebäude fand er noch mehr Schutt. Wenn nicht genau hinter diesen Steinen etwas flach auf dem Boden lag, dann mußte es woanders sein. Es gab einfach kein Versteck hier draußen.

Der aufgewirbelte Staub reizte Huma zu heftigem Husten. Er fühlte sich plötzlich schwach, und ihm wurde übel. Schon das Gehen fiel ihm schwer, viel schwerer noch war es, das Schwert festzuhalten. Wütend schmiß er die Klinge auf den Boden, wodurch er noch weiteren Staub aufwirbelte. Seine Rüstung war damit bedeckt, doch das kümmerte ihn nicht. Er taumelte bereits. Der Staub schien überall zu sein, drang in Augen, Nase, Ohren und Hals. Er schaffte es bis zum Eingang, wo er seufzend zusammensackte, um auf die unbelebte Straße zu starren. Auch dies wurde bald zu ermüdend, und er beschloß, daß ein Nickerchen jetzt genau das Richtige sein würde. Der Ritter schloß die Augen und begann bald zu schnarchen.

Düstere Gestalten in langen, alles verhüllenden Roben und Kapuzen warfen um ihn herum Schatten. Ihre Gesichter waren unter den weiten Kapuzen nicht zu erkennen, und nur einer von ihnen entblößte seine Hände. Er nahm ein kleines Fläschchen vom Gürtel und entkorkte es. Sorgfältig goß er den Inhalt auf den Boden. Der Inhalt, ein rotes Pulver, reagierte sofort mit dem, was Huma für jahrzehntealten Staub gehalten hatte. Die zwei Substanzen zischten und dampften und neutralisierten einander, bis nur noch die natürliche, graue Staubschicht da war, die sich über die Jahre angesammelt hatte. Die Gestalt mit der Kapuze verschloß die Flasche wieder und drehte sich zu dem zusammengesunkenen Ritter um. Sie schnipste mit den Fingern, und vier von den anderen huschten herüber, um Huma zu ergreifen.

Innerhalb weniger Momente war das Zimmer leer. Hätte irgend jemand hineingeschaut, so hätte er keinen Hinweis gefunden, daß vor kurzem jemand hier gewesen war. Es gab keine Spur von dem Ritter und keine Spur von seinen verhüllten Geiselnehmern.

Ein spöttisches Geheul durchschnitt die kalte Luft der Geisterstadt.

Kapitel 12

Unverständlich zischten debattierende Stimmen. Der benommene Ritter brauchte ein paar Augenblicke, bis ihm klar wurde, daß er es war, um den die Stimmen stritten. Er wünschte, seine Augen würden ihm gehorchen, damit er sehen konnte, wer da so um sein Wohlergehen besorgt war.

Eine weitere, ihm irgendwie bekannte Stimme schaltete sich zornerfüllt ein. »Warum zögert ihr?«

»Er trägt das Zeichen.«

»Und weiter, Skularis?«

Die in der Frage enthaltene Beleidigung brachte den mit dem Namen Skularis zum Fauchen. »Es kann etwas nicht stimmen, wenn ein Ritter von Solamnia so ein Zeichen trägt.«

Eine weitere Stimme, die dem Quaken eines großen Ochsenfrosches glich, warf ein: »Er wollte es nicht begreifen, Nachtmeister! Der da auf dem Boden ist mehr einer von uns als er.«

Der erste Sprecher, der Nachtmeister, versuchte es wieder zu erklären: »Wir haben Agenten unter ihnen. Und zwar einflußreiche.« Der andere Sprecher quakte zustimmend. Huma bewegte sich leicht. Sie glaubten anscheinend, daß er irgendein wichtiges Zeichen trug. Alles, was er im Moment fühlte, war eine brennende Stirn.

»Mir ist bewußt, was das Zeichen bedeutet«, sagte die vertraute Stimme – wo hatte er sie nur schon gehört? »Mir ist auch bewußt, daß es ihn nicht umbringen wird, wie ich anfangs gedacht hatte. Ausgezeichnet. Er hat Informationen, die ich brauche. Sein Leben ist mir wichtig.«

»Was sollen wir dann machen? Wir können ihm nichts antun, denn einer der Unsrigen hat ihm ein Schutzzeichen verliehen.«

Der anscheinende Außenseiter knurrte, und Humas Sinne erwachten, als er den Laut erkannte. Nur Schreckenswölfe machten solche Geräusche.

Jemand mußte seine Bewegung bemerkt haben, denn eine Hand ergriff seinen Kopf und drehte ihn von links nach rechts. Sie steckte in einem vermoderten Handschuh; er stank so abscheulich, daß Huma instinktiv davor zurückzuckte. Derjenige, den er für den Nachtmeister hielt, kicherte ekelerregend.

»Er ist keiner von uns, aber einer von uns hat versucht, ihn zu beschützen. Es wird immer interessanter.«

»Was sollen wir tun?« fragte der Quaker.

»Ihr müßt ihn verstecken, ihr verfaulten Kadaver!« knurrte der Außenseiter. »Versteckt ihn, bis meine Diener mit euch Kontakt aufnehmen können! Hat die Pest nicht nur eure Körper, sondern auch euer Hirn befallen?«

Endlich waren Humas Augen bereit, sich zu öffnen, wenn auch nur für einen Spalt.

Zwei Gestalten, die großen Haufen muffiger, stinkender Kleider ähnelten, unterhielten sich im Stehen mit einem – Schreckenswolf. Niemand anders. Humas umnebelter Verstand brauchte eine Weile, bis er erkannte, daß Galan Drakos den untoten Diener von seiner weit entfernten Zitadelle aus als Auge, Ohr und Stimme in Ergod benutzte.

Daß sie immer noch irgendwo in den Ruinen waren, konnte er nur raten. Das bißchen, das er sehen konnte, bestätigte seine Vermutung, denn der Raum war voller Schutt, und ein Teil der Decke fehlte. Huma wußte weder, wie lange er bewußtlos gewesen war, noch, wie weit sie ihn geschleppt hatten.

Dann erhob der bedrohlichere der beiden zerlumpten Angreifer einen Arm und zeigte mit dem Zeigefinger seiner knochigen, vernarbten Hand auf den Boten des Abtrünnigen. »Sei auf der Hut, Zauberer. Jetzt hast du ihren Segen, doch wenn man sie enttäuscht, ist sie eine launische Herrin. Du solltest höflicher zu denen sein, die du brauchst.«

Die blasse Gestalt des Schreckenswolfes kochte vor kaum bezähmbarer Wut, als Drakos seine Gefühle durch seinen Diener fließen ließ. Der kleinere der beiden Kapuzenmänner schlurfte rückwärts, die fleckigen Hände ängstlich erhoben.

Der andere, der Nachtmeister, mußte gelächelt haben, denn sein Tonfall war voller Spott. »Deine Kräfte sind furchtbar für die Furchtsamen, aber nicht für den, der unter Morgions Schutz steht.«

Morgion! Huma war kaum fähig, den Schreck zu beherrschen, der durch seinen angespannten Körper zuckte. Er war Gefangener der Anhänger von Morgion, des Gottes der Krankheit und der Verwesung!

»Es ist reine Zeitverschwendung«, murmelte Drakos.

»Allerdings. Nun gut, *Zauberer.* Meine Brüder werden den da für deine Lakaien aufbewahren, aber nur weil das mit den Zielen des Meisters übereinstimmt. Nicht, weil ich deine Macht fürchte.«

»Natürlich nicht.«

»Aber das Zeichen –«, sagte der Quaker.

»Es gibt Zeiten, Bruder, wo wir alle Opfer bringen müssen um des größeren Ruhmes Morgions willen.«

»Und der Königin natürlich.«

»Und der Königin. Schade. Ich wüßte immer noch gern, was das Zeichen soll.« Skularis legte Huma die Hand auf die Stirn.

Huma bäumte sich vor Schreck auf. Es kam ihm vor, als würde etwas in seine Seele eindringen. Er krümmte sich, doch er konnte der klauenartigen Hand nicht entkommen.

Ganz plötzlich war er nicht länger in den Ruinen. Ein Kaleidoskop von Geräuschen und Bildern umgab ihn. Huma empfand keine Angst mehr. Ein Teil von ihm wußte, daß dieser Zustand nur seinen Verstand betraf, auch wenn er nicht erklären konnte, warum ihn das beruhigte. Huma vermeinte, Pferdehufe zu hören, die in die Schlacht rannten, das Scheppern von Rüstungen, Schlachtrufe, das Klirren von Stahl auf Stahl. Ihm kam eine Vision von drei Reitern. Jeder trug ein Symbol der Ritterschaft: die Krone, das Schwert und die Rose. Alle hatten ihr Visier heruntergeklappt, doch Huma wußte, daß die zwei im Hintergrund nur die Zwillingsgötter Habbakuk und Kiri-Jolit sein konnten. Zwei vom solamnischen Triumvirat – weshalb derjenige vor ihnen…

Furchtbar plötzlich wurde Huma aus der Vision gerissen und in die Wirklichkeit zurückgeholt. Wäre er nicht geknebelt gewesen, so hätte er aufgeschrien, denn die knochige, von der Krankheit gezeichnete Hand zuckte von ihm weg, wobei sie ganze Fleischstreifen mitzureißen schien. Undeutlich konnte Huma sehen, daß die beiden verhüllten Gestalten auf ihn herabstarrten.

»Ich konnte seinen Verstand nicht durchdringen. Er ist durch reine Willenskraft geschützt. Faszinierend.«

»Und das Zeichen?«

»Nicht mehr da. Es war zu schwach. Er hängt zu sehr an der Schmerzverlängerung, die die Dummen Leben nennen. Er ist keiner von uns – könnte *nie* zu uns gehören.«

Von hinten meldete sich wieder Drakos' Stimme aus dem Maul des Schreckenswolfs: »Dann gibt es kein Zögern mehr.«

»Nein. Er gehört dir, sobald deine Diener eintreffen.« Der Kleriker schnippte mit den Fingern. Humas Augen konnten gerade jetzt endlich wieder sehen. Aus der Finsternis tauchten Kapuzengestalten auf, von Krankheit gezeichnete Ghule wie die Toten eines Schlachtfelds, die wiederauferstanden waren.

»Bringt ihn in die Katakomben. Bindet ihn an den Altar.«

»Kein Opfer!«

Nicht einmal Huma konnte übersehen, wie der Kleriker die Lippen hochzog. »Keine Bange, Köter. Er wird heil und lebendig bleiben. Wird interessant sein zu sehen, ob du mehr Glück hast als ich.«

Drakos hatte keine Erwiderung parat, oder zumindest übermittelte der Schreckenswolf keine Botschaft. Huma wehrte sich, doch seine Fesseln gaben nicht nach. Vier der Kapuzenwesen packten ihn grob und hoben ihn hoch. Ihr Gestank war überwältigend.

Er hatte gehofft, eine Vorstellung davon zu bekommen, wo

sie sich befanden und wo sie hingingen, doch seine Sicht wurde durch den mottenzerfressenen Ärmel des einen Trägers versperrt. Er nahm an, daß sie noch immer ziemlich nah bei dem Gebäude waren, wo er mit ganzer Dummheit in die Falle getappt war. Huma wußte ein paar Dinge über die Gefolgschaft Morgions. Sie hielten ihre Vorhaben und ihre Mitgliedschaft streng geheim. Daß sie ihn in die Katakomben brachten, hieß, daß sie unter Kargod lebten, eine beängstigende Enthüllung. Kein Wunder, daß man vom Ursprung der Pest keine Spur fand. Er lag nicht in oder bei der Stadt, sondern darunter.

Ein Windstoß wehte etwas von dem Gestank davon. Huma vermutete, daß sie aus einem der Ruinenhäuser in die Nacht hinaus getreten waren. Verzweifelt suchte er nach einer Möglichkeit zu entkommen, weil er fürchtete, daß er aus den Katakomben kaum allein fliehen konnte. Aber er war gefesselt und geknebelt, und seine Lage schien hoffnungslos.

Die Gruppe war ein Stückchen von dem Gebäude entfernt, als Huma etwas hörte, was dem Heulen eines Nachtvogels glich. Die zerlumpten Gestalten kamen abrupt zum Stehen, als sie mit Verzögerung erkannten, was Huma sofort begriffen hatte.

Es zischte laut, als etwas durch die Luft geflogen kam. Einer von Humas Trägern ging mit einem Pfeil in der Brust zu Boden. Der Ritter hatte eine Sekunde Zeit, sich darauf einzustellen, daß die anderen ihn loslassen würden und er mit dem Gesicht nach oben hinfallen würde.

Dann war die Hölle los, denn gleißendes Licht nahm den Kapuzenmännern jede Möglichkeit, sich zu verstecken. Gut gezielte Pfeile streckten zwei weitere Kultanhänger nieder, bevor die anderen die Fassung zurückgewannen. Der mit dem Namen Skularis rannte aus Humas Blickfeld. Er opferte die Ehre des Befehlshabers der Sicherheit der Flucht. Es war jedoch eine kurze Flucht, denn nicht einer, sondern drei Pfeile trafen ihn in den Rücken. Der Nachtmeister wackelte wie eine verrückte Marionette und brach dann zusammen.

Gestalten in Rüstungen sprangen jetzt hervor, während das Licht schwächer wurde. Von den vermummten Schurken – es waren über ein Dutzend gewesen, wie Huma entsetzt feststellte – waren nur noch vier übrig. Sie hatten keine richtigen Waffen, und die ersten Soldaten, die sich auf sie stürzten, machten den Fehler, sich in Sicherheit zu wiegen. Dieser Fehler wurde offenkundig, als einer der finsteren Kleriker einen kleinen Beutel hervorzog und ihn auf den nächsten Soldaten schleuderte. Huma hörte den Schrei des Mannes und die entsetzten Rufe der anderen, als sich innerhalb von Sekunden an seinem Körper die verheerenden Zeichen der Pest zeigten.

Eine bekannte Gestalt kam zu ihm und bückte sich, um seine Fesseln zu lösen. »Was bin ich für ein Narr! Ich hätte es wissen müssen...«

Die Bogenschützen setzten ihre Arbeit fort. Bis Avontal Humas Fesseln gelöst hatte, lag der letzte der gefährlichen Kleriker tot da.

»Der Schreckenswolf. Habt ihr ihn erwischt?«

»Schreckenswolf?« Besorgt suchte Avontals Blick das Gebiet ab. »Ich habe ihn nicht gesehen!«

»Mein Schwert!« Humas Waffe lag halb unter einem der Kultanhänger begraben. Ohne zu überlegen, riß er es heraus. Er dachte nur an das vierbeinige Ungeheuer, das man aufhalten mußte. Auf irgendeine unwahrscheinliche Weise war die Kreatur entkommen. Huma wollte nicht, daß der Schreckenswolf ihn noch einmal aufspürte und seinem Meister Humas Aufenthaltsort und Vorhaben verriet.

Er hörte, wie Lord Avontal ihm hinterherrief, doch er achtete nicht darauf. Dieses Untier mußte vernichtet werden.

Das Getrappel rennender Füße machte ihn hellwach. Er folgte dem Geräusch so schnell wie möglich, wobei er oft nur knapp zahlreichen Löchern und Haufen ausweichen konnte, die ihm bei einem Fehltritt zum Verhängnis werden würden. Er dachte nicht an die Gefahren.

Huma sprang über die Reste einer Steinmauer. Die Schäden waren nicht direkt von der Pest verursacht; die wahnwitzigen Unruhen und das Abbrennen der verseuchten Häuser hatten das erledigt.

Er kam auf einem Schutthaufen zum Stehen. Plötzlich rutschte sein Fuß unter ihm weg, und er kippte nach hinten. Mit allergrößter Anstrengung gelang es ihm, sein Schwert festzuhalten. Der gestrauchelte Fuß war umgeknickt, und er biß vor Schmerz die Zähne zusammen.

Als er erschöpft dalag, tauchte die grauenhafte Fratze vor seinem Gesicht auf. Lange, gelbe Reißzähne schwebten über seinem Hals, und eine blutrote Zunge hechelte aus den kräftigen Kiefern. Aus den Augen leuchtete der Tod. Die Vorderläufe des Schreckenswolfes drückten fest auf Humas Brust.

»Lieber würde ich dem Zauberer seine liebste Marionette nehmen!« Die Kiefer schlossen sich um den Hals des Ritters.

Huma stieß seine Klinge fest in den Schreckenswolf. Die Klinge traf nur in die Seite, so daß der Stich wenig ernsten Schaden anrichtete, doch er warf das Biest von seiner Brust.

Der Schreckenswolf überschlug sich einmal und landete auf den Füßen. Die blutroten Augen leuchteten wild, und das Wesen fletschte haßerfüllt die Zähne. Huma erhob sein Schwert.

Plötzlich ging die Kreatur in Flammen auf. Von einem Augenblick auf den anderen stand es nicht mehr sprungbereit da, sondern wurde zum Feuerball. Huma sah verblüfft zu. Dann bemerkte er eine Gestalt, die aus den Ruinen eines einst großen Wirtshauses trat.

»Magus!«

Der Zauberer legte schnell einen Finger an die Lippen, um zu zeigen, daß sie leise sein mußten. Er war dünner und hatte viel von seiner Pracht eingebüßt. Der einst strahlendgoldene Glanz seiner Haare war einem armseligen Braun gewichen, und sie waren auch viel kürzer. Waren sie verbrannt? Magus trug auch etwas, worin Huma ihn seit den Anfangstagen seiner Ausbildung nicht mehr gesehen hatte – die karmesinrote Robe.

»Komm! Ich habe einen Verwirrungszauber über Fürst Avontals Leute gelegt, trotzdem werden sie bald heraushaben, welchen Weg du wirklich genommen hast!«

»Aber –« Huma wußte, daß es Wahnsinn war, seinem alten Freund wieder zu folgen, doch die einst so fest geschmiedeten Bande waren heute noch genauso stark.

»Komm!« wiederholte Magus drängend.

Huma folgte ihm.

Sie rannten mit erstaunlicher Geschwindigkeit durch die Stadt und kamen irgendwann auf der gegenüberliegenden Seite an den Südrand. Dort warteten zwei Pferde. Magus bedeutete dem Ritter, daß das stärkere für ihn war. Erst als sie längst losgeritten waren, redete Magus.

»Wir müssen eine Weile schnell reiten. Es gibt einen solamnischen Außenposten, an dem wir vorbei müssen.«

»Außenposten?« Da Huma die Gegend südlich von Solamnia wenig vertraut war, war diese Nachricht ein Schock für ihn. Ritter von Solamnia! In Ergod!

»Warst du das, der das Licht gezaubert hat?«

»Ja«, antwortete Magus. »Ich erkläre es dir morgen früh, wenn ich sicher bin, daß wir den Verfolgungstrupp abgeschüttelt haben, den der Ergodianer zweifellos inzwischen losgeschickt hat!«

Huma bremste sein Pferd ab. »Warum rennen wir vor Fürst Avontal davon?«

Die Augen des Zauberers blitzten. »Bist du blind? Glaubst du etwa, der Ergodianer hilft dir aus Herzensgüte?«

Huma zwang sich, nicht zurückzufauchen: Ja, ihm war der Mann vertrauenswürdig erschienen. Was war daran falsch?

»Du hast ihm erzählt, daß es etwas in den Bergen gibt, nicht wahr? Du hast ihm von dem Pfad erzählt!«

»Du spinnst, Magus. Ich weiß nichts von irgendeinem Pfad.«

Magus verzog das Gesicht, und Huma merkte, daß der Zauberer sich verplappert hatte. Der Magier riß sich jedoch zusammen und sagte: »Du hast ihm gesagt, daß in den Bergen im Südwesten etwas ist, das den Sieg über Takhisis bringen könnte. Er ist zuallererst mal ein Edelmann aus Ergod, Huma. Der ergodianische Adel ist für seine Bereitschaft bekannt, alles zu tun, was dem Zuwachs an Prestige und Macht dient. Überleg doch, was du ihm erzählt hast. Was für ein Schatz für ihn, wenn er das seinem Kaiser bringen könnte! Überleg doch, wie der Kaiser den Mann belohnen würde, dem es gelänge, Ansalon nach so langer Zeit den Frieden zu bringen. Ein ergodianischer Edelmann würde für etwas so Wertvolles wie das, was wir suchen, töten.«

Die Worte – oder vielleicht war es der Tonfall – wirkten wie hypnotisierend. Huma sagte sich immer wieder, daß Fürst Avontal ein guter Mann war. Aber würde seine Loyalität nicht eher seinem Kaiser gelten als einem umherziehenden Ritter? Er hatte Huma sicheres Geleit versprochen, aber nur wenn der Ritter erst mit ihm reisen würde. Huma schüttelte den Wahnsinn aus seinem Kopf. Er war sich nicht mehr darüber im klaren, was richtig oder falsch war. Er wollte nur noch diesen Berg finden, zu dem er gerade unterwegs war. Es schien unsinnig zu sein, jetzt wieder umzukehren.

Das bittere Lächeln, das über das abgekämpfte Gesicht des Magiers glitt, entging ihm.

Unter Magus' Führung folgten sie einer verzwickten Route durch die Ebenen und Wälder südwestlich von Kargod.

Kurz vor der Morgendämmerung machten die beiden ernstlich halt. Magus entdeckte einen kleinen, weitgehend versteckt liegenden See, wo sie ihre Pferde zum Weiden anbanden. Der Zauberer legte sich kurz darauf schlafen, wiederum, ohne etwas zu erklären. Huma lehnte sich gegen einen Baum und starrte auf den stillen See hinaus. Er grübelte über den abtrünnigen Zauberer, der Huma jetzt genauso verfolgte wie Magus. Drakos.

Der Schreckenswolf war nur noch ein Aschehäufchen, so daß Galan Drakos zumindest gegenwärtig keinen Spion besaß und Huma und Magus gegenüber blind war. Da der Krieg ihn so sehr in Anspruch nahm, war der abtrünnige Zauberkundige gezwungen gewesen, sich allzusehr auf seine Spione zu verlassen. Huma vermutete, daß Drakos mindestens so viel über die Sache wußte, hinter der Magus her war, wie er selbst, vielleicht sogar mehr. Irgendwo, irgendwann würde es andere Spione geben – und Huma zweifelte nicht daran, daß Galan Drakos sich früher oder später von seinen sonstigen Aufgaben abwenden würde, um sowohl seinen Feinden als auch ihrer Mission persönlich ein Ende zu bereiten.

Huma nahm einen kleinen Kieselstein und warf ihn in die Mitte des Sees – nur um Zeuge zu werden, wie er zu ihm zurückgeflogen kam. Huma versuchte aufzustehen, doch seine Beine versagten. Wo war er diesmal reingeraten, fragte er sich verärgert.

Unerwartet tauchte ein Frauenkopf am Rande des Sees auf. Obwohl sie etwas grünlich war, war sie sehr hübsch. Die Augen waren schmale Schlitze, als wäre die Frau gerade erst aufgewacht. Sie hatte eine kleine Stupsnase und große, volle Lippen. Als sie aus dem Wasser stieg, sah Huma, daß sie schlank und langbeinig war, obwohl sie so klein war, daß sie ihm nicht einmal bis zu den Schultern reichte. Ihr einziges Kleidungsstück, ein dünner Umhang, klebte klatschnaß an ihr und betonte jede Rundung ihres Körpers. Eine Nymphe. Er hatte Geschichten über diese Wesen gehört. Sie stammten angeblich aus dem Zeitalter der Träume, aus dem es keine schriftlichen Überlieferungen gab. Ob sie eine eigene Rasse darstellten, war umstritten. Man bekam sie nur sehr selten zu Gesicht.

»Hallo, Menschlein.« Ihre Stimme war melodiös wie die eines kleinen Waldvogels. Sie lächelte, und Huma wurde rot. Doch trotz ihrer Schönheit drängte sich ein anderes weibliches Wesen, Gwyneth, in seine Gedanken. Es gelang ihm aufzustehen.

»Hallo.« Er brauchte etwas Zeit, um den Mut zu einer Erwiderung aufzubringen. Die Nymphe beunruhigte ihn ebensosehr, wie sie ihn anzog. Diese Wesen waren der Legende nach nicht nur verspielt, sondern auch tödlich. Viele Männer waren schon in den Untergang gelockt worden, wenn man den alten Erzählungen Glauben schenken wollte. Humas Hand strich über seinen Schwertknauf. Ihr Volk war magisch, und trotz seiner Freundschaft zu Magus teilte Huma in gewisser Hinsicht das Mißtrauen der Ritterschaft gegen Zauberei.

Huma sah neben sich herunter und stellte überrascht fest, daß Magus immer noch schlief. Huma hatte den Verdacht, daß sein Schlaf nicht länger natürlich war, und erschauerte.

Die Nymphe stieß ein überraschtes Lachen aus. »Ich dachte, du wärst jemand anders«, sagte sie. »Du gefällst mir aber auch.«

»Oh?« Er gab sich größte Mühe, beiläufig zu klingen, obwohl sein Herz und seine Gedanken sich überschlugen.

»Warum hast du mich für jemand anderen gehalten?« Wenn andere den See besuchten, wollte Huma nicht lange hierbleiben. Falls sie der Nymphe ähnelten, würde Huma wohl keine Chance haben, wenn es zu einer Auseinandersetzung käme. Seine Hand umfaßte unwillkürlich den Griff seiner Waffe.

»Du siehst aus wie Buoron. Das ganze Metall. Er kommt mich immer besuchen. Möchtest du mein Haus sehen?«

Huma wich nervös zurück. Ihr Zuhause lag wahrscheinlich am Grunde des Sees. Wenn sie beschloß… »Nein, danke«, antwortete er eilig. »Ich möchte mich nicht aufdrängen.«

Sie schmollte. »Du redest sogar wie Buoron.«

»Hast du ihn erwartet?« Huma musterte rasch das Seeufer, wobei er praktisch damit rechnete, jeden Moment eine schwerbewaffnete Gestalt durch die Büsche brechen zu sehen.

Die Nymphe ging am Ufer entlang. Huma kümmerte sich um Magus, doch der schlief immer noch.

»Er wird nicht aufwachen, bevor ich es zulasse. Ich mag ihn nicht.«

Der Ritter runzelte die Stirn. »Du kennst auch ihn?«

Sie machte eine wegwerfende Handbewegung in Richtung auf den Zauberer. »Nicht ihn. Sein Bild.«

»Woher?« Huma wurde aus dem Geschöpf nicht schlau. Sie wirkte zerbrechlich, doch ihre Macht war stark genug, Magus problemlos in die Falle zu locken. Vielleicht wäre das nicht möglich gewesen, wenn dieser nicht so erschöpft gewesen wäre, aber es zeugte dennoch von beachtlichen Fähigkeiten.

»Ich sehe es in meinem Spiegel. Er zeigt mir, was andere träumen. Es ist so langweilig hier draußen. Ich vermisse die Höhlenbauer.«

»Höhlenbauer?«

»Die, die in der Erde graben, du Dummerjan. Du weißt schon, komische kleine Männer.«

Zwerge. Man konnte verrückt werden, wenn man versuchte, alles zu begreifen, was die Nymphe sagte.

Sie stand jetzt dicht neben ihm, wobei sie ganz unschuldig gerade nah genug kam, um ihn zu verunsichern. »Bist du sicher, daß du mein Haus nicht sehen willst? Ich werde dich nicht ertrinken lassen, solange du nicht langweilig wirst.«

Das war die eigentliche Falle. Wie viele Männer waren dieser Schönheit erlegen und ihr in die Tiefe gefolgt, um dann in einer Seehöhle gefangen zu sitzen? Instinktiv murmelte er ein Gebet zu Paladin.

Die Nymphe ging beiseite. »Ich wünschte, du würdest das lassen!«

Auch wenn sie nicht eigentlich böse war, war sie kein Geschöpf Paladins oder Gileans. Deshalb konnten echte Gebete zu einem der beiden sie ärgern oder sogar vertreiben.

Huma wollte sich gerade entschuldigen, als er ganz in der Nähe ein schweres Pferd durch die Büsche stapfen hörte. Er versuchte, sich zu erheben und sein Schwert zu nehmen.

»Ach, da kommt Buoron. Ich hoffe, ihr beide kämpft miteinander. Ich habe jahrhundertelang keinen guten Kampf mehr gesehen.«

Pferd und Reiter durchbrachen das Blattwerk und standen auf dem schmalen Uferstreifen, der den kleinen See umgab. Der Körper des Mannes war größtenteils von seinem Mantel verhüllt, doch Huma konnte darunter eine Rüstung schimmern sehen. Zuerst bemerkte der Neuankömmling sie nicht. Als er es dann doch tat, starrte er Huma mit offenem Mund an. Der Mantel glitt auseinander, so daß Huma den ersten richtigen Blick auf die Rüstung werfen konnte. Huma schaute von der Rüstung in das Gesicht und wieder zur Rüstung. Magus' Bemerkung von einem Außenposten irgendwo im südlichen Ergod fiel ihm ein. Einem solamnischen Außenposten.

Die Nymphe lächelte bezaubernd. »Siehst du, warum ich dich mit Buoron verwechselt habe? Ihr tragt sogar die gleiche Rüstung.«

Das stimmte. Buoron war ein Ritter der Krone.

Kapitel 13

Bouron wandte sich der Nymphe zu. Er hatte ein rauhes Äußeres, war weder schön noch häßlich, nur wettergegerbt. In seinen Augen lag tiefe Traurigkeit. Seltsamerweise fehlte ihm der eindrucksvolle Schnurrbart, den viele Ritter sich wachsen ließen. Statt dessen trug er einen schwarzen Bart, der so geschnitten war wie der von Fürst Avontal. Huma fragte sich, wie lange der andere solamnische Ritter schon in dieser Gegend lebte.

»Geht jetzt«, sagte Buoron zu der Nymphe.

»Werdet ihr denn nicht kämpfen?«

Buoron schien von der Frage abgestoßen zu sein. »Er ist einer meiner Kameraden. Ich werde nicht mit ihm kämpfen.«

»Oh.« Sie runzelte die Stirn, um dann wieder aufzuleben. »Kämpft ihr dann mit dem Zauberer?«

»Zauberer?« Der andere Ritter strich sich eine verirrte Haarsträhne aus dem Gesicht und sah auf das schlafende Bündel. »Er muß todmüde sein, wenn er das alles verschläft.«

»Frag mal die Nymphe«, erklärte Huma.

Ein Seufzer. Der Ritter hatte das wohl erwartet. »Warum?«

Die Nymphe schmollte wieder. »Ich mag ihn nicht. Er ist einer von den Träumern, die ich dir gezeigt habe.«

»Wirklich?« Buoron zeigte lebhaftes Interesse. »Welcher?«

»Der, der immer stirbt.«

Humas Augen verengten sich. Irgendwann während dieser Wanderungen hatte Magus verraten, daß sein Tod jetzt in seinen Träumen immer wiederkehrte. Das konnte die Nymphe doch nicht wissen. Oder doch? Sah sie wirklich die Träume von anderen?

»Laß ihn frei«, ordnete der Ritter an.

»Willst du nicht ein wenig zu mir kommen?« Ihre Absicht war unverkennbar. Buorons Gesicht wurde wieder rot.

»Nein. Verschwinde. Das hier ist wichtig.«

Die Wasserbewohnerin stemmte zwei zarte Hände in die Hüften und sah ihn wütend an. »Ich mag dich nicht mehr. Ich will nicht, daß du mich noch einmal besuchen kommst.«

Sie rannte ins Wasser und tauchte unter, als es tief genug war. Nichts wies darauf hin, daß sie kein Mensch war, außer der leicht grünlichen Tönung ihrer Haut und der bemerkenswerten Geschmeidigkeit ihrer Bewegungen. Huma fragte sich, wie sie wohl atmete.

Buoron meinte: »Sie meint es nicht so. Sie war schon ein dutzendmal wütend auf mich, und jedesmal vergiß sie es, bevor ich überhaupt Luft geholt habe. Ich glaube, das liegt in ihrer Natur, auch wenn ich nie eine andere ihrer Art gesehen habe.«

Huma blickte auf den schlafenden Magus hinunter. »Wird sie daran denken, ihr Opfer zu befreien?«

»Laß ihr ein paar Minuten Zeit. Sie kann den Zauber nicht mehr lange aufrechterhalten. Du kennst meinen Namen, Ordensbruder. Wie lautet deiner?«

Huma richtete sich auf. »Ich bin Huma, Ritter der Krone aus Burg Vingaard.«

»Vingaard!« Der Name kam heraus wie der Name Paladins selbst. »Sind sie doch noch durchgebrochen? Geht der Krieg endlich zu Ende?«

Huma schüttelte den Kopf und starrte auf den Boden. Rasch berichtete er, was passiert war, Buoron war wenig erfreut.

»Eines ihrer Spielzeuge«, sagte Buoron mit einem Nicken zum Wasser hin, »ist der Traumspiegel, ein uraltes Gerät. Sie schüttelt ihn und wartet, was für Träume sie sieht.« Der bärtige Ritter erschauerte. »Die Träume der Diener der Drachenkönigin sind schwärzer, als man es sich je vorstellen könnte.«

»Lebt sie schon immer hier?«

Buoron zuckte mit den Schultern. Er schien nicht gerne über die Nymphe zu reden. Seine Beziehung zu ihr – egal, was vor sich ging – war etwas, das die Ritterschaft nicht gutheißen würde. »Sie war schon hier, als ich ins Fort kam. Ihre Schätze sind unglaublich alt.« Er hielt inne. »Ich habe sie durch Zufall getroffen. Die anderen Ritter kommen nie hierher. Ich jagte einen Hirsch und hatte keine Lust, ihn zu verlieren. Wir haben im Fort selten gutes Fleisch. Aus unerfindlichen Gründen rannte der Hirsch genau hierher. Ich fiel vom Pferd, als es abrupt stehen blieb, und als ich wieder zu mir kam, sah ich ihr genau in die Augen.«

Huma las die Beschämung in den Zügen des anderen Ritters. »Keine Angst, Bruder. Ich werde niemandem von diesem See erzählen.«

Buoron zuckte mit den Schultern. »Sie wissen es mehr oder weniger. Ich habe aus meinem Kommen und Gehen kein Geheimnis gemacht, und ich habe kaum etwas anderes getan, als bei ihr zu sitzen. Eine Nymphe ist nicht wirklich. Ich möchte eigentlich etwas mehr.« Magus begann, sich zu regen. Der andere Ritter zeigte auf ihn. »Dein Zauberfreund wacht auf. Ich bezweifle, daß er es einfach so hinnehmen wird, so lange unter einem Bannzauber gelegen zu haben.«

Huma warf einen Blick auf ihn. Magus war noch nicht richtig wach, doch Huma mußte seine Entscheidung unverzüglich treffen. »Er braucht es nicht zu wissen.«

Der bärtige Ritter sagte nichts, doch in seinen Augen stand Dankbarkeit. Huma war klar, daß ihm mehr an der Nymphe lag, als er angedeutet hatte.

Magus sprang auf, als hätte ein sechster Sinn ihm verraten, daß er und Huma nicht mehr allein waren. Er starrte den Ritter an.

»Sei gegrüßt, Rote Robe.« Buorons Gruß kam kühl und nur aus Höflichkeit. Magus wurde nur der Respekt erwiesen, der jedem zustand, der mit einem aus der Ritterschaft unterwegs war.

Der Zauberer hatte sich erholt. Er verbeugte sich tief, wie es seine Art war, und gab den Gruß zurück: »Sei gegrüßt, Ritter von Solamnia. Ich hatte keine Ahnung, daß sich noch ein weiterer, edler Ritter so weit im Süden befindet.«

Huma verzog keine Miene, doch die neuerliche Lüge seines Freundes behagte ihm nicht. Als sie aus den Ruinen geflohen waren, hatte Magus den Wunsch geäußert, an der Garnison vorbeizureiten.

»Wir haben einen Außenposten hier unten«, entgegnete

Buoron. »Ein kleiner, oft vergessener. Ich zweifle nicht daran, daß er irgendwann aufgegeben wird.«

»Ja.« Der Zauberkundige gab sich sichtlich uninteressiert. Statt dessen starrte er auf die Stelle, wo er geschlafen hatte, und dann auf den See. »Ich bitte um Verzeihung, daß ich nicht früher aufgewacht bin. Das ist nicht typisch für mich. Ich wollte nicht unhöflich sein.«

Buoron zuckte zusammen, und sein sahnefarbenes Roß trippelte nervös herum, weil es die Unruhe seines Reiters spürte. »Sicher nicht. Das passiert hier oft. Ich bin selbst mal in so einen Schlaf gefallen.«

»Das ist trotzdem keine Entschuldigung.«

»Wie weit ist es zu dem Fort?« fragte Huma schließlich, woraufhin Magus ihn anfunkelte.

»Nicht weit. Eine Stunde zu Pferde. Ihr müßt selbstverständlich mit mir mitkommen. Trotz eurer schrecklichen Nachrichten werdet ihr willkommen sein.«

Magus grinste rätselhaft.

Der andere Ritter entwickelte eine deutliche Abneigung gegen den Zauberkundigen. Während er so tat, als hätte er das Lachen des Zauberers überhört, wies Buoron auf die Pferde.

»Diese Tiere scheinen die ganze Nacht unterwegs gewesen zu sein. Sie brauchen Erholung und Pflege.« Er fragte absichtlich nicht nach dem Zweck ihrer Reise, da er annahm, daß Huma ihn informieren würde, wenn er es für richtig hielt.

Der Zauberer gab nach. »Na schön. Es kann aber nur eine kurze Pause sein. Wir haben noch einen weiten Weg vor uns.«

»Hm.« Das war alles, was Buoron zur Antwort gab, doch Huma fiel auf, daß er beide Männer interessiert beobachtete, als sie ihre Pferde losbanden und aufsaßen. Als sie fertig waren, zeigte er nach Westen. »Hier lang. Reitet vor, ich komme gleich nach.«

Huma und Magus trieben ihre Rösser durch Bäume und Unterholz. Der junge Ritter sah beim Zurückblicken, wie Buoron abstieg und eine kleine Holzschnitzerei aus der Satteltasche holte. Das Wasser neben ihm begann zu blubbern, und der Kopf der Nymphe tauchte auf. Dann versperrte Huma ein Baum die Sicht. Als sein Freund sich zu ihm umdrehte, tat der Ritter, als wären seine Gedanken nur beim vor ihm liegenden Weg.

Schon ein oder zwei Minuten später schloß Buoron zu ihnen auf. Er nickte Huma zu und übernahm sofort die Führung.

Beim Reiten löcherte ihn Huma mit Fragen über den Außenposten. »Gibt es hier viele Garnisonen?«

»Wir sind eine von lediglich zweien. Die andere liegt an der Westseite dieses Bergzugs dort.« Buoron zeigte auf eine Bergkette, die erst sichtbar wurde, als die drei Reiter die Spitze eines Hügels erreichten. »Grundsätzlich überwachen wir die Osthälfte und die andere den Westen. Es gibt hier unten aber nicht viel, was die Drachenkönigin interessiert. Wir jagen nur Möchte-gern-Banditen, anstatt die Reihen der verdammten Oger zu lichten.«

»Seid ihr ein großer Außenposten? Ich wußte nicht, daß es hier überhaupt einen gibt.«

Buoron lachte mit bitterem Unterton. »Ich auch nicht, bis ich vor fünf Jahren hierher beordert wurde. Nein, wir sind kein großer Außenposten. Achtzig Ritter versuchen eine Gegend von etwa der Größe von Solamnia zu überwachen. Wir waren mal mehr.«

Huma brauchte keine weiteren Erklärungen. Jetzt, wo es so schlecht um den Sieg stand, waren sie wirklich von allen anderen abgeschnitten, ausgenommen ihren Leidensgenossen auf der Westseite der Berge. Sie durften die Garnisonen nicht einfach verlassen und nach Norden reiten, um sich dem Kampf anzuschließen. Man hatte sie hierher geschickt, und sie würden bleiben, bis ein anderslautender Befehl kam. Pflichtgefühl wurde jedem Ritter eingebleut. Auch Rennard hatte dessen Bedeutung wieder und wieder betont.

»Warst du schon mal in den Bergen?« fragte Magus plötzlich.

»Nein.« Buoron hatte offensichtlich keine Lust, mit dem Zauberkundigen zu reden.

»Jemand anders?«

»Nur bis zu den ersten Bergen. Wir halten uns vom Inneren des Gebirges fern.«

Magus wirkte sehr interessiert. »Warum das?«

»Die Wege sind nicht sicher. Das ist alles.«

Huma bemerkte, daß diese Antwort das Interesse seines Gefährten erlöschen ließ. Magus suchte nach etwas Ungewöhnlicherem.

So tief im südlichen Ergod war schwer zu glauben, daß ein Krieg das Land heimsuchte. Sicher, der Himmel war so bedeckt wie im Norden, aber Wälder und Felder lagen friedlich, fast idyllisch, da. Es war ein Scheinfrieden, denn er würde in dem Moment vorbei sein, wo die Horden der Drachenkönigin mit Solamnia fertig waren. War Solamnia erst gefallen, würde die Königin der Finsternis den Rest des Kontinents in weniger als einem Jahr überrennen.

»Wir sind fast da.«

Huma gewann einen ersten Eindruck von dem solamnischen Außenposten. Es war kein turmhohes Bauwerk wie Burg Vingaard. Das ganze Fort bestand aus Holz, das allerdings mit unbrennbaren Mitteln behandelt war, damit Flammen es nicht in eine tödliche Falle verwandeln konnten. Die Außenwände mußten an die sieben Meter hoch sein. Am oberen Rand waren in regelmäßigen Abständen Scharten für die Bogenschützen eingelassen. Nur ein Gebäude war von außen zu sehen: der

Wachturm, auf dem selbst jetzt ein Posten stand und aufmerksam das heranrückende Dreiergespann beobachtete. Der Mann rief etwas und zeigte in ihre Richtung. Buoron erwiderte den Ruf nicht, winkte dem Posten jedoch müde zu.

Huma blickte zu Magus, welcher sehnsüchtig auf die fernen Berge starrte.

Sie hörten weitere Rufe, als der Posten bemerkte, daß einer der beiden Fremden ebenfalls ein Ritter war. Die Holztore schwangen auf, als die drei sich näherten, und es kam ihnen so vor, als würden sämtliche Bewohner des Forts herausströmen, um die Ankommenden zu begrüßen.

»Buoron? So bald zurück? Wen hast du da mitgebracht?«

Der große, betagte Sprecher mußte schon ein Ritter gewesen sein, als Fürst Oswal noch in den Kinderschuhen gesteckt hatte. Tiefe Falten prägten sein Gesicht, doch seine Bewegungen waren geschmeidig, und Huma vermutete, daß er sein Schwert noch immer mit Geschick führen konnte. Im Gegensatz zur Mehrzahl der Ritter, die ergodianische Bärte trugen, hatte der alte Ritter einen traditionellen, wenn auch silbrigen Schnurrbart. Er war ein Ritter der Rose, der einzige, den Huma bei dieser ersten Begegnung entdecken konnte.

»Heil Euch, Fürst Taggin. Zwei Reisende mit dem Bedürfnis nach Ruhe, einer von ihnen ein Bruder von uns. Er bringt Nachrichten von äußerster Tragweite.«

Taggin nickte grimmig. »Das dachte ich mir.« Den anderen versammelten Rittern sagte er: »Zurück auf eure Posten! Denkt dran, ihr seid Ritter von Solamnia, kein Haufen hungriger Gänse!«

Auf den Gesichtern der Ritter zeichnete sich Enttäuschung ab. Buoron hatte erzählt, daß viele von ihnen schon zehn Jahre in dem Außenposten stationiert waren. Taggin war doppelt so lange hier. Er hatte das Fort sogar jahrelang allein gehalten.

Huma mußte lächeln. Es kam ihm irgendwie so vor, als wären die Ritter hier anders als daheim in Burg Vingaard. Sie achteten nicht so streng auf die Regeln, waren eher bereit, sich den Umständen anzupassen.

Wie sich herausstellte, umfaßte das Fort nur drei Gebäude. Eines war der Turm, der auch als Waffenkammer und Stall diente. Das zweite war eine Art Lagerhaus, in dem die Kompanie wohnte. Das dritte und – überraschenderweise – bescheidenste Gebäude gehörte Taggin. Huma, der in einem Dorf aufgewachsen war, fühlte sich hier mehr zu Hause als in der stolzen Burg.

Die Erbauer des Forts hatten so gut wie möglich vorgesorgt. Huma stellte fest, daß es nah genug am Wald lag, der den Rittern Wild und Brennholz lieferte, aber weit genug im Freien, um jeden Feind zu zwingen, bei einem eventuellen Überfall weit über das offene Feld heranrücken zu müssen. Ein kleiner Fluß und ein tiefer Brunnen dienten der Wasserversorgung. Später sollte Huma herausfinden, daß die Ritter auf einem befestigten Stück Land hinter dem Fort sogar ihr eigenes Getreide anbauten. Wieder mußte Huma über die Unterschiede zwischen den Rittern hier und in Solamnia staunen.

Taggin wies Buoron an, die beiden unverzüglich zu ihm zu bringen, sobald sie satt und sauber waren. Magus erklärte rigoros, daß er mit niemandem sprechen würde, ohne vorher in Ruhe ausgeschlafen zu haben. Der Kommandant runzelte angesichts der Arroganz des Magiers die Stirn, sah jedoch die Notwendigkeit ein.

Huma erwachte durch die Vorbereitungen der Männer zu einem Ausritt. Er blickte kurz zu Magus, der sich unruhig hin und her warf, und blinzelte dann aus dem Fenster. Die Sonne ging gerade unter. Eine Anzahl voll bewaffneter Ritter ritt aus dem Tor, zumeist zusätzlich zu ihren normalen Waffen mit beschwerten Netzen ausgerüstet. Für eine Patrouille waren es sehr viele Reiter.

Er sah Buoron an der Tür vorbeikommen und gab ihm ein Zeichen. Der Ritter winkte ihm zu und kehrte um. Huma begann, sich anzukleiden. Dann trat Buoron ein.

»Geht es dir jetzt besser?« Der andere Ritter sprach leise.

»Viel besser. So lange habe ich seit Wochen nicht geschlafen.« Huma schwieg, bis er sich ganz angezogen hatte. Dann gingen er und Buoron nach draußen. Inzwischen waren die letzten Reiter losgezogen, und die Tore wurden geschlossen.

Huma zeigte auf die Tore. »Wozu die starke Patrouille? Regen sich die Oger?«

Buoron schüttelte den Kopf. »Ich zweifle allmählich daran, daß sie das je tun werden. Nein, es ist eher ein hiesiges Problem. Wir treiben ein bißchen Handel mit den Qualinesti-Elfen, auch wenn sie wie die meisten ihrer Art lieber für sich bleiben.

Einer von denen, die uns regelmäßig aufsuchen, erzählte uns von einem Ungeheuer, das sich hier in der Gegend herumtreibt.« Der bärtige Ritter lächelte. »Wir wollten sie fragen, was sie so weit von ihrem eigenen Land entfernt hier machten, aber das hätte unhöflich gewirkt und unsere Beziehungen unnötig strapaziert. Statt dessen haben wir uns bedankt und selber Nachforschungen angestellt.«

»Habt ihr das Tier gesichtet?«

»Wir nennen es einfach das Ungeheuer. Es ist gewandt, vielleicht sogar ein Ogerkundschafter. Dreimal ist es uns entwischt. Sie glauben aber, daß sie es heute nacht bis in seinen Schlupfwinkel verfolgen können. Mit etwas Glück fängt es die Patrouille lebend.«

»Wozu?«

»Wenn es ein Spion ist, hat es vielleicht Informationen. Wenn es ein Tier ist, will Taggin es trotzdem sehen. Die Qualinesti sind seinetwegen besorgt; der Kommandant will den Grund dafür erfahren.«

Fürst Taggin beendete gerade seine täglichen Geschäfte, als Buoron Huma zu ihm brachte. Der betagte Ritter begrüßte den Besucher herzlich – Protokoll war hier draußen unwichtig –, doch er wirkte nervös.

»Du weißt nicht, wie es gegenwärtig steht?«

Huma schüttelte den Kopf. »Nein. Es hieß, wir sollten uns neu formieren. Mehr weiß ich nicht.«

»Aha.« Taggin starrte ihn durchdringend an. Nach einer Weile sagte der alte Mann: »Wir können nichts tun. Es wird das beste sein, den Männern die Neuigkeiten gleich morgen früh zu verkünden, Buoron.«

Buoron, der die ganze Zeit schweigend dagestanden hatte, zögerte nicht. »Das werde ich tun, Fürst Taggin.«

»Gut.« Der Kommandant räumte seinen Arbeitstisch frei. »Du kannst gehen, Buoron.«

Huma drehte sich ebenfalls um, doch Taggin hielt ihn zurück. »Du nicht, Ritter Huma. Ich muß dich noch einiges fragen. Nimm bitte Platz.«

Es fiel kein Wort mehr, bis Buoron gegangen war. Huma fühlte sich in Taggins Gegenwart unbehaglich, besaß jedoch genügend Disziplin, um sich nichts anmerken zu lassen. Taggin klopfte rhythmisch mit den Fingern auf den Tisch. Nachdem er seine Gedanken geordnet hatte, stellte er seine Frage.

»Was ist der Zweck deiner Reise?«

»Herr?«

Die Nervosität des alten Ritters war verschwunden. »Weich nicht aus, Huma. Wir sind nicht in Vingaard. Ich nagle dich nicht auf das fest, was du sagst. Es bleibt unter uns. Ich bilde mir gern etwas auf meine Menschenkenntnis ein, und ich traue dir trotz der Gesellschaft, in der du reist.«

»Danke, Herr.«

Taggin lächelte verlegen bei der Höflichkeitsfloskel. »Ich bin mir meines Rangs und vor allem meines Alters sehr wohl bewußt. Nenn mich bitte Taggin. Also, weshalb bist du hier? Es gibt hundert verschiedene Routen, die dich schon längst nach Vingaard zurückgebracht hätten. Warum nach Süden? Ist es der Magier? Trotz seines abstoßenden Auftretens glaube ich, daß ihr euch nahe steht.«

»Wir sind zusammen groß geworden.« Huma zögerte, seine Freundschaft mit Magus mehr als notwendig auszubreiten.

»So? Ungewöhnliche Kombination. Aber ein Mann ist schließlich mehr als Symbole oder Roben, seien sie weiß, rot oder gar schwarz.«

»Er ist kein schlechter Mensch, Fürst… – Taggin.«

Der Kommandant des Außenpostens lächelte leise. »Das habe ich auch nicht behauptet.«

Angesichts seines Verständnisses bröckelte Humas Zurückhaltung. »Er hat Angst um sein Leben, aber er hofft auch, diesen Krieg beenden zu können.«

»Was von beidem steht an erster Stelle?«

»Ich –« Huma versteifte sich. »Ich muß wohl zugeben, daß ihm sein Leben wichtiger ist.«

»Verständlich. Vorausgesetzt natürlich, daß es nicht zum Nachteil der Welt ist.«

Darauf hatte Huma keine Antwort.

Fürst Taggin stand auf und schritt durch das Zimmer. »Warum hast du beschlossen, dich ihm auf dieser – sagen wir vorläufig mal ›Mission‹ – anzuschließen? Aus reiner Freundschaft?«

»Ja. Nein. Beides.«

Der alte Ritter zog überrascht eine Augenbraue hoch. »Beides?«

Um seine Antwort zu erklären, mußte Huma Taggin erst von der Prüfung und ihren Auswirkungen auf Magus erzählen. Der Ritter der Rose hörte geduldig zu, als Huma ihm erzählte, daß Magus seinen eigenen Tod vorausgesehen hatte. Taggins Gesichtsausdruck veränderte sich kaum.

»Du bist sehr aufrichtig gewesen«, sagte der Kommandant, als Huma fertig war. »Ich möchte das erst verdauen und dann morgen früh wieder mit dir reden.«

Jetzt, wo es vorbei war, begann Huma zu schwitzen. »Ja, Herr. Danke.«

Taggin setzte sich auf seinen Stuhl. »Ich habe ein langes Leben hinter mir, Huma. Ich habe mehr gesehen, als du denkst. Ich möchte, daß du dir das heute nacht überlegst. Du kannst gehen.«

Huma salutierte und ging.

Draußen atmete er tief durch. Er stellte fest, daß Buoron auf ihn gewartet hatte.

»Du hast lange nichts gegessen«, sagte der bärtige Ritter schließlich. »Hast du Hunger?«

Huma lächelte dankbar. »Ich könnte schon etwas zu essen gebrauchen. Magus wahrscheinlich auch.«

»Der kann sich um sich selbst kümmern. Er ist schließlich ein Zauberer.«

Die Bemerkung saß tief. Huma sah sich zu den Ritterquartieren um. Schließlich entgegnete er: »Wahrscheinlich schläft er sowieso noch. Wenn er Hunger hat, wird er sicherlich aufwachen.«

»Gut.« Buoron führte ihn weg, und Huma sträubte sich nicht.

Die Nacht kam und ging wieder. Magus schlief weiter. Huma kam zu dem Schluß, daß der Zauberer gezielt seine Kräfte erneuerte. So wie er aussah, hätte Magus tot sein können, leichenblaß und fast ebenso starr. Huma hatte jedoch seinen Puls überprüft und nichts Ungewöhnliches feststellen können.

Als die erste Morgenstunde verstrichen war, verkündete der Posten laut die Rückkehr der Patrouille. Eilig liefen Männer zusammen, um die Tore zu öffnen, wobei sie wild über den Ausgang der Jagd spekulierten. Huma traf Buoron und schloß sich den anderen an. Taggin trat aus seinem Quartier und sah zu.

Der erste Mann am Tor spähte durch ein Guckloch und drehte sich aufgeregt um. »Sie haben etwas!«

Unverzüglich marschierte Taggin auf sie zu. »Alle Mann auf ihre Posten! Beim Triumvirat, wir sind hier beim Militär und nicht im Zirkus! Ihr werdet es noch früh genug zu sehen bekommen, wenn es wirklich ein Ungeheuer ist!«

Die Tore wurden geöffnet, und die erschöpfte, aber stolzgeschwellte Patrouille ritt herein. Einige Männer waren verwundet, doch Buoron flüsterte Huma zu, daß alle zurückgekehrt waren.

Das Ungeheuer war nicht zu erkennen, weil es in die schweren Netze eingewickelt war. Einige braune Pelzteile waren zu sehen, doch was für ein Untier es war, war nicht zu erkennen, denn es war zu einer Kugel zusammengeschnürt. Es schnaubte und knurrte.

Taggin ließ das Ungeheuer zu einem Verschlag schleifen, der ein paar Tage zuvor für diesen Zweck gebaut worden war. Unter Humas Augen ergriffen einige Ritter das gefesselte Monstrum und zerrten es in den Verschlag. Das Ungeheuer wand sich, wobei sich ein paar Stricke lockerten. Die Ritter hasteten aus dem Verschlag, während das Wesen versuchte, sich aus dem Netz zu befreien.

Der Hauptmann der Patrouille salutierte vor Fürst Taggin. »Im Flußbett gefunden. Hat vorher einen Hirsch getötet und aß gerade. Hat uns bemerkt, aber da hatten wir es schon umstellt. Erst haben die Männer versucht, es mit den Netzen einzufangen, da hat es sie heruntergezogen. Mehr Männer verwundet, als sie versuchten, die anderen zu retten. Dachte kurz, wir müßten es töten. Zum Glück war das nicht nötig. Es trat in die ausgelegten Netze, und da hatten wir es.«

Der alte Ritter nickte. »Paladin hat euch behütet, das sieht man. Ich bin froh, daß keiner dabei umgekommen ist. Der Käfig sollte es jetzt halten können.«

»Reden wir lieber nicht von einem Käfig. Gefängnis wäre der bessere Ausdruck, Herr.«

»Gefängnis?« Neben ihm tauschten Huma und Buoron Blicke aus. »Was habt ihr gebracht?«

Der Anführer der Patrouille strahlte vor Stolz. »Einen Spion der Drachenkönigin! Eine ihrer scheußlichsten Kreaturen aus dem Norden. Der Krieg ist doch noch zu uns gekommen.«

Es lag ein Glitzern in den Augen des Ritters, das Huma beunruhigte.

Taggin trat näher an den Gefängniskäfig heran. Das Ungeheuer war dabei, die letzten Netze wegzureißen, die es noch bedeckten.

»Verflucht sei Sargas! Ich werde euch alle in Stücke reißen!«

Huma erstarrte. Buoron sah ihn an. Vielleicht wunderte er sich, daß der Anblick des Ungeheuers Huma so beeindruckte. Da er erst kürzlich aus dem Norden gekommen war, mußte Huma solche Wesen doch kennen.

Das Ungeheuer zerrte das letzte Netz von seinem gehörnten Kopf. Heftig atmend drehte es sich zu seinen Wärtern um. Mit markerschütternder Wut rüttelte es an den Stäben seines neuen Gefängnisses.

»Idioten! Feiglinge! Laßt mich gegen einen von euch kämpfen! Gebt mir eine faire Chance! Wo ist eure berühmte Ehre?«

Aus seinem momentanen Blickwinkel konnte das Ungeheuer Huma nicht sehen, Huma das Ungeheuer hingegen sehr gut. Mit großen Augen starrte er den wutschnaubenden Stiermenschen an und fragte sich, wie er Kaz nur vor der Hinrichtung retten sollte.

Kapitel 14

Buoron war der erste, dem er sein Geheimnis anvertraute. »Du hast Glück gehabt, daß es keinem von den anderen aufgefallen ist«, sagte der bärtige Ritter. »Dein Mund stand sperrangelweit auf, als sie ihn brachten.«

Huma schüttelte den Kopf. »Ich war völlig überrascht. Als ich Kaz zuletzt gesehen habe, ritt er nach Norden und ich nach Süden. Jede Menge Verfolger waren hinter uns her. Ich war anscheinend der Wichtigere, denn sie sind mir gefolgt.«

»Und haben dafür bezahlt«, bemerkte Buoron ruhig. Huma

hatte ihm kurz von dem Zwischenfall erzählt, ohne ihn weiter auszuschmücken. Es hatte den anderen Ritter nicht wenig beeindruckt.

»Ich bin erstaunt, daß Kaz hier ist, und zwar schon einige Tage länger als ich. Er muß fast sofort nach Süden umgekehrt sein und mich knapp verpaßt haben. Nach unserer Trennung mußte ich mein Pferd opfern, weil ich hoffte, meine Verfolger dadurch zu täuschen. Danach war ich eine Zeitlang zu Fuß unterwegs. Er muß aber trotzdem schnell geritten sein, um die ganze Strecke zu schaffen. Er hat sein Pferd bestimmt auch bald eingebüßt.«

»Wußte er, wo du hin wolltest?«

Huma überlegte lange. Es schien Jahre her zu sein. »Die grobe Richtung. Genug jedenfalls, um sich südwestlich zu halten.«

Buoron schaute aus dem Fenster zum Käfig. Kaz war in dumpfem Zorn zusammengesackt. »Es gibt viele Wege, auf denen ein erfahrener Krieger unentdeckt reisen könnte. Er wird uns bemerkt haben und hat dann vielleicht angenommen, daß dein Ziel hier liegt.«

Das ergab für Huma einen Sinn. »Ich habe erwähnt, daß ich zu den Rittern zurückwollte. Womöglich hat er geglaubt, daß ich hierher gehe, wenn ich es nicht zurück nach Solamnia schaffe.«

»Oder –« Buoron zögerte. »Oder er ist wirklich ein Spion.«

»Nein.« Huma war sich in letzter Zeit über vieles im unklaren, aber die Loyalität des Minotaurus stand außer Frage.

»Du wirst Schwierigkeiten haben, die anderen davon zu überzeugen. Minotaurus bleibt Minotaurus. Sie werden ihn verhören und – ob er redet oder nicht – wahrscheinlich hinrichten.«

»Weswegen? Er hat sich nur verteidigt.«

Buoron verzog das Gesicht. »Hast du nicht gehört, was ich gesagt habe? Er ist ein Minotaurus. Sie brauchen keinen anderen Grund.«

Huma ging auf und ab. »Ich muß mit Taggin reden.«

»Dann tu das bald. Sie werden noch heute mit dem Verhör beginnen, wahrscheinlich nach der Wachablösung.«

»Finde ich Taggin jetzt in seinem Quartier?«

»Ich glaube nicht. Als Ritter der Rose wird er jetzt seine täglichen Gebete verrichten. Nur wegen der Jagd hat er sie heute morgen überhaupt aufgeschoben. Wenn wir schon dabei sind – hast du in letzter Zeit dein Gewissen erleichtert?«

Huma blieb stehen und erbleichte. »Nein. Habe ich nicht. Es geschähe mir recht, wenn Paladin sein Auge für immer von mir abwenden würde.«

Buoron schüttelte den Kopf. »Ich glaube, Paladin ist etwas gnädiger. Komm.«

Taggin konnte Huma nach den Gebeten nicht empfangen. Der Kommandoritter beriet sich mit seinen Offizieren und dem Anführer der Patrouille. Huma wußte, daß er keinen Einlaß verlangen durfte. Das würde nur seine Chancen beeinträchtigen, sie zu überzeugen, Kaz freizulassen.

Da die Anführer beschäftigt waren, beschloß Huma, den Minotaurus zu begrüßen. Es war nicht recht, daß er vorgab, den massigen Mann aus dem Osten nicht zu kennen. Kaz hatte ihn immer ehrlich behandelt.

Das Gefängnis des Minotaurus ähnelte einem Stall für exotische Tiere in einem Wanderzirkus: ein Metallkäfig mit Gitterstäben und einer einzigen Tür, auf dem Boden Heu und Stroh. Kaz lief nicht hin und her. Statt dessen starrte er trübsinnig auf den Fleisch-Getreide-Brei, den seine Wärter ihm hineingeschoben hatten. Es war ein wenig appetitanregendes Essen, und Huma fragte sich, ob es so gräßlich schmeckte, wie es aussah.

Zwei Ritter bewachten den Käfig und stellten sich Huma in den Weg.

»Darf ich den Gefangenen verhören?«

»Das ist Sache des Oberbefehlshabers. Wer dabei zusehen will, ist willkommen.«

»Darf ich wenigstens mit ihm reden?«

Die beiden Ritter sahen sich an. Sie fragten sich zweifellos, warum einer von ihnen mit einem minotaurischen Gefangenen zu sprechen wünschte. Schließlich erwiderte derjenige, der zuerst gesprochen hatte: »Nicht ohne Erlaubnis des Oberbefehlshabers.«

Mittlerweile hatte Kaz die Stimmen gehört. Er reagierte nur langsam, vielleicht weil er nicht sicher war, wessen Stimme er hörte. Dann drehte er sich plötzlich um und sprang an den Gitterstäben hoch.

»Huma!«

Die beiden Wachen zuckten zusammen. Der augenscheinliche Anführer schlug mit seiner eisenbewehrten Faust gegen die Stäbe – weit genug entfernt, so daß der Minotaurus sie nicht ergreifen konnte. »Sei still, Ungeheuer! Du kannst reden, wenn das Verhör losgeht.«

Kaz schnaubte wütend. »Ich hatte die Ritter für eine ehrenhafte Gemeinschaft gehalten, aber ich sehe schon, daß nur sehr wenige von ihnen Ehre besitzen!« Er streckte einen langen, muskulösen Arm durch die Gitterstäbe, die Hand wie flehend geöffnet. »Huma! Hol mich aus diesem Käfig raus!«

Die Ritter starrten Huma mit zusammengekniffenen Augen an. »Er scheint dich gut zu kennen. Wie kommt das?«

»Wir haben uns kennengelernt und sind zusammen gereist. Er ist kein Sklave der Drachenkönigin. Er ist sein eigener Herr. Er ist ein Freund.«

»Ein Freund?« Die Wachen sahen Huma erstaunt – und sehr

ungläubig an. Andere Ritter gesellten sich zu ihnen, um zu erfahren, was das Geschrei zu bedeuten hatte.

Schließlich sagte die andere Wache: »Vielleicht sollten wir Taggin holen, Caleb.«

»Ich will ihn jetzt nicht stören.« Caleb, ein großer, schwerer Mann mit räuberischem Blick, zeigte auf Huma. »Wenn ich es nicht besser wüßte, würde ich dich für einen Spion halten, weil du mit Magiern und Minotauren gemeinsame Sache machst. So aber halte ich dich einfach für dumm. Wenn du mit diesem Vieh sprechen willst, frag Taggin. Ich würde dich bis zum Verhör einsperren, wenn es nach mir ginge.«

Es gab zustimmendes Gemurmel, und Huma war überrascht. Innerhalb von Sekunden war er vom gefeierten Besucher offenbar zum Ausgestoßenen geworden.

»Was geht hier vor?« Jeder, sogar Kaz, gefror beim Klang dieser Stimme. Es war Fürst Taggin in seiner Prachtrüstung. Mindestens zwanzig Jahre waren von seinem Gesicht abgefallen. Jetzt war er der Inbegriff von Autorität.

»Männer, ihr benehmt euch in letzter Zeit immer pöbelhafter. Ich sehe schon, daß ich die Zügel etwas straffer ziehen muß.« Taggin wandte sich an Huma. »Mir wurde mitgeteilt, daß du etwas über diesen Minotaurus weißt.« Hinter dem Kommandanten studierte Buoron den Boden. »Wir fangen in einer halben Stunde mit dem Verhör an. Ich erwarte, daß du anwesend bist und sagst, was du zu sagen hast. Verstanden?«

»Ja, Herr.«

Taggin drehte sich zu den Posten um. »Was euch angeht, so gibt es Grundsätze der Ritterschaft, die ihr offensichtlich verletzt. Ich erwarte, daß ihr beide aus diesem Vorfall lernt.«

Der Ritter der Rose wartete keine Antwort ab. Statt dessen ging er an ihnen vorbei zum Käfig. Kaz funkelte ihn an, doch Taggin wirkte unbeeindruckt.

»Wisse, Minotaurus: Die Grundsätze der Ritterschaft werden eingehalten. Deine Verhandlung wird unvoreingenommen stattfinden. Du wirst Gelegenheit bekommen, dich zu verteidigen und zu beweisen, was dieser Ritter hier über dich sagt. Das verspreche ich.«

Kaz gab nur die Andeutung eines Nickens zur Antwort.

Taggin machte auf dem Absatz kehrt und marschierte in sein Quartier.

»Huma, du erstaunst mich unablässig mit deiner Fähigkeit, dich zum Mittelpunkt zu machen.«

Huma und Buoron sahen auf, als sie die Aufenthaltsräume der Ritter betraten. Magus starrte sie von der anderen Seite aus in der vollen Pracht seiner roten Robe an. Wieder wunderte sich Huma über die Veränderung. War Magus wirklich zum Orden von Lunitari zurückgekehrt, oder war das nur eine weitere seiner Launen?

»Der Zauberer kehrt zu den Lebenden zurück«, bemerkte Buoron trocken.

Der Magier rührte sich. »Wirklich, Huma, das einzige an dir, was noch dümmer ist als dieses Herumlaufen in Blech, ist deine Gesellschaft. Abgesehen von mir natürlich.«

»Wenn du nichts Wichtigeres zu sagen hast, Magus, dann halt besser den Mund.« Huma war über die Schärfe dieser Erwiderung selbst überrascht.

Magus beachtete die Rüge nicht weiter. »Ich sehe, daß es dem Minotaurus gelungen ist, in Schwierigkeiten zu geraten. Wir haben wirklich keine Zeit für so etwas. Hätte ich nicht die Pause gebraucht, dann hätten wir gestern abend schon aufbrechen können.«

Buoron lächelte grimmig. »Ohne Fürst Taggins Erlaubnis gehst du nirgends hin.«

»Wirklich nicht?«

»Nicht mit mir, Magus. Nicht bevor Kaz frei ist«, fügte Huma hinzu.

Der Zauberer seufzte. »Na schön. Ich hoffe, es dauert nicht lange. Ich weiß, wie lang und wie langweilig Verhöre sein können.«

»Huma, ist dieser Abschaum wirklich dein Freund?« warf Buoron ein.

»Glaub, was du willst. Ich hoffe immer noch, den alten Magus dahinter zu entdecken.«

Wenigstens dieses eine Mal hatte der Zauberer keine Widerrede parat. Er sah Huma nur an, um dann mit Interesse etwas an seinem Stab zu untersuchen.

»Kommst du mit, Magus?«

Sein Jugendfreund blickte auf. »Zu einem Verhör? Kaum. Sie könnten beschließen, mich auf die Anklagebank zu setzen. Ich erwarte den Ausgang hier.«

Huma stieß einen Seufzer aus, hätte jedoch nicht sagen können, ob vor Erleichterung oder aus Sorge.

Im Gegensatz zu den förmlichen Verhören in Burg Vingaard verlief die Sitzung im Außenposten kurz, direkt und ohne Umschweife. Kaz wurde befragt, wo er im letzten halben Jahr überall gewesen war. Sein Verbrechen gegen seine einstigen Herren und das nachfolgende Treffen mit Huma mußte er minutiös schildern, wobei Fürst Taggin auf einen Ausrutscher lauerte, der die Vertrauenswürdigkeit des Minotaurus in Frage stellen würde.

Im Laufe der Befragung kamen viele Einzelheiten der Geschichte des Minotaurus ans Licht. Er entstammte einer alten Familie von Siegern seines Clans. Er trug sogar den Namen eines lange verstorbenen Ahnherrn, eines mächtigen Kämpfers, der die Rasse dreiundzwanzig Jahre regiert hatte, bis er schließlich doch besiegt wurde.

Kaz jedoch war in einer Zeit aufgewachsen, in der kein wirklich starker Herrscher die Minotauren befehligte. Wie Huma erfahren hatte, waren ihre Befehlshaber jetzt ihrerseits Marionetten der Befehlshaber der Drachenkönigin. Jeder Minotaurus, Männer wie Frauen, wurde in die wachsenden Heere der Dunklen Herrin eingezogen, sobald er das entsprechende Alter erreicht hatte. In keiner Einheit gab es genug von ihrer Rasse, um eine Rebellion zu schüren. Kaz' Volk wurde schon für das kleinste Vergehen streng bestraft.

Der große Krieger gab zu, daß er seinen Teil zu den Kämpfen beigetragen hatte. Das war ihm angeboren. Doch das sinnlose Gemetzel um ihn herum hatte ihn allmählich krank gemacht. Es lag keine Ehre in dem, wozu er gezwungen war. Den Ogern war es gleichgültig, ob sie ein Heer oder ein Dorf vor sich hatten. Alles, was sie auf ihrem Weg trafen, mußte ausgelöscht werden.

Dann beschrieb Kaz detailliert den letzten Vorfall, bei dem er den Ogerhauptmann umgebracht hatte. Einen Augenblick lang waren die anwesenden Ritter alle auf seiner Seite.

Die Nachricht vom Zusammenbruch der solamnischen Linien und dem darauffolgenden Chaos entfachte den Zorn der Ritter von neuem. Danach beschrieb Kaz den Angriff auf die Zitadelle von Magus und die Flucht, bei der Huma und Kaz sich schließlich getrennt hatten.

Der Höhepunkt der Befragung war wahrscheinlich Kaz' Beschreibung von Humas kurzer, aber blutiger Begegnung mit dem Kriegsherrn. Die, die ihn wegen seiner seltsamen Freundschaft mit Mißtrauen angesehen hatten, begannen, ihn daraufhin mit noch gewachsenem Respekt zu betrachten.

Nach Kaz sprach Huma. Er bat die Ritter um nichts, sondern erzählte ihnen von den tapferen und gerechten Taten des Minotaurus. Er betonte auch, daß Ehre für Kaz einen genauso hohen Stellenwert hatte wie für die Ritterschaft.

Fürst Taggin sah furchtbar müde aus, als alles gesagt war. Er stand dem gefesselten und bewachten Minotaurus gegenüber, holte tief Luft und sagte: »Der Minotaurus Kaz war in jeder Hinsicht kooperativ. Er hat uns einen guten Einblick in das Vorgehen der Streitkräfte der Drachenkönigin gegeben, und seine Worte werden von Huma, Ritter der Krone, bestätigt. Von Rechts wegen hat er einen ehrenhaften Tod verdient.«

Kaz schnaubte wütend und begann, an seinen Fesseln zu reißen. Taggin fuhr fort.

»Es gibt jedoch eine weitere Möglichkeit. Paladin ist der Gott der Gerechtigkeit und der Weisheit. Den Minotaurus hinzurichten, wäre ein einziger Hohn. Deshalb liefere ich ihn dem bewährten Gewahrsam von Ritter Huma aus, dem wir wohl vertrauen können, daß er ihn unter Kontrolle halten kann.«

Allgemeiner Beifall folgte. Die Meinungen über Huma hatten sich wieder ins Gegenteil verkehrt, so daß er für seine Kameraden schon jetzt fast genauso ein Held war wie für die Ergodianer.

»Nehmt dem Minotaurus die Fesseln ab.«

Ritter Caleb gehorchte widerstrebend. Kaz grinste ihn zähnefletschend an, als der Ritter die letzten Schnüre löste. Im nächsten Moment brach der Minotaurus bereits durch die Menge. Kaz schnappte sich seinen alten Gefährten und hob ihn mit einem Freudenschrei in die Luft.

»Ich dachte, ich sehe dich nie wieder, Freund Huma! Du mußt wissen, daß ich mich aus Respekt vor dir während meiner Suche sehr zurückgehalten habe. Bin ich froh, daß ich mich entschlossen habe, gleich nach Süden zu ziehen! Ich hatte überlegt, daß du womöglich nach Norden gehst, um mich zu suchen.«

Huma wurde rot. »Ich konnte nur hoffen, daß du in Sicherheit warst. Mein Weg führte mich nach Süden, sogar gegen meinen Willen. Magus –«

Kaz verstand ihn falsch. »Ja, ich habe gesehen, wie dein Freund, dieser zauberkräftige Drachensohn, mich anstarrte. Er war wohl ohne weiteres bereit, mich aus Zweckdenken zu opfern. Sein befriedigter Gesichtsausdruck machte mich so wütend, daß ich über einen selbstmörderischen Fluchtversuch nachgedacht habe.« Der Minotaurus brüllte vor Lachen, obwohl Huma nicht wußte, weshalb.

Taggin räusperte sich. Rasch schob Huma den Minotaurus zu ihm hin. »Fürst Taggin, Ritter der Rose. Ich möchte Euch Kaz, den Minotaurus, vorstellen.«

»Aus einem Geschlecht, das mehr als ein Dutzend Sieger meiner Rasse hervorgebracht hat.« Im Land der Minotauren zählte Blut nicht ganz so viel wie bei den aristokratisch gesonnenen Rittern von Solamnia, doch eine Familie von Siegern war bei anderen Minotauren hoch angesehen. Für die Ritter war es, als würde Kaz sich als Edelmann seines Volkes vorstellen.

Taggin begrüßte den Minotaurus und wurde dann ernst. »Wir unterhalten uns, wenn die anderen fort sind. Ich habe auch den Magier rufen lassen.«

Der Raum leerte sich schnell. Ein Blick seines Kommandanten schickte auch Buoron vor die Tür. Kaz wirkte verwirrt, doch Fürst Taggin weigerte sich zu reden, bevor Magus anwesend war.

Mit offensichtlichem Widerstreben trat der Zauberer ein. Kaz mußte sich zusammenreißen, seine Augen waren blutunterlaufen. Huma befürchtete einen Angriff, doch Kaz hielt sich im Zaum. Magus tat so, als wäre die massige Gestalt gar nicht vorhanden.

»Ich habe beschlossen, deinem Wunsch Folge zu leisten, Fürst Taggin.«

»Wie überaus freundlich von dir.« Der betagte Ritter war ebensowenig bereit, seine Feindseligkeit dem Magier gegenüber zu verbergen wie Buoron. »Ich habe beschlossen, euch eure Reise fortsetzen zu lassen und werde sogar eine Eskorte stellen.«

Magus rümpfte die Nase. »Wie überaus freundlich von dir, Fürst Taggin, aber wir brauchen keine Eskorte. Huma und ich schaffen es allein.«

»Ihr werdet aber nicht allein sein, du Sohn einer Wölfin«, zischte Kaz. »Ich komme mit, ob Eskorte oder nicht.«

Taggin gebot mit erhobener Hand Schweigen. »Du hast keine Wahl. Ich gebe euch auf jeden Fall eine Eskorte mit. Und zwar nicht aus Höflichkeit. Es ist einfach notwendig, wenn ihr beabsichtigt, diese – Mission – weiter zu befolgen.«

Magus blitzte Huma offen an. »Ich wollte, du hättest ein Schweigegelübde abgelegt. Du hast anscheinend eine lose Zunge.«

Huma wurde zornig, wollte seinem Gefährten jedoch nicht die Genugtuung einer kindischen Erwiderung verschaffen.

Der Fürst näherte sich Magus, bis kaum noch mehr als eine Handbreit zwischen ihren Gesichtern lag. »Ihr reitet morgen früh bei Tagesanbruch. Nicht früher, nicht später. Solltest du erwägen, dich fortzustehlen, dann spar dir die Mühe. Wir werden dich finden, und dann sperre ich dich ein. Wir können einen Zauberer durchaus festhalten. Darauf kannst du dich verlassen.«

Es befriedigte Huma einigermaßen, daß Magus als erster den Blick senkte. »Na schön. Da wir offenbar keine andere Wahl haben.«

»Habt ihr nicht.«

An Huma gewandt, zeigte der Zauberer auf den Minotaurus und fragte: »Der da muß auch mitkommen?«

»Allerdings.« Kaz ergänzte Humas Antwort durch ein drohendes Grollen, bei dem er seine Zähne entblößte.

»Morgen früh also.« Magus wandte sich wieder an Fürst Taggin. »Ist das alles?«

»Nein. Verstehe ich richtig, daß all das auf einem Traum beruht?«

Der Magier lächelte irgendwie traurig. »Die Prüfung ist kein Traum. Alptraum wäre das passendere Wort. Ein Alptraum, den ich zu ändern hoffe.«

Taggin starrte ihm in die Augen. »Du hast ihm nicht alles erzählt, Magus, nicht wahr?«

Humas Augen wurden größer, dann noch größer, als der Zauberer noch immer mit der Antwort zögerte.

Magus schaute die anderen an und ging dann abrupt zur Tür. »Nein. Wenn es an der Zeit ist, werde ich es tun.«

Sie sahen ihm nach, während er den Raum verließ.

»Paß auf ihn auf, Huma«, flüsterte Taggin schließlich. »Nicht nur um euretwillen, sondern auch um seinetwillen.«

Der jüngere Ritter nickte. Wieder fragte er sich, ob er Magus überhaupt noch vertrauen konnte.

Ein Ritter stand wartend auf dem Gipfel des höchsten Berges. Sein Visier war heruntergelassen, so daß er nicht zu identifizieren war. Er trug das Zeichen der Ritter der Rose, und in der linken Hand hielt er ein hinreißendes Schwert. Er schien Huma die Waffe anzubieten.

Huma zog sich über Felsen und Spalten weiter hoch. Mehr als ein dutzendmal verlor er den Halt, doch jedesmal konnte er sich rechtzeitig wieder fangen. Obwohl Huma fast oben war, half der andere Ritter ihm nicht. Statt dessen hielt die seltsame Gestalt ihm weiter das Schwert hin.

Huma stolperte vor und nahm die angebotene Waffe entgegen. Es war ein schönes, sehr altes Schwert. Huma zerteilte damit dreimal die Luft. Der andere Ritter sah zu.

Der junge Mann dankte ihm für die Waffe und fragte ihn nach seinem Namen. Der Ritter hinter dem Visier sagte kein Wort. In plötzlichem Zorn griff Huma nach vorn und hob das Visier hoch.

Er würde nie erfahren, was dahinter war, denn irgend etwas heulte, und Huma saß aufrecht im Bett, während sich der Traum verflüchtigte.

Taggin war persönlich anwesend, um sich zu überzeugen, daß alles nach Plan lief. Besonders Magus sah er auf die Finger, doch der Zauberkundige riß sich an diesem Morgen zusammen.

Die Eskorte marschierte auf. Zehn Mann hatten sich freiwillige gemeldet. Huma war erleichtert, daß Buoron unter ihnen war.

Als der ganze Trupp startbereit zu Pferd saß, gab Buoron das Signal, die Tore zu öffnen. Beim Hinausreiten salutierten alle vor dem Kommandanten, mit Ausnahme von Kaz und Magus. Fürst Taggin hatte nichts mehr zu Huma gesagt, doch er gab dessen Gruß mit einer leicht beruhigenden Handbewegung zurück.

Ihr Weg führte die ganze Zeit durch offenes Gelände, so daß sie das langsam größer werdende Gebirge immer im Blick hatten. Sie waren mehrere Tagesreisen von ihrem Ziel entfernt. Huma überlegte, welchen Gipfel Magus wohl suchte, und was er dort zu finden hoffte. Der Magier war ausgesprochen schweigsam. Seine Augen hatten die hohen Gipfel jedoch von dem Moment an fixiert, wo die Gefährten das Fort verlassen hatten. Magus starrte die gewaltigen Felsriesen an, als hinge sein Leben von ihnen ab – was möglicherweise auch stimmte.

Hätte Huma jetzt zurückgeblickt, so hätte er vielleicht den

Schatten gesehen, der hinter ihnen von einem Versteck zum anderen flitzte. Er kümmerte sich nicht darum, daß heller Tag war, was seine Rasse nicht ertragen konnte. Er empfand sich eigentlich nur noch als Teil seines Herrn. So hatte das Wesen die weite Reise gemacht, um dem einen, der seine Existenz beherrschte, als Auge und Ohr zu dienen. Für ihn würde es den brennenden Schmerz des Tageslichts ertragen, Tageslicht, das es selbst durch die immerwährende Wolkendecke hindurch versengte.

Wohin auch immer der Ritter und der Zauberer reisten, der Schreckenswolf würde ihnen folgen.

Kapitel 15

Die Berge türmten sich gewaltig vor ihnen auf, ohne die beklommenen, kleinen Geschöpfe an ihrem äußersten Rand zu beachten. Aus der Entfernung waren die Berge berauschend gewesen; aus der Nähe waren sie überwältigend. Nicht einmal Magus sagte etwas. Sie starrten nur noch nach oben.

Diese Berge hier waren alt, viel älter als viele ihrer Gegenstücke im Norden oder gar im Osten. Mehr als ein Gipfel verschwand in der Wolkendecke und demonstrierte so seine unglaubliche Höhe. Die Zeit hatte allen Bergen so zugesetzt, daß manche von ihnen den Schalen riesiger Meeresbewohner ähnelten. Der ständig gegenwärtige Wind, der zehnmal so stark blies wie in den Ebenen, erfüllte die Luft mit fast menschlichen Schreien, wenn er durch das Gebirge blies.

»Sargas«, flüsterte Kaz. Niemand tadelte ihn wegen des leisen Ausspruchs.

Natürlich war es Magus, der ihre Ergriffenheit brach. Unruhig rutschte er auf seinem Pferd herum, während sein Blick die meiste Zeit auf die Gipfel im Herzen des Gebirges geheftet war. »Wir erreichen nichts, wenn wir hier mit offenem Mund hokkenbleiben. Bist du bereit, weiterzureiten, Huma?«

Huma blinzelte. »Ja. Ich denke, wir sollten es wagen. Kaz?«

Der Minotaurus schaute lange zu den Gipfeln empor, um schließlich zu lächeln. »Ich bin mit solchem Gelände recht gut vertraut, mein Freund. Ich habe keine Bedenken.«

»Wir warten hier drei Tage auf euch, nur zur Vorsicht«, teilte ihnen Buoron mit.

Magus rümpfte die Nase und sah verächtlich zur Seite. »Das ist nicht nötig.«

»Wir tun es trotzdem. Was du davon hältst, ist ohne Belang.«

»Dann laßt uns aufbrechen«, schaltete sich Huma ein. Er hatte den dringenden Wunsch, alles hinter sich zu bringen – wenn das möglich war.

»Einverstanden.« Magus trieb sein Pferd vorwärts.

»Huma«, sagte Buoron düster, wobei er die Hand ausstreckte. Sein Gesicht glich sehr den Bergen vor ihnen – schroff, aber auf seine Art bemerkenswert. »Möge Paladin über dich wachen.«

»Und auch über dich.«

Die anderen Ritter nickten Huma zum Abschied zu. Der junge Ritter sah nicht zurück, als er losritt, weil er fürchtete, daß der Wunsch, von einer vielleicht absurden Mission abzulassen, übermächtig werden könnte. Magus und Kaz gegenüber ließ er sich seine Furcht jedoch nicht anmerken. Ein Ritter wie Bennett wäre mit der Bereitschaft in die Berge geritten, im Notfall der Drachenkönigin höchstpersönlich zu trotzen. Huma wußte, daß er dazu nie fähig wäre, doch er würde sich bemühen, mit Anstand weiterzureiten.

Viel zu bald erreichten sie das Hochgebirge. Sie waren von Gipfeln, von phantastischen Wänden und Hindernissen umringt, die nur darauf zu warten schienen, sie einzuschließen und jede Spur der winzigen Geschöpfe zu tilgen, die es gewagt hatten, sie zu bekrabbeln.

»Berge wie diese machen mir immer klar, wie sich ein Insekt vorkommen muß«, bemerkte Kaz.

Vor ihnen lachte Magus abfällig. »Das sind doch bloß große Felsbrocken. Am Anfang natürlich eindrucksvoll, aber sie haben nicht mehr Ehrfurcht verdient als ein kleiner Bachkiesel.«

»Dann hast du die Berge noch nicht wirklich kennengelernt. Gib acht, damit sie dich nicht unter ihrer Unbedeutsamkeit begraben.«

Ein Schrei erhob sich irgendwo vor ihnen aus der Bergkette. Es war ein rauher, räuberischer Schrei, und alle drei Reiter sahen sich hastig um.

Als sich nach einigen Sekunden noch nichts gezeigt hatte, wandte sich Kaz an Magus. »Was war das? Kennst du diesen Laut?«

Der Magier hatte seine Fassung wie auch seine Arroganz wiedergewonnen. »Ein Vogel vielleicht. Vielleicht sogar ein Drache. Es würde mich nicht überraschen, wenn es hier welche gäbe.«

»Hier?« Huma kamen plötzlich Visionen von großen, roten Drachen, die auf die hilflose Gruppe herunterstießen. Magus konnte sie vielleicht eine Zeitlang aufhalten, aber weder Kaz noch Huma würden wirklich eine Chance haben. Mit einem Breitschwert konnte man gegen die gepanzerte Haut eines Drachen wenig ausrichten.

Der Pfad schlängelte sich über Hänge und Gärten und um schroffe Ecken. Buoron hatte ihnen erzählt, daß Zwerge, die diese Gegend vor langem verlassen hatten, den Weg geschaffen hatten. Es war der einzige, der Reisenden eine gewisse Hoffnung bot, auf der anderen Seite anzukommen. Die Ritter näherten sich dem Gebirge so wenig wie möglich, nicht aus Angst, sondern weil sie wußten, daß sich selbst die paar Räuber, die in der Gegend ihr Unwesen trieben, von der Bergkette fernhielten.

Der kalte Wind erzeugte unheimliche Töne – wie die Rufe unvorstellbarer, fremder Tiere – und zerrte wild an Humas Mantel.

Magus ritt voran, weil nur er eine genaue Vorstellung davon hatte, wo sie hin wollten. Huma suchte nach einem Gipfel, der dem auf dem Wandteppich glich, während Kaz damit zufrieden war, einfach zu reiten und die anderen arbeiten zu lassen. Ihm war es ziemlich egal, wonach der Zauberkundige suchte. Seine eigene Gesundheit und die von Huma war alles, was für ihn zählte. Die Rote Robe konnte ruhig umkommen, wenn es nach Kaz ging.

Sie ritten um eine weitere Ecke und befanden sich plötzlich in einer Sackgasse. Magus fluchte. Kaz lachte trotz des finsteren Ausdrucks in den Augen des Zauberers.

Der Pfad lag unter Tonnen von Geröll begraben. Huma blickte hoch und sah eine neue Felsspalte an der Seite des einen Berges. Er versuchte, sich die Kraft vorzustellen, die einen solchen Erdrutsch verursachen konnte.

»Ich lasse mich nicht an der Nase herumführen!« schrie Magus, im Sattel stehend, die Berge an. Er fuhr zu den anderen beiden herum und sagte: »Ein Stückchen hinter uns gab es zwei Abzweigungen. Seht mal nach, ob eine davon dann diese Richtung einschlägt. Ich werde inzwischen überprüfen, ob wir hier irgendwie weiterkommen.«

Der Minotaurus hatte keine Lust, Anweisungen von Magus entgegenzunehmen, doch Huma beschwichtigte ihn. Es würde Kaz nichts helfen, wenn er sich jetzt mit dem Zauberer anlegte.

Während der Zauberkundige die Geröllawine untersuchte, ritten Huma und Kaz zurück. Die Pfade, von denen Magus gesprochen hatte, wirkten kaum benutzt, und einer war sogar von dem mickrigen Gestrüpp verdeckt, das überall in der Bergkette wuchs. Huma wählte den überwucherten Pfad.

Kaz brach auf, um den anderen Weg zu erforschen. Huma sah ihn verschwinden. Dann sprang er vom Pferd. Der Pfad war zu unsicher, und er wollte sich und das Pferd nicht in Gefahr bringen. Besser war es, das Tier zurückzulassen. Wenn sich der Weg weiter oben als gangbarer erwies, konnte er immer noch das Pferd holen und weiterreiten.

Er mußte sein Breitschwert benutzen, um den Pfad vom Dikkicht zu befreien. Obwohl die einzelnen Pflanzen schwach waren, wuchsen sie so dicht, daß es ihm vorkam, als würde er sich durch dicke Heuballen arbeiten. Minutenlang mußte Huma ununterbrochen hacken, bevor er vorwärts kam.

Ein erster Blick verriet ihm, daß der steinige Pfad einen Weg nach oben nahm, der Reiten unmöglich und Gehen zu einer langsamen, erschöpfenden Tortur machte.

Unvermittelt stand er dann auf einem kleinen Abhang, der teilweise von der Vegetation verborgen wurde. Huma lächelte erleichtert. Dieser Pfad schien einen Bogen zu schlagen, um sich jenseits der Lawine mit dem ursprünglichen Weg zu treffen. Nach eingehender Untersuchung entschied Huma schließlich, daß der Pfad nicht nur passierbar war, sondern daß er sie auch direkter zu den Gipfeln führen würde, die Magus suchte. Es war auch, wie er erfreut feststellte, ein sehr viel windgeschützterer Weg. Der Ritter drehte um und schlug eine schnellere Gangart ein. Kaz hatte seine eigene Suche inzwischen sicher schon beendet. Er zweifelte auch daran, daß Magus mittlerweile einen Weg um die Geröllawine gefunden hatte. Humas Pfad war bestimmt die beste – und vielleicht einzige – Möglichkeit.

Er kam zu der Stelle, wo sich die zwei Hänge berührten, und stolperte über den steinigen Teil des Weges zurück. Huma trat um eine Ecke – und stand wie angewurzelt vor einer breiten Felswand. »Was –?« stammelte er mit verwundert hochgezogenen Augenbrauen. Er betrachtete die Formation und legte eine Hand auf die Oberfläche. Sie war nur zu echt. Er mußte irgendwo falsch abgebogen sein.

Huma ging zurück und blieb verwirrt stehen. Alles deutete darauf hin, daß er anfangs dem richtigen Pfad gefolgt war. Doch die Felswand sah aus, als stünde sie schon immer dort. Die Oberfläche war moosbewachsen, und die Formation war unten ziemlich verwittert, während sie der Regen oben rundgewaschen hatte.

Schließlich gab Huma es auf und kehrte zu dem anderen Wegstück zurück, das er entdeckt hatte. Obwohl er glaubte, daß es der falsche Weg war, begann er ihm zu folgen. Beim Weitergehen wuchs seine Zuversicht, denn der Pfad schien dorthin zu führen, wo er hin wollte. Bald folgte Huma einer Reihe von Biegungen und Kehren, die ihn fast schwindelig werden ließen. Der Ritter blieb stehen. Dieser Pfad führte eindeutig weiter weg. Er fluchte in sich hinein und kehrte um, um den Weg zurückzuverfolgen.

Der Pfad, auf dem er gekommen war und der eindeutig nach rechts abbiegen mußte, bog nach links ab.

Alles hier war verkehrt. Huma wußte, daß er anfangs einen Fehler gemacht haben konnte, aber nicht dieses Mal. Er hatte sich den Weg sehr genau eingeprägt. Buoron und die anderen hatten gesagt, daß viele Reisende aus diesen Bergen nicht mehr zurückkamen; jetzt kannte er den Grund. Es war, als würden sich die Berge selbst gegen den Unvorsichtigen verschwören, doch Huma wußte, daß es in Wahrheit das Werk eines Sterblichen sein mußte. Seine Gedanken gingen zu Galan Drakos, aber das hier paßte nicht zum Stil des Abtrünnigen. Er erkannte, daß er geführt wurde. Drakos hätte ihn inzwischen schon gefangen. Nein, diese Magie verfolgte einen anderen Zweck.

Mit gezogenem Schwert begann Huma, dem einzigen möglichen Pfad zu folgen.

Es gab nichts Ungewöhnliches, nur Felsen, struppige Büsche und hin und wieder weit oben einen Vogel.

Plötzlich teilte sich der Pfad. Huma hielt inne, doch er vermutete, daß er in Wirklichkeit keine Wahl hatte. Aber wo lang?

Er überlegte eine Weile, bis er ein Tock-Tock hinter sich hörte. Huma wirbelte mit gezogenem Schwert herum. Er hatte einen Oger oder vielleicht einen Zauberer aus der Schwarzen Garde erwartet. Statt dessen sah er sich einer Gestalt mit Kapuze gegenüber, die auf einem großen, flachen Felsen saß.

Das Tock-Tock kam von einem Stab, der Magus' Stab sehr ähnlich war. Er wurde von einer Hand in einem grauen Handschuh gehalten, die teilweise von einem Mantelärmel bedeckt war. Der graue Mantel wiederum verhüllte größtenteils die Gestalt eines – Huma trat näher heran, um sicherzugehen – graugesichtigen Mannes.

Der graue Mann streichelte seinen langen, grauen Bart und lächelte den Ritter kaum wahrnehmbar an.

Huma senkte seine Klinge ein Stück weit. »Wer bist du?« fragte er.

»Wer bist *du?*« gab der graue Mann zurück.

Der Ritter runzelte die Stirn, entschloß sich aber, das Spiel zunächst mitzuspielen. »Ich bin Huma, Ritter vom Orden der Krone.«

»Ein Ritter von Solamnia.« Die farblose Gestalt sprach, als hätte sie das die ganze Zeit gewußt. Der Stab klopfte weiter auf den Felsen.

»Ich habe deine Frage beantwortet; nun beantworte meine.«

»Ich?« Der graue Mann lächelte, wobei sich graue Zähne zeigten. »Ich bin auch nur ein Reisender.«

Huma zeigte auf die Gegend um sie herum. »Das ist nicht dein Werk?«

»Die Berge? Oh, nein. Soweit ich weiß, sind sie schon lange hier.«

»Ich meine die Wege, die verschwinden.« Die exzentrische Haltung des anderen verärgerte Huma.

»Ich bewege keine Berge. Es ist gut möglich, daß du mit deinen Augen einfach nicht gut genug siehst.« Die Gestalt auf dem Felsen schien regelrecht mit dem Hintergrund zu verschmelzen. Huma bemerkte, daß er selbst nach nur kurzem Wegschauen genau hinsehen mußte, um den Mann wiederzufinden. Zweifellos hatte der Mann schon auf dem Felsen gesessen, als Huma eben daran vorbeigelaufen war. Der Ritter hatte ihn nicht wahrgenommen.

»Bist du ein Zauberkundiger?« wollte Huma wissen.

Das Tock-Tock des Stabs hörte kurz auf. »Also das ist jetzt *wirklich* eine interessante Frage.«

Das Pochen hörte nicht auf.

»Und?« Huma kämpfte um seine Beherrschung.

Der graue Mann schien einen Moment nachzudenken. Dann zeigte er mit dem Stab auf die zwei Pfade hinter Huma und fragte: »Wolltest du nicht gerade einen Pfad auswählen? Du solltest weitermachen, weißt du. Du könntest zu einem wichtigen Ort gelangen.«

»Na schön. Welchen Weg würdest du wählen?« Huma hielt den Atem an, während er überlegte, ob er wohl eine verständliche Antwort bekommen würde.

Nach weiterem Beratschlagen mit sich selbst zeigte der steinfarbene Mann mit dem Stab auf den linken Pfad. »Der da hat sich als sehr beliebt erwiesen.«

»Danke.« Huma marschierte auf den gezeigten Pfad zu. Mit grauen Männern und Wegen, die kamen und gingen, wollte er nichts mehr zu tun haben. Je eher er fort war –

»Allerdings«, fügte die seltsame Gestalt hinzu, »haben andere festgestellt, daß der rechte Pfad der rechte ist.«

Huma blieb stehen. Er drehte sich um und starrte den grauen Mann kalt an. »Welchen würdest du wählen?«

»Ich gehe nirgends hin.«

Der Ritter betrachtete die beiden Wege. Von seinem Standpunkt aus sahen beide gleich aus. Er konnte nicht nach der Erscheinung urteilen. Er mußte seinem Instinkt vertrauen.

Gezielt ging Huma zu dem rechten Pfad und wanderte los. Er sah sich nicht um, nicht einmal, als das Tock-Tock wieder losging.

Der Abschiedskommentar jedoch ließ ihn kurz innehalten.

»Interessante Wahl.«

Das Tock-Tock hörte auf. Huma drehte sich wütend um.

Der Pfad und der graue Mann – waren verschwunden. An ihrer Stelle stand ein hoher, zerklüfteter Berg.

Huma schleppte sich stundenlang über den gewundenen Weg. Er merkte, daß die Sonne schon tief stand. Das bedeutete, daß er bereits den größten Teil des Tages von den anderen getrennt war. Sein lautes Rufen hatte sich als nutzlos erwiesen.

Der Wind hatte aufgefrischt. Huma wagte es, sein Schwert in die Scheide zu stecken, damit er den Umhang fester zuziehen konnte. Er überlegte, wie kalt es wohl in diesen Bergen werden konnte und beschloß dann, lieber nicht daran zu denken.

Wo waren Magus und Kaz? Er hoffte, der Minotaurus und der Zauberer würden einander nicht umbringen, jetzt wo Huma nicht da war, um sie im Zaum zu halten.

Sein Magen knurrte wieder vor Hunger, was sofort ein unbestimmtes Schuldgefühl hervorrief. Fasten war für die Ritter ein Reinigungsritus. Die paar Stunden sollten ihm nichts ausmachen.

An den Büschen am Weg hingen ein paar Beeren, doch die hatten sich als ungenießbar und möglicherweise auch giftig erwiesen. Von Tieren hatte er keine Spur gesehen und nichts gehört wie auf den gelegentlichen Schrei des Wesens, das da draußen lauerte. Ein großer Vogel vielleicht. Wovon lebte er wohl? Von dummen, unvorsichtigen Reisenden?

Schließlich wurde es Abend. Huma wartete auf ein Zeichen von Magus, doch weder Licht noch Geräusch durchdrangen die Dunkelheit. Als die Nacht hereinbrach, war Huma immer noch allein.

Die Nacht war zur Abwechslung einmal hell. Irgendwie schienen die Sterne die Wolkendecke immer zu durchdringen, auch wenn es der Sonne nicht gelang. Besonders ermutigend war, daß endlich Solinari aufging. Jetzt wachte der Gott der Weißen Roben über die Welt, und obwohl Magus die karmesinroten Roben trug, hoffte Huma, daß Solinari auch über seinen Freund wachen würde.

Irgendwann machte Huma dann müde und verwirrt halt für die Nacht. Er war fest entschlossen, bei Tagesanbruch weiterzugehen. Er kroch unter einen Felsvorsprung an einem ziemlich ebenen Platz und wickelte sich in seinen Mantel. Ein Feuer kam nicht in Frage. Huma hatte Schlimmeres überlebt, doch sein Magenknurren irritierte ihn weiterhin, selbst als er schon in Schlaf sank.

Huma bewegte sich. Ein Geräusch, das sich wie das Flattern mächtiger Schwingen anhörte, hatte ihn aus dem Schlaf gerissen. Als er aus seinem Schutzort spähte, sah er nichts als Nacht und entschied, daß es Steinschlag oder Wind gewesen sein mußte. Bald schlief er wieder weiter.

Hinter einer entfernten Felsnase starrten zwei leuchtende, blutrote Augen den nichtsahnenden Menschen blicklos an. Der Schreckenswolf war nur zum Beobachten hergeschickt, nicht zum Töten – nicht dieses Mal. Doch der ruhende Mensch gab eine befriedigende Beute ab, und die Mißgeburt begann, sich mit gefletschten Zähnen heranzupirschen. Sie setzte zum Sprung an – und eine gigantische Klaue griff blitzschnell zu, um das untote Biest derart zu zerquetschen, daß es sich nie mehr erholen würde. Kein Laut durchbrach die Stille der Nacht.

Die Dämmerung weckte Huma mit dem Gefühl, daß er nicht allein war.

Huma suchte die Umgebung ab. Alles war noch genauso wie am Vortag; es war nur etwas wärmer geworden. Der Hunger quälte ihn noch immer, doch er bekam ihn allmählich unter Kontrolle. Oder er war vielleicht über den Punkt hinaus, wo so etwas noch zählte.

Er wagte es, nach seinen Kameraden zu rufen. Der Wind war schwächer, und Huma dachte, daß man ihn diesmal vielleicht hören würde. Wenn er deswegen das Wesen, das gestern gebrüllt hatte, auf sich aufmerksam machen würde, dann sollte es eben so sein.

Es kam keine Antwort auf seine Rufe, weder von Magier und

Minotaurus noch von der unbekannten Kreatur. Huma gab das Rufen auf und folgte weiter dem seltsamen Pfad. Er kümmerte sich mittlerweile nicht mehr darum, ob er seine Schritte noch zurückverfolgen konnte.

Zu seiner freudigen Überraschung wurde der Pfad ebener und leichter begehbar. Und es gab Nahrung – Beeren von einer anderen Strauchart. Als sie sich als eßbar erwiesen, begann er alle zu verschlingen, die er finden konnte. Natürlich konnte das Gift auch langsam wirken, doch Huma kannte diese Pflanzen. Er vermutete, daß das Wesen, welches den Pfad geschaffen hatte, ihn gegenwärtig am Leben erhalten wollte.

Als er irgendwann glaubte, der Pfad würde ewig so weiterführen, hörte dieser unvermittelt vor einem schimmernden Teich inmitten eines Obstgartens auf. Durstig eilte Huma zum Ufer. Wenn so viel Leben das Wasser umgab, konnte es nicht giftig sein, daher bückte Huma sich und schöpfte eine Handvoll. Das Naß lief an seinem Kinn hinunter, während er trank. Weil er damit noch nicht zufrieden war, kniete er sich hin und beugte sich vor, um direkt aus dem Teich zu trinken.

Ein Drachengesicht starrte ihm aus dem Wasser entgegen.

Er sprang vom Ufer zurück und erkannte, daß der Drachenkopf eine Spiegelung war. Als er hochsah, riß er die Augen auf. Huma hatte sein Ziel erreicht.

Ein großer Steindrache, sechsmal so groß wie Huma, saß an der Seite des Teiches. Der Ritter sah, daß er einst ein Gegenstück auf der anderen Seite gehabt hatte. Von dem zweiten Drachen waren nur noch das Podest und ein Teil des Kopfes übrig. Beide schienen aus Marmor oder einem ähnlichen Stein gehauen zu sein.

Der noch Stehende erwies sich als Silberdrache, während der Zerbrochene ein Golddrache gewesen war.

Huma trank, bis er seinen Durst gelöscht hatte. Als er fertig war, blickte er geradeaus, wo er einen von Schlingpflanzen überwucherten Eingang entdeckte, der buchstäblich in den Berg geschnitten war. Um die Öffnung herum waren kleine Zeichen gemeißelt, von denen die meisten verwittert waren. Ein paar jedoch waren noch klar und deutlich erkennbar, vielleicht weil sie von dem dichten Bewuchs geschützt gewesen waren. Huma wünschte sich verzweifelt, die Symbole entziffern zu können.

Er schob die dicken Lianen zur Seite, um hineinzusehen. Innen hätte es dunkel sein müssen, doch er konnte einen schwachen Schein sehen. Fast als hätte jemand Fackeln angezündet, um ihm den Weg zu weisen, dachte er beunruhigt.

Mit einem resignierten Seufzer trat er in den Berg ein. Der höhlenartige Eingang hätte feucht und modrig sein sollen. Stattdessen war es, als hätte er die Ratskammer von Burg Vingaard betreten. Es war warm und trocken, und Wände und Decke waren glatt.

Er brauchte eine Weile, um den gesamten Gang zu durchmessen, wobei er sich ständig auf das vor ihm flackernde Licht konzentrierte. Er brachte das letzte Stück hinter sich. Etwas spät erinnerte er sich an sein Schwert und zog die Waffe. Der Gang führte in eine große Halle, die einst der Thronsaal eines großen Königs oder Kaisers gewesen sein mußte. Sie war sehr hoch; es war eine perfekte, natürliche Höhle. Das Licht stammte wirklich von Fackeln, und Huma fragte sich, wer sie wohl angezündet hatte.

Metallstatuen von Rittern mit Rüstung säumten die Wände. Sie waren leblos – aber sehr lebensecht. Es konnten durchaus Posten sein, die bis zum Einsatz schlafen geschickt worden waren – oder Untote, die jeden Eindringling erschlagen sollten.

Huma trat mitten in den Raum und betrachtete den Boden. Jetzt konnte er das in den Stein eingelassene Bild erkennen.

Mehr als alles andere machte es ihm Mut, denn es war eine riesige Darstellung von Paladin selbst: als Platindrache. Der Drache ringelte sich von einem Ende des Raums zum anderen, und wenn der Ritter seinem Urteil trauen durfte, waren die Konturen wirklich aus Platin. Huma bestaunte das kunstvolle Werk.

Sein Blick schweifte zu dem einzigen Möbelstück in der Halle, einem hohen, geschnitzten Thron aus einem Holz, das Huma noch nie gesehen hatte, Holz, das einen lebendigen Schein ausstrahlte. Die Ränder des Throns waren mit Edelsteinen besetzt, und auch diese schimmerten im Fackellicht.

Staunend wie ein kleiner Junge wanderte er in der Höhle umher. Viele verschiedene Rüstungen aus verschiedenen Zeiten waren hier versammelt. Mehrmals klappte er ein Visier hoch und sah hinein, fand jedoch nur Staub.

Schließlich stand er einfach da und dankte Paladin, daß er ihn so weit hatte kommen lassen. Er betete auch, daß das Triumvirat über seine beiden so unterschiedlichen Gefährten wachen würde. Dann kniete er ehrfürchtig vor dem Thron.

Seine Ehrenbezeugung wurde jedoch fast augenblicklich gestört. Ein Hämmern wie von Metall auf Metall hallte aus einem der dunklen Korridore. Huma sprang auf und sah sich um, um festzustellen, aus welchem Gang das Geräusch kam.

Das Hämmern erstarb, noch während er so dastand, so daß Huma seinen Ursprung nicht herausfinden konnte.

Huma fiel ein, wo er ein solches Geräusch früher bereits gehört hatte – daheim in Burg Vingaard.

Es war der Klang eines schweren Hammers, der auf einem Amboß glühendes Metall bearbeitete.

Kapitel 16

Ein Amboß. Alles Erdenkliche hatte er hier erwartet, aber keine Schmiede. Und überhaupt – wer schwang den Hammer? Geister aus vergangenen Zeitaltern? Oder vielleicht hatten die Zwerge diesen Ort doch nicht verlassen.

Sein Blick kehrte zu dem Thron zurück, und er bemerkte, daß er nicht mehr allein war. Humas erster Gedanke war, daß es wieder der graue Mann war, denn Robe und Kapuze, die alles verhüllten, waren von ähnlich gedeckter Farbe. Doch dieser neue Besucher war viel zierlicher.

»Du bist gekommen.« Ihre Stimme war leise und wurde von dem Mantel fast erstickt, doch es war wirklich eine weibliche Stimme. Kleine weibliche Hände schoben sich durch die bauschigen Mantelärmel, und die Frau hob die Arme, um an die Kapuze zu greifen. Als sie sie langsam zurückzog, floß ihr wallendes Haar über die Schultern, und das Gesicht, das sich vor ihm enthüllte, erregte den Ritter, so wie es ihn gleichzeitig erschreckte: Er kannte dieses Gesicht und hatte sich so oft danach gesehnt.

»Gwyneth!«

Sie lächelte. »Ich dachte schon, du hättest mich vielleicht vergessen.«

»Nie.«

Das Lächeln wurde breiter, dann verschwand es plötzlich. »Ich wußte, daß du es sein würdest. Als ich dich zum ersten Mal sah, wie du – dalagst und mit einer Kopfverletzung kämpftest. Ja, deine Wunde war viel schlimmer, als dir klar war. Es waren keine Knochen gebrochen, aber dein Verstand... Hätten die Heiler sich nicht so schnell deiner angenommen, hättest du für immer den Verstand verloren.«

»Paladin«, wisperte er. Taub, blöd oder blind zu werden – oder Schlimmeres. »Gwyneth. Was ist das hier für ein Ort?«

»Nenn es eine Liebesgabe. Es wurde aus reiner Liebe zu Paladin und seinem Geschlecht erbaut. Die Erbauer wollten keine Gegenleistung dafür. Einst war es wundervoll.« Sie hatte die beunruhigende Angewohnheit, zu reden, als ob sie wirklich damals hier gewesen wäre, dachte Huma.

»Ist es das, was Magus gesucht hat?«

»In gewisser Weise. Dein Freund ist ein guter Mann, Huma, trotz seiner Besessenheit, die ihn immer noch verzehren kann. Ob er es glaubt oder nicht: Die Zukunft, die er während seiner Prüfung gesehen hat, war nicht mehr als ein geschicktes Machwerk. Die Prüfungen sollen den Prüfling mit seinen größten Schwächen konfrontieren, und ich fürchte, er hat nicht so leicht bestanden, wie die Versammlung hoffte.«

»Dann hat das alles hier nichts mit dem zu tun, was er erzählt hat.«

Gwyneth wirkte überrascht. »Doch, natürlich! Die Erinnerung an diesen Ort wurde den Menschen jahrhundertelang weitergegeben, schon seit dem ersten Krieg gegen die Drachenkönigin. Er hat sich kaum verändert. Die Versammlung wußte um das Selbst des Schülers Magus. Der größte Fehler deines Jugendfreundes ist, daß er – wie die Elfen – glaubt, daß er mächtig genug sei, um die Welt zu retten. Wie konnten sie ihn besser prüfen, als indem sie ihn bei dieser immens wichtigen Aufgabe versagen ließen?«

Huma schwieg, während er diese Neuigkeiten verdaute. Schließlich wollte er wissen: »Was ist mit mir? Magus schien zu glauben, daß ich wichtig bin, um seine Zukunft zu verändern.«

»Du bist wichtig, aber nicht auf die Art, wie er glaubt. Wonach so lange gesucht wurde, ist ein einziger Mensch, Mann oder Frau, der alles verkörpert, was Paladin die Welt zu lehren versucht hat. Einige waren nahe dran, doch am Ende sind alle gescheitert.« Als er die Augen aufriß, nickte sie betrübt. »Du bist nicht der erste, der hierher kommt, Huma. Ich bete – oh, Paladin, ich bete –, daß du der Gesuchte bist. Würde nicht Krynn selbst auf dem Spiel stehen, so würde ich dir raten, umzukehren, bevor es zu spät ist.«

Der Ritter richtete sich auf. »Selbst wenn du es mir raten würdest, würde ich das nicht tun. Ich kann es nicht. Nicht, wenn ich bleiben will, was ich bin.«

»Bedeutet dir das Rittertum so viel?«

»Nicht das Rittertum. Nein, eher das, was es mich lehrt.« Er hatte früher nie in solchen Begriffen gedacht.

Gwyneth sah ihn erfreut an, sagte jedoch nur: »Gäbe es doch nur noch andere wie dich, auch in der Ritterschaft.«

»Gwyneth, wo sind Kaz und Magus?«

»Es wird auf sie aufgepaßt, keine Sorge, Huma.« Sie hielt inne. »Ich glaube, es wird Zeit anzufangen.«

»Anzufangen?« Huma sah sich um, weil er halb erwartete, daß Kleriker und Magier in den Raum strömen würden, um irgendeine Zeremonie durchzuführen. Gwyneth kam vom Thron herunter und ging zu ihm hin. Trotz ihres einfachen Gewandes und des unbewegten Gesichts sah sie schöner aus, als er es je für möglich gehalten hatte. Buorons Nymphe verblaßte neben ihr.

Sie zögerte nur einen Augenblick bei seinem Blick. Huma versuchte vergeblich zu verstehen, was sich hinter diesem Zögern verbarg. Als sie nur noch auf Armeslänge von ihm entfernt war, zeigte sie auf die dunklen Gänge.

»Du kannst jeden beliebigen wählen.«

»Was geschieht dann?«

»Du gehst hinein. Was dann geschieht, liegt bei dir. Ich kann dir nur verraten, daß drei Prüfungen vor dir liegen. Es heißt, daß jedes Mitglied des Triumvirats einen Teil der Prüfungen erdacht hat, auch wenn keine Prüfung nur einem Gott entspricht, so wie jeder Mensch die Summe seiner Teile ist und nicht aus einzelnen Eigenschaften besteht.«

Huma betrachtete jeden einzelnen Gang lange. Wenn er weiterkommen wollte, mußte er Paladin vertrauen und hoffen, die richtige Wahl zu treffen.

Er ging einen Schritt auf den Gang seiner Wahl zu, doch Gwyneth hielt ihn am Arm zurück. »Warte.«

Sie küßte ihn sanft. »Möge Paladin über dich wachen. Ich möchte nicht, daß *du* versagst.«

Ihm fiel keine angemessene Erwiderung ein, darum drehte Huma sich rasch um und lief den gewählten Gang. Er wußte, wenn er sich umschauen würde und sie noch da war, konnte er versucht sein zu bleiben. Er wußte auch, wenn er bliebe, würde er nicht damit leben können.

Der Gang, den er ausgesucht hatte, war wie eine natürliche Höhle. Stellenweise verengte er sich, so daß Huma sich ducken oder abbiegen mußte. Es war stockfinster.

Dann begann der Tunnel plötzlich in einem eigentümlichen Licht zu leuchten, einem Licht, das von den Wänden selbst strahlte. Huma blieb stehen, um dieses Phänomen zu untersuchen. Er hatte von solchem Licht gehört.

Der Schein der Wände brachte Huma auf eine Idee. Er schlug mit dem Heft seines Schwertes ein Stück Felsen ab und steckte das leuchtende Stück in den Beutel an seinem Gürtel.

Ein ohrenbetäubender Schrei, der die Wände erzittern ließ, warf ihn zu Boden. Kleine Felsbrocken polterten auf ihn herab.

Es war derselbe Schrei, den Huma auf dem Paß gehört hatte. Jetzt erkannte er, woher er stammte – von genau geradeaus. Und geradeaus lag der einzige Weg, den Huma einschlagen konnte, denn wie schon beim Pfad endete der Gang hinter ihm an einer Felswand.

Schwert und Schild bereit, schlich er den Tunnel hinunter, dem Schrei entgegen.

Er trat aus diesem Gang – in einen weiteren. Dieser teilte sich in drei Richtungen; das Wesen konnte in jeder davon leben. Huma richtete sich nervös und verärgert auf. Der Schrei echote durch das Höhlensystem, so daß das Ding überall sein konnte. Es konnte Stunden entfernt in einer tieferen Höhlenkammer stecken. Oder aber genau hinter ihm.

Mit diesem Gedanken im Hinterkopf machte er einen Schritt – und fand keinen festen Boden. Unter lautem Metallgeschepper stürzte Huma zu Boden.

Er schüttelte sich, um einen klaren Kopf zu bekommen, und

betrachtete die Pfütze mit dunkler Flüssigkeit, in der er ausgerutscht war. Er steckte einen Finger hinein und führte ihn an die Nase. Es stank bestialisch. Zu seinem Entsetzen stellte Huma fest, daß die Substanz seinen Metallhandschuh auffraß. Er wischte das scheußliche Zeug am Fels ab, der dieser Flüssigkeit gegenüber widerstandsfähiger zu sein schien.

»Heeeehhh.«

Es hörte sich erst wie Lachen an – wie ein böses Lachen. Huma rappelte sich auf, doch er konnte immer noch nicht feststellen, aus welchem der drei Tunnel es gekommen war. Und als es sich wiederholte, wußte er, daß es kein Gelächter war.

Es war Atmen.

Wenn die Kammern nicht den Schall vervielfachten, lauerte hier etwas unvorstellbar Großes.

Es wäre zwar vielleicht sicherer gewesen, an dieser Stelle sitzen zu bleiben, doch das kam Huma nicht in den Sinn. Er nahm den mittleren Gang und eilte weiter.

Äußerlich glich dieser Tunnel dem vorherigen. Huma fragte sich, wie sich ein offensichtlich so großes Wesen durch manche dieser schmalen Gänge zwängen konnte. Selbst Huma hatte teilweise seine Schwierigkeiten.

Dieser Tunnel führte in einen weiteren, der genauso aussah wie die beiden zuvor. Die Höhlen bildeten ein Labyrinth, in dem Huma an einem unterirdischen Wettstreit teilnahm und gleichzeitig aber auch den Preis darstellte.

Als er weiterging, bemerkte er die dunkle Flüssigkeit, die unter seinen Füßen floß, und die Hitze, die aus zahlreichen Gängen drang. Es roch nach Schwefel, was Humas Meinung nach auf eine Verbindung zum feurigen Herz des Berges hinwies. Huma hatte von solchen Bergen gehört und betete, daß dieser nicht ausbrechen würde, solange er darin war.

»Hhhhehhhhh.«

Huma drückte sich in eine Ecke. Echo oder nicht, jetzt waren er und dieses Wesen nur noch Minuten voneinander entfernt. Es wußte das offenbar auch, denn es kicherte wie verrückt – eindeutig verrückt. Als das Lachen sich legte, redete es mit einer langsamen, tiefen Stimme.

»Menschlein. Ich rieche dich, Menschlein. Ich rieche deine Körperwärme, die bittere Kälte deiner Metallrüstung. Ich rieche deine *Ängste.*«

Huma sagte nichts, sondern zog sich lautlos in den Gang zurück, aus dem er gekommen war. So etwas Großem wie diesem Tunnelbewohner wollte er nicht an einem Ort begegnen, wo er sich nicht frei bewegen konnte.

»Komm zu Wyrmvater, Menschlein. Laß mich dir meine Stärke zeigen.«

Wyrmvaters Gehör war zweifellos außergewöhnlich gut, denn bei jeder Bewegung Humas zischte das Untier laut, und der Ritter konnte hören, wie etwas an den Wänden des Tunnels entlangschabte.

Huma ging einen offenen Gang hinunter, um Wyrmvater mit etwas Glück zu umgehen. Das Zischen schien von überall her zu kommen. Die Gänge erschienen endlos.

Plötzlich hörte das Zischen auf, und Huma erstarrte. Minutenlang herrschte Stille, abgesehen von dem nervtötenden Klopfen seines eigenen Herzens. Dann hallte der schabende Laut wieder durch die Gänge, als Wyrmvater sich von Huma weg zu bewegen schien.

Er erkannte, daß die Glätte der Tunnelwände daher rührte, daß der Körper seines Verfolgers sich ständig daran rieb.

Das rauhe, schabende Geräusch erstarb, während Huma nachdachte. Leise schlich er weiter durch den Tunnel. Wenn er nur einen Weg aus diesem Labyrinth finden könnte!

Wildes Gelächter – und der Tunnel ging in Flammen auf!

Huma hatte keine andere Wahl, als zu rennen. Wyrmvater wußte, wo er war. Der Ritter ließ alle Heimlichkeit sein und floh einfach in den nächsten Gang.

Ein weiterer Feuerball jagte ihn aus diesem Tunnel. Wie konnte Wyrmvater sich so schnell bewegen? Was *war* Wyrmvater?

Er konnte nicht mehr zählen, durch wie viele Gänge er rannte oder wie viele Male ihn das Gelächter des Tunnelwesens gerade noch warnte, bevor weitere züngelnde Flammen seinen Schnurrbart versengten.

Auf seiner panischen Flucht bemerkte Huma die weite Öffnung zur Linken zunächst gar nicht. Erst als er daran vorbei war, erkannte der Ritter, daß er etwas anderes als einen Gang gefunden hatte. Huma hielt an und rührte sich nicht.

Das bösartige Zischen von Wyrmvater war im Moment weit entfernt, auch wenn Huma wußte, daß sich das sofort wieder ändern konnte. Vorsichtig schlich der Ritter zu dem Durchgang zurück und lehnte sich dort so weit vor, daß er hineinspähen konnte.

Es war ein sehr kurzer Gang, der in etwas mündete, was mehr eine Höhle war. Huma betrat den neuen Tunnel und durchmaß ihn vorsichtig.

Die Höhle war sehr hoch. Sie war wohl auf die gleiche Weise abgeschliffen wie die Gänge.

Doch wo war das Ungeheuer selbst? Wo war Wyrmvater? Huma schaute sich in der Höhle um. Auf verschiedenen Höhen mündeten Tunnel. Der scharfe Blick des Ritters folgte den Konturen des Bodens. Er war eben genug, um darauf zu laufen, auch wenn die Wände an manchen Stellen steil abfielen, besonders dort, wo ein Hügel plötzlich –

Im Geiste verfluchte Huma seine mißliche Lage. Er trat in den Gang zurück.

Was er gesehen hatte, was er verzweifelt ableugnen wollte, war eine riesige, schlangenartige Gestalt, die sich wie ein verkrüppelter Baum quer durch die Höhle zog und dann abrupt zur Seite abknickte, um in einem der anderen Tunnel weiterzugehen.

Hier hatte er zumindest einen Teil von Wyrmvater vor sich.

Die bösartige Kreatur pulsierte vor Leben, als sie sich von der klaffenden Schlucht in der Mitte aus streckte. Man sah nur den Leib des Reptils, dessen Durchmesser über drei Meter betrug. Sein ansonsten schmutziggrauer Körper war mit grünen und blauen Flecken übersät, als wäre er krank.

Auf einmal verschwand der Schwanz in dem Tunnel. Aus dem anderen Gang tauchte der Kopf von Wyrmvater auf.

Wyrmvater war ein Drache.

Das Ungeheuer ließ alle Drachen, die Huma je gesehen hatte, wie Zwerge erscheinen. Wyrmvaters Schlund hätte mehrere Pferde mit zwei Bissen verspeisen können, ganz zu schweigen von einem einzelnen Menschen. Die langen, breiten Zähne waren fast so groß wie Huma, und die eifrig züngelnde, gespaltene Zunge zwischen Wyrmvaters Kiefern hätten ihn mit Leichtigkeit umschlingen können.

Überall stank es nach Schwefel. Huma wurde klar, daß der Berg nicht vulkanisch aktiv war. Der Drache verursachte den Gestank.

Als der schwere Drachenkopf in seine Richtung schaute, erstarrte Huma. Der Kopf war irgendwie merkwürdig. Im Verhältnis zum Durchmesser des Halses wirkte er sehr groß; der Hals wiederum war viel zu lang für einen Drachen.

Als er es begriff, blieb dem Ritter der Mund offen stehen. Wyrmvater war der Drache, dessen Modell er in Magus' Zitadelle gesehen hatte. Doch jene kleine Statue mußte selbst nach Elfenbeinmaßstäben alt sein. Konnten Drachen so lange leben?

Wyrmvater zischte. Er konnte den Ritter unmöglich übersehen haben, aber dennoch suchte das Untier weiter die Höhle ab. Erst als Huma in seine Augen sah, wußte er den Grund. Beide waren von einem weißen Film überzogen. Wyrmvater war blind.

Das Wesen war jedoch nicht taub und hatte eindeutig einen ausgeprägten Geruchssinn. Es hatte den Ritter einmal übersehen. Huma bezweifelte, daß ihm das ein zweites Mal passieren würde. Jetzt schien die lange Schnauze einige der Stellen abzusuchen, wo sie schon gewesen war. Er mußte Huma jeden Moment entdecken.

Als würde er dasselbe denken, sprach Wyrmvater mit einer Stimme, die die gewaltige Kammer erzittern ließ: »Ein richtiger Fuchs. Ich bin hocherfreut. Es ist so lange her, daß ich auch nur die kleinste Herausforderung hatte. Die anderen waren so leicht zu besiegen.«

Der Kopf pendelte neben Huma. Enorme Nüstern flatterten, als der mächtige Drache nach dem Ritter schnüffelte.

»Ich rieche das Aroma von Paladin an dir. Von Habbakuk. Vom verdammtesten aller Götter des Lichts, von Kiri-Jolit, der mich eingekerkert hat!«

Huma bewegte sich nicht, atmete noch nicht einmal während dieses Ausbruchs. Das Ungeheuer hatte von einer Begegnung mit mindestens einem der Götter gesprochen, die an der Gründung der Ritterschaft beteiligt gewesen waren. Einer Begegnung, bei der der Drache offenbar den kürzeren gezogen hatte.

»Bist du wegen meiner Schätze gekommen? Es ist der größte Hort, den je ein Drache gesammelt hat. Selbst ein Gefangener wie ich hat Möglichkeiten zum Sammeln. Ah!« Die gewaltigen Kiefer verzogen sich zu einem makabren Echsengrinsen. »Vielleicht ist es der Spiegel, den du suchst! Ja, der Spiegel wäre mehr wert als alles andere, was ich habe!«

Während er redete, schnüffelte Wyrmvater die ganze Zeit auf der Suche nach Huma in der Höhle herum.

Das Geräusch von Metall auf Metall hallte durch die Kammer. Instinktiv hielt sich Huma die Ohren zu, als der Lärm auf seinen Verstand einhämmerte. Es war wieder der Amboß. Der Hammer auf dem Amboß.

Huma störte das Gehämmer, Wyrmvater trieb es allerdings zur Raserei. Der Drache reagierte mit wildem Gebrüll auf den Krach. Flüche, Kreischen, Drohungen. Die bösartigsten Wörter flossen aus seinem Mund. Geifer tropfte ihm aus dem Maul.

»Meine Königin! Warum läßt du zu, daß sie mich quälen? Habe ich nicht zahllose Jahrtausende überdauert, die alle zu Staub zerfallen sind? Und immer noch muß ich das endlose Gehämmer und Gehämmer dieses verfluchten Schmieds ertragen! Hast du mich verlassen, große Takhisis?«

Jenseits der Höhle leuchtete ein Gang heller als die anderen. Wyrmvater hatte von seinem Hort gesprochen, und daß er selbst hier seinen Schatz noch vermehrt hatte. Konnte er in einem solchen Hort vielleicht etwas Nützliches finden? Womöglich eine tödlichere Waffe als Humas eigenes, unbedeutendes Schwert? Es war natürlich ein verzweifeltes Manöver. Als das Untier wieder zu brüllen begann, rannte Huma los.

Das Klacken seiner Stiefel auf dem Felsboden machte Wyrmvater auf ihn aufmerksam, doch das Gehämmer verhinderte, daß der Drache die winzige menschliche Gestalt orten konnte. Er brüllte wütend und spie dabei ungezielt sengende Flammen.

Huma verschwand in dem Gang. Der Drache hatte einen Spiegel erwähnt. Huma erinnerte sich an den Spiegel der Nymphe, den sie benutzt hatte, um die Träume von anderen anzusehen. Hatten sie etwas miteinander zu tun? Ihrer war jedoch nur dazu da, um fremde Träume einzufangen. Dieser hatte vielleicht andere Eigenschaften.

Immer noch tobte und wütete Wyrmvater beim Getöse des Hammers.

Huma lief den Gang hinunter, besessen von der Furcht, daß er sich irrte. Vielleicht würde er nur Gold und Edelsteine finden, die ihm jetzt nichts nützten. Vielleicht würde er auch gar nichts finden.

Huma fiel der Länge nach hin, und seine Augen erhaschten einen kurzen, entsetzlichen Blick von dem, worüber er gestolpert war. Ein zermalmter Schädel grinste ihn an, während ein ausgerenkter Arm spöttisch auf ihn zeigte. Die zerbröckelnden Überreste einer Rüstung umhüllten den größten Teil des Körpers. Huma gelang es, den Fall etwas abzufangen, obwohl der Aufprall ihn doch benommen machte.

Er stand auf und betrachtete traurig die Reste des Skeletts. Es war sehr alt, und die Rüstung war fast völlig verrostet. Es gab jedoch ein paar sichtbare Gravuren. Mit gebanntem Grausen wischte Huma den Staub vom Brustpanzer und sah die Insignien eines Ritters der Rose.

Wie von selbst kam ihm ein Gebet über die Lippen. Hier lag ein Ritter, der es so weit geschafft hatte, nur um dann umzukommen.

Umkommen.

Wie vielleicht auch Huma.

Gleichzeitig mit diesem ungebetenen Gedanken erkannte er die neue Gefahr. Das Hämmern hatte so plötzlich aufgehört, wie es begonnen hatte. Fast ohne es zu merken, ging Huma ein paar Schritte weiter und stolperte geradewegs in einen unermeßlichen Schatz.

Es gab ohne Ende Münzen, Gold und Silber, mehr als Huma je gesehen hatte. Sie glitzerten berauschend. Dazwischen lagen zahlreiche seltene Kleinodien, viele juwelenbesetzt. Halsketten aus großen, makellosen Perlen. Kristalline Figürchen, vielleicht aus Smaragd oder Jade. Rüstungen, die wie neu aussahen, manche so prächtig, daß sie bestimmt für mächtige Herrscher angefertigt worden waren, die sich solche Handwerkskunst und so ausgefallene Dekorationen leisten konnten. Es gab sogar kostbare Waffen, auch wenn die meisten nutzlos waren, weil sie mehr der Schönheit wegen hergestellt worden waren.

Klopfenden Herzens ging er rasch alles durch, was in dem Raum lag. All das vor der Nase hätte er gern für eine einzige Waffe hingegeben, mit der er den riesigen Höhlenbewohner bekämpfen konnte.

»Wo bist du hingelaufen, Menschlein?«

Huma erstarrte wieder. Wyrmvater war ganz nah. Jede Sekunde konnte der Gang vor Huma sich mit Feuer füllen.

»Der Schmied hat dich im Stich gelassen, Ritter von Solamnia. Ja, jetzt kenne ich dich. Ich rieche die drei an dir, stärker als je zuvor. Du bist ein Ritter von Solamnia, ein wahrer Gläubiger, anders als deine Vorgänger. Sie hielten sich für gläubig, aber sie haben nur so getan. Aber du bist anders. Ich frage mich, wie du wohl schmeckst.«

Rostige Streitäxte. Juwelenbesetzte Schwerter, die nur zu Zeremonien taugten. Das konnte nicht der immense Hort sein, von dem der Drache geredet hatte – außer wenn Wyrmvater sich die Schätze in seinem Wahn erträumt hatte.

Auch den Spiegel?

»Jetzt hab' ich dich!«

Huma hörte das Schleifen und Schaben, als der gewaltige Kopf sich durch den Gang wand. Er fuhr herum und erkannte, daß der relativ magere Schatz an Gold und Edelsteinen nur aus einer anderen Höhle übergelaufen war. Er griff in den obersten Teil des Schatzhaufens und begann zu wühlen. Richtig! Schon nach wenigen Sekunden fand sich eine Öffnung. Bis jetzt war sie nur klein, und auch als er weiterarbeitete, wuchs sie nur langsam, so daß er jede Sekunde die sengende Hitze von Wyrmvaters Atem an seinem Hinterteil erwartete. Es war eine anstrengende Arbeit. Das ständige Nachrutschen von Gold stellte eine wirksame Schwelle dar. Huma fluchte vor sich hin, als sich weitere Gegenstände und noch mehr Gold über ihn ergossen, um zu ersetzen, was er schon beiseite geschafft hatte. Der Ritter atmete tief durch. Graben reichte nicht aus. Nachdem er verknotetes Geschmeide aus der Öffnung gezogen hatte, begann er wie ein Maulwurf hineinzukriechen.

Er hatte sich schon tief in den Stoß gegraben, als er den heißen, stinkenden Atem des Drachen spürte. Hier konnte Wyrmvater sein Feuer nicht benutzen, ohne seinen eigenen Schatz zu zerstören. Daher dehnte der Drache Hals und Kopf bis hin zum Eingang der Schatzkammer.

Der Kopf des Ungeheuers bog genau rechtzeitig um die Ecke, um den Ritter in die andere Kammer verschwinden zu hören.

Nach einem Augenblick verzogen sich die Lippen des großen Reptils zu einem bösartigen Lächeln, und der enorme Drache begann, sich aus der Kammer zurückzuziehen.

Zuerst war alles dunkel, was Huma komisch vorkam, nachdem so viele Gänge von selbst geleuchtet hatten. Huma fragte sich, warum es hier anders war.

Ohne sehen zu können, krabbelte er mühsam durch den unermeßlichen Schatz. Das mußte sicher der Hauptschatz sein, aber wie sollte er im Dunkeln irgend etwas finden? Gab es überhaupt etwas zu finden? Irgendwie hatte er das Gefühl, es mußte etwas da sein. Wenn das alles eine Prüfung war, mußte es einen Weg geben, den Drachen zu besiegen.

Seine Hand streifte etwas, das sich wie ein Schwertgriff anfühlte, und auf einmal erleuchtete ein dämmriggrüner Glanz die Höhle. Überrascht zuckte Huma zurück. Er hatte gehofft; er hatte gebetet. Jetzt hatte er das Ding doch noch gefunden. Bloß ... Bloß merkwürdigerweise fürchtete er sich, es zu berühren. Als ob ihn ein Instinkt davor warnen würde.

Nimm mich. Schwing mich. Benutze mich. Ich werde dein lebender Wille sein.

Die Worte erklangen deutlich in seinem Bewußtsein. Klare, süße, verführerische Worte.

Sie kamen von dem Schwert selbst.

GOLDMANN

Der phantastische Verlag

Drachenlanze – der Fantasy-Welterfolg exklusiv im Goldmann Taschenbuch!

Drachenzwielicht 24510

Drachenjäger 24511

Drachenwinter 24512

Drachenzauber 24513

Goldmann · Der Taschenbuch-Verlag

GOLDMANN

Der phantastische Verlag

Phantastische Sphären, in denen Magie und Zauberer, Ungeheuer, Helden und fremde Mächte regieren – das ist die Welt der Fantasy bei Goldmann.

Jennifer Roberson:
Herrin der Wälder 24622

Allan Cole/Chris Bunch:
Die Fernen Königreiche 24608

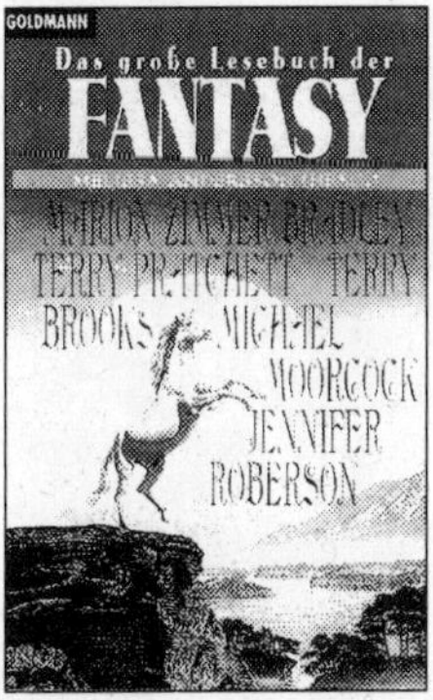

Melissa Andersson: Das große
Lesebuch der Fantasy 24665

Gillian Bradshaw:
Die Ritter der Tafelrunde 1 24682

Goldmann · Der Taschenbuch-Verlag